U0854448

华裔美国小说中的身体书写与身份探寻

Body Narration and Identity Quest in Chinese American Novels

潘敏芳 著

暨南大學出版社
JINAN UNIVERSITY PRESS

中国·广州

图书在版编目（CIP）数据

华裔美国小说中的身体书写与身份探寻/潘敏芳著. —广州：暨南大学出版社，2018. 8
ISBN 978-7-5668-2472-1

Ⅰ. ①华…　Ⅱ. ①潘…　Ⅲ. ①华人文学—小说研究—美国
Ⅳ. ①I712. 074

中国版本图书馆 CIP 数据核字（2018）第 203311 号

华裔美国小说中的身体书写与身份探寻
HUAYI MEIGUO XIAOSHUO ZHONG DE SHENTI SHUXIE YU SHENFEN TANXUN
著　者：潘敏芳

…………………………………………………………………………

出 版 人：徐义雄
责任编辑：潘江曼
责任校对：刘雨婷
责任印制：汤慧君　周一丹

出版发行：暨南大学出版社（510630）
电　　话：总编室（8620）85221601
营销部（8620）85225284　85228291　85228292（邮购）
传　　真：（8620）85221583（办公室）　85223774（营销部）
网　　址：http：//www. jnupress. com
排　　版：广州市天河星辰文化发展部照排中心
印　　刷：广州市快美印务有限公司
开　　本：880mm×1230mm　1/32
印　　张：7. 875
字　　数：191 千
版　　次：2018 年 8 月第 1 版
印　　次：2018 年 8 月第 1 次
定　　价：32. 00 元

前　言

从二十世纪七八十年代开始，“身体”的研究开始广泛进入西方人文与社会科学研究者的视野。事实上，身体一直存在于文学作品中，但在与灵魂的二元对立中身体长期处于弱势地位。自尼采以来，人们对身体的认识发生了质的改变。身体理论和身体书写越来越受到评论界的重视。华裔美国文学与其他美国族裔文学一样，对族裔身体进行了细致的再现，但这些身体描写所表达的意义一直被评论界所忽视。

本书选取具有代表性的华裔美国小说，参照哲学和社会学的身体研究理论，利用女性主义、创伤理论、失能研究理论，将华裔美国小说中的身体书写置于20世纪多元文化的语境之下，通过分析小说中的身体表征，探讨华裔美国作家笔下的华裔主人公如何因为身体表征而被美国主流社会边缘化，如何调和身体与身份的冲突，如何利用身体进行自我言说的历程。

本书分为五章。第一章为绪论，既是对身体研究的发展的梳理，也是对华裔美国小说中的身体书写历史和形式以及中美批评界研究现状的评述，并介绍了本书的研究方法和研究内容。

第二章从族裔视角分析华裔美国小说中“种族化”身体的再现，主要聚焦于早期华人男性的辫子和华人女性的缠足形象。十九世纪下半叶开始，少数在美华人移民剪下了自己的辫子。剪辫子的行为表面上看是通过对身体的征用来表达对清政府的反抗、对中华传统文化而非少数民族传统的认同，背后隐含的则是对美国身份冲动的拥抱。缠足书写在华裔美国文学中屡见不鲜，缠足将女人演变为性的客体，并将女性的身体幽闭在有限的空间里，彰显了中国传统社会性别不平等的事实。

第三章分析畸恋中的身体重构，具体表现为身体与性的交织，以婚外恋和乱伦题材为聚焦点。华裔美国小说中的婚外恋书写中，族裔和身体都扮演了非常重要的角色，再现了主人公积极拥抱美国身份的渴望和策略，代表着华裔群体归化进入美国的另类路径。如果说婚外恋是对婚姻的背离，那么乱伦则是直接进入禁区了。包柏漪创作的《春月》中，春月以生育男性后代为职责的女性身体使其丧失了主体性。赵惠纯的《猴王》书写了饱受父权制压迫以至于心理失常的女性，她不惜一次又一次地自杀，与自己的身体决裂。这两部小说中的乱伦书写表现了对中国父权制家庭的反抗以及女性要求做自己身体主人的愿望，而更深层次的含义在于华裔美国作家通过对性身体的描写表达了对故国难以割舍的依恋之情。

第四章通过分析华裔美国小说中身体的失能书写重构了残障身体的理性之维，本章所指的失能的身体主要指涉精神失能。精神的失能主要表现在病理上，以疯癫和厌食症为代表。遭受精神疾病的主要是女性，她们的身体在与女性身份、华裔身份的冲突中被一步步击垮，身体与理性之间的冲突更为复杂。厌食症不仅是一种精神疾病，也是一种身体疾病，掩饰者将自己的身体当作客体，并试图控制它。正是在对身体进行规训以寻求身份认同时，身体反客为主，开始控制个体的思维、感情和行为，表现出超越个体的强大力量。

第五章主要分析了华裔美国小说中的身体书写所体现的抵抗策略：首先，以弘扬华裔身体美抵抗主流社会对少数族裔身体的刻板印象。以身体美为核心基调的“种族自爱”观表现在汤亭亭的《孙行者》中，“种族自爱”表达了作者希望建构一个多元文化共存的平等的多族裔社群的理想。其次，以建构“支配性男性气质”抵抗被去势的华裔男性形象。在张岚的小说《遗产》中，男性身体与华人男性气质的建构、两性关系中的男性气质建构折射出作者希望建构华人男性的“支配性男性气质”的愿望。再次，以塑造积极变老的老年人形象抵抗华裔美国人群中失能的身体。积极的老年人形象可见于任璧莲的《大世界、小城镇》。小说中的老年人虽然身体衰老，但是他们追求“达观”的生活态度，积极介入社会生活，显示了老年人的活力。

最后是结语，在研究了华裔美国小说中不同层面所展现的身体书写之后，我们可以发现华裔美国作家在书写身体时经历了从不自觉书写到自觉书写的过程，作家们所采取的文化态度也经历了从文化自省到文化自信的转变。文化自省承认了中华文化中的不足之处并以比较的视野帮助华人人群求发展。文化自信的态度表现为作家讲述华人自己的故事，彰显华族文化的魅力，这是抵抗美国种族主义最有效的手段。在华裔作家文化态度转变的背后是他们借身体写身份与归化之路的努力。

由于学界的身体研究在不断发展，华裔美国文学中的身体研究必将不断深化。本书的一些观点可能不够完善，还请各位同行专家多多批评指正。

潘敏芳

2018 年 5 月

目　录

第一章　绪　论

从二十世纪七八十年代开始，“身体”的研究开始广泛进入西方人文与社会科学研究者的关注视野，克里斯·希林甚至直言不讳地说：“时至今日，身体已是一项意义重大的主题，乃至于不管是什么学术研究，如果不至少花点笔墨谈谈行动的具身性前提，不谈谈社会结构的身体效应，就不能宣称完备周详。”[①] 伊格尔顿在《身体工作》中甚至宣称“用不了多久，当代批评中的身体就会比滑铁卢战场上的尸体还要多。血肉模糊的器官，备受折磨的躯干，装饰起来的身体，禁闭起来的身体，或戒律谨严或欲望横流。在这种时髦的身体学转向的情况下，书店里越来越辨不清哪儿是文学理论部分，哪儿是软色情书架，哪儿是罗兰·巴特的后期著作，哪儿是杰基·柯林斯的最新小说”[②]。伊格尔顿的说法有些危言耸听，但是他从另一方面预测了20世纪和21世纪身体研究的发展，而身体研究在社会学、文学等领域的兴起和蓬勃发展，恰好验证了克里斯·希林和伊格尔顿的说法。

身体书写的蓬勃兴盛与灵魂的式微形成呼应。在以灵魂为主宰的二元论话语中，身体被蔑视、被忽略。身体书写的发展挑战了理性主义的权威，因为身体不仅是肉体组成的实体，而且开始

---

① 克里斯·希林著，李康译：《文化、技术与社会中的身体》，北京：北京大学出版社2011年版，第1页。

② 特里·伊格尔顿著，马海良译：《历史中的政治、哲学、爱欲》，北京：中国社会科学出版社1999年版，第199页。

成为欲望、无意识的代名词，身体所代表的意义得到深化。身体研究在20世纪呈蓬勃发展的趋势，科研论著在尼采、梅洛-庞蒂、福柯等的推动下不断发展，精彩纷呈。不仅如此，身体书写开始成为文学批评所关注的对象，文学作品中对身体的描写以及其承载的意义被进一步挖掘。中国现当代文学中对身体书写的研究硕果累累，这是因为20世纪20年代，“由于五四时期人们对个性与个体生命的推崇，身体解放既成为20世纪初革命文本中女性自我实现的标志，又成为文化现代性建构的核心”[①]。20世纪50年代至20世纪70年代出现脸谱化的身体，“1950—1970年文学叙述主要依据人物的社会特征，尤其是政治身份来设置人物的身体脸谱，政治身份决定了人物的相貌、体态、神情，甚至服饰，形成了既秉承了部分传统审美意识又具有非常清晰时代印迹的脸谱化身体形态”[②]。身体在具体的历史语境下被前置。在美国文学中，美国少数族裔的身体研究一直呈发展的趋势。美国非裔文学中，美国黑人身体的历史、黑皮肤的身体所遭受的规训与惩罚都得到了细致的呈现。黑奴和动物一样成为商品，成为惩罚和折磨的对象；黑人女性的命运更为凄惨，她们不仅要承担田间的劳动，还要承担家务劳动，同时遭受黑人男性和白人男性的性别暴力。黑人的身体在研究中再现了种族身体遭受歧视的历史。早期华人以“苦力”的身份来到美国，替代解放了的黑人奴隶。他们的黄皮肤、小眼睛等带有种族特征的身体表征同样使华人成为种族歧视的对象。华裔美国文学对华裔美国身体进行了再现，

---

① 傅建安：《论20世纪都市书写中女性身体话语的嬗变》，《中国现代文学研究丛刊》2011年第6期，第98-106页。

② 刘传霞、石万鹏：《脸谱化的身体——论1950—1970年代中国文学的身体叙述》，《贵州社会科学》2011年第9期，第93页。

如《龙翼》中关于辫子的描写、《雪花秘扇》中对女性缠足的描写、《爱妾》中对华人肤色和白人肤色的描写等，这些身体描写所表达的意义一直被评论界所忽视。可见，从身体的角度切入分析华裔美国小说，给身体赋予符号功能和表意功能，对于了解华裔美国移民的身份诉求尤其重要。

第一节 华裔美国小说身体研究述评

一、身体研究概述

在西方哲学系统里，在身体与灵魂二元对立的话语体系中，身体一直处于被放逐的地位。柏拉图在《柏拉图对话录》中赞颂灵魂、贬抑身体。他说："身体，以其欺骗性的感官，使我们远离了真正的知识；它把我们吸引在物质的世界里，远离现实世界；它诱惑我们远离道德的生活。"[①] 在柏拉图看来，身体是罪恶的根源，是灵魂的对立面。笛卡尔哲学主张"心灵可以没有身体而存在"[②]，他明显地扬"心"抑"身"的二元论观点，这使身体的地位进一步被贬抑，身体成为理性的对立面，身体彻底失语。康德哲学中几乎没有提及身体概念，黑格尔认为身体只不过是心灵的外在化、特殊化，是对心理的否定。"身体"的处境不仅在西方如此，在中国语境下同样如此，中国儒家哲学的代表人

① SPELMAN E V. Woman as body：ancient and contemporary views. Feminist studies，1982，8（1）：pp. 109－131.

② 笛卡尔著，庞景仁译：《第一哲学沉思集》，北京：商务印书馆1986年版，第82页。

物孟子曾言："生，亦我所欲也；义，亦我所欲也，二者不可得兼，舍生而取义者也。生亦我所欲，所欲有甚于生者，故不为苟得也；死亦我所恶，所恶有甚于死者，故患有所不辟也。"（《孟子·告子上》）"天下有道，以道殉身；天下无道，以身殉道。"（《孟子·尽心上》）孟子所言的"舍生取义""以身殉道"暗示他将身体与仁义对置，以肉身的"舍"来成就儒家学说最为提倡的"仁义"，身体在这里成了人精神升华的障碍物。身体在被套上了道德的枷锁之后，便丧失了话语权。同时，因为个体将自己的身体托付给了父母和国家，个体丧失了对自己身体的支配权。

20 世纪西方哲学对笛卡尔的哲学传统进行了批判性的反思，从而奠定了哲学界、文化界"身体转向"的哲学基础。尼采从身体的角度"重新审视一切，将历史、艺术和理性都作为人体弃取的产物"[①]。他认为"世界正是身体的透视性解释，是身体和权力意志的产品"[②]，因而呼吁一切从身体出发。罗兰·巴特将身体引入阅读中，在他看来，文本字里行间隐藏的不是意义，而是"快感"，阅读不再是人与人之间的"精神"交流，而是身体和身体之间的色情游戏。罗兰·巴特成为一个文本享乐主义者，他将身体纳入阅读的过程中，突出了个人身体的特有禀赋，将阅读演变为一场身体表演。海德格尔的"此在"概念包含着身心统一结构。法国现象学家梅洛－庞蒂首先奠定了身体在现象学界的地位。在他的名著《知觉现象学》中，他首先界定了"知觉"等概念，强调知觉意识意味着原初经验或感性经验。他建构了"身体图式"，力图证明"身体实际上意味着在世存在的含混性：既

① 汪民安：《身体的文化政治学》，开封：河南大学出版社 2004 年版，第 117 页。
② 汪民安：《身体的文化政治学》，开封：河南大学出版社 2004 年版，第 117 页。

不存在透明的意识，也不存在作为充实实体的身体”①，身体概念体现了身心的互动和交织，身体从与灵魂的对立面解救出来，并参与了意义的建构。

福柯进一步推动了身体研究的发展，他通过谱系学的方法研究了现代性如何导致身体成为知识、道德遮蔽的对象，身体是如何被权力、话语规训和建构的历史，性如何被规范的历史。他力图揭示身体经验“消失”的秘密，剥离各种权力和治理术，恢复身体鲜活的经验，反映了一种“从抽象的精神主体回到物质性的身体主体”② 的过程。可以说，从梅洛－庞蒂到福柯的发展意味着对身体的研究“从关系的身体转到了客体的身体”③。自此，身体从与理性的对立面走向前台，身体研究应运而生。

具体说来，身体研究的兴起受到了四个趋势的影响。第一是美国少数族裔研究的兴盛，尤其是美国黑人文化运动的兴盛和文学的蓬勃发展。美国黑人与白人迥异的肤色使黑人成为与白人对立的他者形象。白人掌握话语权，并通过建立以自己为标准的审美意识形态强化了白人的优势地位，他们甚至以“科学”的形式证明白人种族的文明和黑人种族的野蛮④。对此，弗朗兹·法农赤裸裸地宣称：“在欧洲，黑人有一个功能：代表低级感情、不

---

① 杨大春：《身体的神秘——20 世纪法国哲学论丛》，北京：人民出版社 2013 年版，第 11 页。

② 杨大春：《身体的神秘——20 世纪法国哲学论丛》，北京：人民出版社 2013 年版，第 12 页。

③ 特里·伊格尔顿著，马海良译：《历史中的政治、哲学、爱欲》，北京：中国社会科学出版社 1999 年，第 201 页。

④ 占有绝对统治权的白人种族从他们的祖先那儿继承了白种肤色高贵的血统论，并为自己打造了强制性一元社会文化环境，即将所有美国人整合在 WASP 的传统下。其他非白种人都被视为低劣。科学家为了证明黑人人种的低劣，甚至使用黑人头颅的形状作为例证，说明黑人的头颅更类似于猿猴。

良倾向、心灵的阴暗面。在‘西方人’的集体无意识中，黑人——或如果愿意，称作黑肤色——象征邪恶、罪孽、贫困、死亡、战争、饥荒。天下乌鸦一般黑。”[①] 20 世纪 60 年代兴起的美国民权运动旨在颠覆黑皮肤丑、白皮肤美的刻板印象，建构美国黑人的自我认同和种族认同。为此，非裔美国作家追溯非裔美国历史和非洲历史，呈现在美国历史中被湮没、被规训、被折磨的黑人身体。赫斯顿（Zora Neale Hurston，1891—1960）的《他们眼望上苍》（*Their Eyes Were Watching God*）描写了黑人女性所遭受的身体暴力和身体奴役。艾丽丝·沃克（Alice Walker）的《紫色》（*The Color Purple*）中，黑人女性通过认知自己的身体完成了自我身份的建构。莫里森《所罗门之歌》中的派拉特，以自己没有肚脐的光滑肚皮切断了与白人文化的联系，用身体守护了黑人文化的传统之根。非裔美国作家在呈现身体时的理想可以用福克纳的话来概括：“如果我们美国人将来还想存在下去……我们首先做个美国人……不管是白皮肤的美国人，还是黑皮肤的美国人，哪怕就是紫皮肤的、青皮肤的、绿皮肤的，也全都一样。”[②] 他们所追求的均是摒弃白人至上的种族主义观念，建构一个人人生而平等的社会。

第二，身体研究的兴盛受到了女性主义运动的影响。自 20 世纪 60 年代以来，女性主义就对“sex”与“gender”概念的区分进行了批判，认为女性的肉身特质中，并没有任何先天如此的东西。“Sex”被译为生理性别，“gender”译为社会性别，其核

① 弗朗兹·法农著，万冰译：《黑皮肤，白面具》，南京：译林出版社 2005 年版，第 149 页。

② 裴明善编：《诺贝尔文学奖获奖者访谈录》，南京：江苏文艺出版社 1997 年版，第 44 页。

心观点是："不管生理性别在生物学上是如何的不可撼动，社会性别是文化建构的。因此，社会性别既不是生理性别的一个因果关系上的结果，也不像生理性别在表面上那样固定。"[①] 但是这样的区分却不可避免地导致了女性主义主体的分裂。巴特勒基于这种分类，指出生理性别与社会性别的区分暗示了生理上性别化的身体和文化建构的性别之间的一个根本的断裂。通过分析法国女性主义者波伏娃、伊里格瑞、维蒂格等对于性与性别的思考，巴特勒敏锐地指出，"性别不是一个名词，但它也不是一组自由流动的属性，因为我们已经看到，性别的实际效果是有关性别一致的管控性实践，通过操演（performatively）生产而强制形成的。因此，在我们所承继的实在形而上学话语里，性别证明是具有操演性的——也就是说，它建构了它所意味的那个身份"[②]。从巴特勒的分析中可见，她是从身体的角度出发对性别进行思考的。在早期的性别理论中，身体只是被当作一个工具或媒介，它与文化之间的联系是外在的。但是，在肉身具现（embodiment）的社会性别主体身上，身体与女性的联系呈现出互动性：女性被局限于她的身体，而男性的身体成为承载自由的非物质性工具，女性因而被标记为他者。帕森斯在《性别伦理学》中也指出："每个人都是被话语性地建构于任何制度的权力关系或实践背景之中的。性就是这样一种话语，是一种形成有关身体维度的知识之方式，并且它还是一直具有历史特殊性的话语，它扎根到其时代的实践与制度之中。因此，身体的性不能抽离于其在历史中的

---

① 朱迪斯·巴特勒著，宋素凤译：《性别麻烦：女性主义与身份的颠覆》，上海：上海三联书店 2009 年版，第 8 页。

② 朱迪斯·巴特勒著，宋素凤译：《性别麻烦：女性主义与身份的颠覆》，上海：上海三联书店 2009 年版，第 34 页。

真实处境，因为它离开了在具体的华裔实践中被定义的方式，就没有意义。”[①] 正是基于对身体的认识，维蒂格呼吁打破“性/别”，让女人能够拥有一个普遍的主体的身份。福柯在对性的系谱学探究中，把截然区分的生理性别范畴设立为基础性的、原因性的功能，以试图对性/别经验进行管控。巴特勒则直接提出性别操演理论。在对性别操演理论进行论述时，巴特勒分析并总结了朱莉娅·克里斯特娃的身体政治：克里斯特娃以父系律法的名义，将女同性恋投射为文化的“他者”，将女同性恋的言语描绘为精神错乱式的“混乱语言”。父系律法在母性身体上铭刻了以生育功能为主要特点的律法，母性身体将其演变为内驱力，并获得了永久的正当性。巴特勒认为，克里斯特娃对母性法则的捍卫，在某种程度上助长了对父系律法的潜在的系统性生产，也助长了它的必然存在的假象。

第三，身体研究的兴盛还受到福柯理论的影响。福柯的著作探讨了经验、知识和权力之间的关系。对福柯来说，社会书写于身体，因此，当话语出现于身体的肉体上时，身体就有了生命。性别就是这样一种书写身体，所以身体因受权力/知识体系支配影响而物质化。[②] 福柯的《疯癫与文明：理性时代的疯癫史》书写了人类的精神病史，揭示了身体经验是如何受到精神病学、精神分析学以及资产阶级道德秩序的掩饰的。《规训与惩罚》中通过分析经验（犯罪）、知识和权力之间的关系，揭示犯罪个体的原初身体体验在现代惩罚制度下被以更温和但也更狡诈的方式所规

---

① 苏珊·弗兰克·帕森斯著，史军译：《性别伦理学》，北京：北京大学出版社 2009 年版，第 76 页。

② 苏珊·弗兰克·帕森斯著，史军译：《性别伦理学》，北京：北京大学出版社 2009 年版，第 75 页。

训。通过对身体的矫正训练，身体不仅变得更为顺从，也有利于资产阶级的发展。《性经验史》力图揭示性经验如何被性话语、性知识、性道德所掩饰。西方社会早期的性节制和禁欲经验是性欲成为权力的对象、认识的对象，性与国家治理、人口控制与发展密切相关，但是它却促使了性话语的扩张的出现，性快感的书写。福柯认为，性欲是一种手段，是通过权力关系来表现的。福柯对于身体研究的贡献，不仅在于对身体经验的解读，还在于他提出的“生命政治”概念。福柯的哲学思想成为身体批评、性别批评、空间批评等的理论源头。帕森斯在《性别伦理学》中将性别问题直接归功于福柯：“对福柯来说，在身体于某种话语里被决定、并通过这个话语被赋予一个自然的或本质的性别‘理念’之前，它并没有任何重要意义上的‘性别化’可言。身体只有在权力关系的语境下于话语中获得意义。性（sexuality）是在某个特定历史时空里由权力、话语、身体与情感构成的一个整体。”[①] 对于性别、性欲的规训同时也体现了国家的“治理术”（governmentality）。

第四，身体研究的兴盛也得益于消费文化的兴起。在鲍德里亚看来，身体充斥着各种复杂的、具有差异性的消费符号与意义。“这便是身体。在经历了一千年的清教传统之后，对它作为身体和性解放符号的‘重新发现’，它……在广告、时尚、大众文化中的完全出场……在这一心理和意识形态功能中它彻底取代了灵魂。”[②] 也就是说，在消费文化中，身体与灵魂的二元对立被完全颠覆，身体取代了灵魂，成为权力的据点，成为快乐的载

---

① 朱迪斯·巴特勒著，宋素凤译：《性别麻烦：女性主义与身份的颠覆》，上海：上海三联书店2009年版，第122页。

② 鲍德里亚著，刘成富等译：《消费社会》，南京：南京大学出版社2000年版，第139页。

体。在消费领域中，身体成为核心的意象，如化妆品和护肤品的目的在于保护皮肤的表层，以抵抗灰尘、紫外线、衰老的侵蚀。具有美白功用的化妆品以西方白人女性的肤色为美的原型。各种时装广告也是为了修饰个体的身体，此时的服装已经超越了最初遮蔽身体的功能，它成为对身体的"意义"的一种无限的生产和拓展。日益兴起的整容手术不仅将身体作为表象，而且作为可以修改的客体，而整容所持的审美标准是西方白人的标准，其目的在于弥合不同族裔身体之间的差异，同时也要遏制身体衰老的趋势，遮蔽身体不完美的事实。

消费文化使身体承载广告符码，以身体的悠闲舒适和潜在的身体规训为主要目标，"人们越来越以表面形态的思路来看作为外表的肉体，也就清空了身体在基督教传统理念下的意涵，即作为原罪的容器，转而倡导其成为一种身体资本的形式"①。姜宇辉也认为，"身体消费虽然归根结底只是对身体自身的更为基础的'碎片化'所进行的'同一化'和'制度化'，但它也同时起到了拓展身体的'表层'的功能"②。正是在西方资本主义社会对身体消费的鼓吹之下，衰老的身体成为道德涣散的明证，人们对外表和身体展示更为敏感，身体的保养和维护成为时尚潮流。"身体维护"这个词将身体类比为机器，既强调了身体的消费品功能，也暗示了身体的损耗性。身体的维护既包括对身体健康的追求，也包括通过节食等方式对完美体形的追求。令人遗憾的是，消费文化在倡导享乐主义的同时，渴望着人类的永恒，但

① 克里斯·希林著，李康译：《文化、技术与社会中的身体》，北京：北京大学出版社 2011 年版，第 3 页。

② 姜宇辉主编：《德勒兹身体美学研究》，上海：华东师范大学出版社 2007 年版，第 196 页。

是，它鄙视年老和死亡，并用尽全力对抗日益衰老的身体和不完美的身体，显示出了自身的弊病。

二、华裔美国群体的身体表征

大规模华工进入美国的历史最早可以追溯至1848年，当时加利福尼亚州发现了金矿，在黄金梦的驱使下，前往加州的华工人数剧增。淘金热后，加拿大太平洋铁路公司兴建横贯大陆的铁路，又引起华工赴加高潮。之后，美国废除了奴隶制，以往的种植园主开始考虑雇佣华人"苦力"来代替解放了的黑人，越来越多的华工来到美国。"十九世纪后半叶到二十世纪前期，几乎有一百万人从中国、日本、韩国、菲律宾和印度移民到美国本土和夏威夷岛。"[①] 埃里克·哈约特（Eric Hayot）考证了华工在美国做"苦力"的历史，他认为，就像"奴隶"一词指称的是在法律上和现实生活中低人一等的人一样，"'苦力'一词与工作和种族的关系使其成为低人一等的人"[②]。正是因为"苦力"的社会地位低下，他们代表异域风情的身体成为一道种族风景、被凝视的客体，同时也是被讥讽的对象。《木鱼歌》中的吕金功于19世纪60年代来到美国："在他身后，支那佬一个个走下火车。第一个穿靴子、西装和美国制的帽子，其他人则穿着厚底的布鞋、直筒筒的裤子和宽松的外套，外套是用蓝棉布做的，上面有盘扣或是亮晶晶的铜纽扣。他们的前额剃得很干净，背后留了乌黑的

---

① ESPIRITU Y L. Asian American women and men：labor，laws and love. California：AltaMira Press，2000：p. 16.

② HAYOT E. Coolie//LEE R C ed. The routledge companion to Asian American and Pacific Islander literature. London：Routledge，2014：p. 81.

辫子，几乎快碰到地。”① 此时，华工的黄皮肤、中国传统服饰、辫子成为极具异域性的客观物，成为“他者”的标记。这样的刻板印象盛行于19世纪美国的文学作品和漫画作品中，脑后拖着一条长长的辫子，成为华工形象最主要的刻板印象。

虽然这些华工代表着异域他者形象，但是他们身上体现出的勤俭节约、吃苦耐劳、灵活机敏的特征使他们在美国大陆扎下根来。这些华工在日常生活中可以只吃饭，不吃肉，接受很低的工资，这些体现了华人身体在恶劣生存环境下的韧性和坚持。詹姆士·布莱恩（James G. Blaine）在1879年告诉美国参议院：

> 一个工人必须吃牛肉和面包，最好是牛肉，另一个工人只吃饭就行，你不能将这两个工人放在一起工作。在所有的冲突和斗争中，其结果不是将只吃饭的工人的生活水平拉升至吃牛肉面包的生活水平，而是将吃牛肉面包的工人的生活水平拉低至只吃饭的水平。②

正因为如此，“苦力”在美国廉价却高效的劳动加剧了不同肤色的劳工之间的竞争，威胁了爱吃肉的白人劳工的工作待遇，成为“黄祸”的源头。“黄祸”一说将华人整个族裔形象病理化，使他们成为被贱斥的对象，因为“黄色”一词很容易让人联想到疾病。此外，华人所聚集的唐人街社区成为疾病的源头，里面充斥着麻风病人、赌棍、异教徒、道德松弛的人，被贬为美国

---

① 林露德著，冯品佳译：《木鱼歌》，长春：吉林出版集团有限责任公司2012年版，第66页。

② HAYOT E. Coolie//LEE R C ed. The routledge companion to Asian American and Pacific Islander literature. London：Routledge，2014：p. 86.

社会的“癌症”。“黄祸文学”的代表杰克·伦敦曾写过一篇短篇小说《史无前例的入侵》(*The Unparalleled Invasion*),他将故事设置在1976年,中国人通过自己不可超越的人口优势试图统治世界,最终死于美国的生化武器。该小说表达了当时社会排斥华人、丑化华人的倾向,是当时美国“黄祸文学”的典型代表。

从华裔美国移民受歧视的困境来看,他们的痛苦部分缘于自己的种族身体。中华文化通过几千年的传承在他们身上烙下了深刻的种族印迹,是他们无法忽视的存在。早期华人移民的辫子、缠足成为其身份的象征,也成为华族文化落后的象征。辫子的留与去代表了他们与母国之间越来越明显的裂缝。如果说“辫子”“缠足”是可以改变的文化符号,华族人群经过不懈的努力表达了他们对美国身份的认同,但是,“黄皮肤”“小眼睛”是华族人群无法改变的事实。刘禾指出:“19世纪中叶,也就是中英《天津条约》签署的同时,欧洲的科学家和作家们正忙于把支那人颅骨的形状、面颊的角度、皮肤的内部组成以及有种族特点的手形等等,与支那人的智力和道德缺陷联系在一起予以论述。丝毯梅茨发现,也是在这一段时间里,支那人在所有欧洲的语言中,都从白皙人种变成了所谓的黄种人。”[①] 丹尼尔·科姆在《书写黑人和黄种人的男性气概》一文中解读了“yellow”一词的意义。他认为:“Yellow,在非裔美国语境下,是被用来指称双种族主体的一个词——那些拥有白人血统和黑人血统的杂交的主体;它也是与美国男子气概话语中的意义产生共鸣的一个词,指称那些明显缺少勇气和刚毅的品质的男性,而这些品质对传统

① 刘禾著,杨立华等译:《帝国的话语政治:从近代中西冲突看现代世界秩序的形成》,北京:生活·读书·新知三联书店2009年版,第88页。

的男子气概的概念不可或缺。"[①] 同时，"黄色"经常在美国种族主义话语中用来指称"东方人"的肤色。科姆所要探讨的是"yellow"的前两个意义如何潜在地进入第三个意义。正是因为西方社会拥有话语权，他们将华人建构为"黄皮肤"，建构为"劣等种族"，因为"黄皮肤"暗含对白人怀有偶像崇拜、自身缺乏男性气质的含义。华人的形象自此与肤色紧密相连，"yellow"意味着卑贱的身体，卑贱之处在于"那些搅混身份、干扰体系、破坏秩序的东西。是那些不遵守边界、位置和规则的东西。是二者之间、似是而非、混杂不清的东西"[②]。"黄色"介于非白非黑之间，它是美国白人种族歧视的对象，也是华人群体自我憎恨的对象。

华人女性移民美国的历史不同于华人男性的移民历史，华人男性为美国的建设发展和西部开发做出了卓越的贡献，但是华人女性一直被禁止进入美国。美国需要的是男性劳动力，而不是拖家带口的华工，"家庭被视为劳动力效率的威胁而被积极禁止"[③]，因此，美国的政策禁止大部分亚裔女性进入美国。1875年，美国国会颁布《佩奇法》，禁止华人和其他蒙古妓女、重犯和契约劳工进入美国。这条法令限制了华人女性进入美国，但华人男性没有被限制。1875 年到 1882 年间，只有 1 340 名华人女性进入美国，而同时期，大约十万男性被允许进入美国。由此可知，亚裔女性在美国受排斥的历史早于亚裔男性。这个法令于

---

① KIM D Y. Writing manhood in black and yellow：Ralph Ellison，Frank Chin，and the literary politics of identity. California：Stanford University Press，2005：p. 30.

② 朱莉娅·克里斯蒂瓦著，张新木译：《恐怖的权力：论卑贱》，北京：生活·读书·新知三联书店 2001 年版，第 6 页。

③ ESPIRITU Y L. Asian American women and men：labor，laws and love. California：AltaMira Press，2000.

1943 年被废除时，女性只占华人移民的 12%，大部分是以商人的妻子或美国公民的妻子的身份入境的。

淘金热时期，在西部冒险劳作的都是单身男子，娼妓业应运而生。早期华人女性被骗或被迫加入娼妓业，她们的身体在美国成为商品，同时因为她们的身体上还铭刻着中国传统社会“三从四德”的传统古训，拥有一双金莲小脚，这使她们成为性感、温顺、有着颓废美的尤物。林露德的《千金》中，腊露先被卖到美国成为契约奴，后被拍卖给爱达荷州的一个中国酒店主；在爱达荷州，她在白人矿工查理的帮助下获得人身自由，成为颇受当地人欢迎的华人移民。小说再现了中国妇女作为商品的悲惨命运和在逆境中仍能自强不息、寻求独立、勇于开拓的边疆精神。不仅如此，美国政府的一系列政策将亚裔移民社区变成了男女比例失调的“单身汉”社区。此外，白人资产阶级为了避免华人劳工的妻儿移民、降低成本，支持娼妓业；而种族主义者不愿华人在美国生养下一代，也支持娼妓业。1870 年，在旧金山的唐人街有 159 所妓院。1860 年，旧金山亚裔移民女性中的 85% ~97% 为妓女；1870 年，数字下降至 71% ~72%；到 1880 年，数字下降至 21% ~50%。[①] 这些数据表明，亚裔女性在美国做妓女的规模之大、人数之多。而在亚裔女性群体内，华裔女性做妓女的人最多。在美国，这些华人女性既展演着作为女性的身体，也展演着三寸金莲和中国女性的双重客体地位，由此形成的刻板印象符合西方社会对华人女性的构想，即“龙女”和“莲花”形象。林英敏在梳理华裔美国的历史时指出：“她们（亚裔女性）形成了

---

① DUNCAN P. Tell this silence: Asian American women writers and the politics of speech. Iowa: University of Iowa Press, 2004.

非常有趣的对照，一种是家里的奴仆，另一种是妓女。”这两种女性形象符合对华裔女性的刻板印象：一种是龙女（dragon lady），邪恶的傅满洲的女人版。她长着利爪般的六寸长的指甲，紧身的绸缎衣服开衩到大腿。她边抽着一英尺长的雪茄烟边性感地笑着，同时还能轻易地毒死一个男人。她是“东方的”女巫，既让人渴望又充满危险。另一种是羞怯的莲花（lotus）或中国娃娃（China doll）：羞涩、娇小、恭敬。她端正贤淑、纤纤玉指掩口低笑，双眼低垂，总是走在男人的身后十步之遥，最妙的是，她全身心地服务男人。[①] 玛丽·杨也认为“华裔美国女性的主要形象是龙女、妓女和被动的玩偶”[②]。“龙女”和“莲花”形象都与性有关系，都来自西方主流话语，是从西方男人的视角出发，人为地建构东方女性的形象。它将亚裔女性建构为异域的“他者”——性感、淫乱、不值得信任，从而将亚裔女性的性欲表征为不同于白人女性的性欲，证实了东方的堕落。“莲花”形象将女性塑造为性客体，缺乏主体意识，身与心均受制于男性，尤其指代了华人女性身体被男权话语和帝国主义话语所规训的事实。

华人男性的“单身汉”社区与华人女性的“性商品”身份使美国社会的异族通婚逐渐浮现，但是美国政府一直排斥、禁止异族通婚。美国于 1790 年颁布的《归化法》（Naturalization Laws）将美国公民身份仅限于“自由的白人”，内战之后，该法案被修订，非裔美国人也被包含其中。因为亚裔无法获取公民身份，他们成了“永远的外人”，不能投票、不能拥有土地或财产，

---

① LING A. Between Worlds：women writers of Chinese ancestry. New York：Pergamon Press，1990.

② YOUNG M E. Mulls and dragons：popular cultural images in the selected writings of African-American and Chinese American women writers. Westport：Greenwood P，1993.

更不能同白人女性或男性结婚、使用公共资源。1922 年通过的《凯伯法案》（Cable Act）宣称“任何同无法获得公民权的外人结婚的美国女性将被取消美国公民权”。直到 1952 年，《沃尔特—麦克卡伦法案》（Walter - McCarran Act）才宣称“一个人成为美国公民的权利不能因为种族的原因而被否决或削减”，异族通婚才从法律上被认可。[①] 对于异族通婚，尹晓煌这样写道：

> 有色人种男性与白人妇女之间的性关系长期以来都是美国文学中的禁忌题材，主流社会将此视之为“噩梦”。正是因为美国公众对此深感焦虑，担心白人妇女会遭到“有色男人”之性侵犯才导致美国绝大部分州在十九世纪末至二十世纪初普遍通过了各类禁止异族通婚法。有鉴于此，美国文学中有关“华洋”的性爱故事往往发生在白人男性与华人妇女之间。假如此类故事“错位”，即性爱出现在白人妇女与华人男性之间，则往往是一位“下层社会”的白人妇女恋上一位上流社会的华人。如此安排情节是为了迎合美国主流社会的看法：即华人是“劣等民族”，上流社会的白人妇女只会选择嫁给白人。[②]

异族通婚的直接结果是欧亚裔混血儿的存在，他们既不同于白人也不同于华人的外貌特征必将使他们处于“居间”的状态，造成身份认同的困惑。早期的欧亚裔混血儿是受歧视的对象，华

---

① DUNCAN P. Tell this silence：Asian American women writers and the politics of speech. Iowa：University of Iowa Press，2004：pp. 77 - 78.

② 尹晓煌著，徐颖果主译：《美国华裔文学》，天津：南开大学出版社 2006 年版，第 186 - 187 页。

裔美国文学的鼻祖水仙花（Sui Sin Far）本人就是欧亚裔混血儿。水仙花在回忆录《一个欧亚混血的回忆书笺》中描写了自己被指认为“与众不同”时所遭遇的绝望之情。在被一个白发老人称为“有趣的小东西”后，她把自己“藏在大厅的一扇门后，直到放学时才出来”[①]。林露德的《千金》中，宝莉拒绝与白人男子查理结婚，就是因为她认为他们的孩子会遭到种族歧视。她说：

> 我知道人家把娶印第安女人为妻的男人叫什么——西夸子，他们既不住在镇上，又不和印第安人住在一起。他们无家可归，他们的孩子也一样，白人不理睬他们，印第安人也不睬他们，两边的人都把他们视为外人。[②]

在宝莉看来，华人和印第安人的地位是一样的。虽然查理承诺要保护她和他们的孩子，但是美国社会排华浪潮甚嚣尘上，宝莉认为凭查理一己之力是无能为力的。后来，宝莉答应嫁给查理，唯一的条件就是他们不要孩子。对于一个从小就被中国传统教育要“三从四德”的传统女性来说，拒绝生育的要求从侧面反映了美国主流社会排华势力的强大和欧亚裔混血儿的边缘社会地位。在英国人理查德·梅森所创作的《苏丝黄的世界》中，苏丝黄与白人男子所生的混血儿身体瘦弱，最终在一场事故中夭折，他的死成全了苏丝黄与英国白人画家兼叙述者的婚姻。2014 年，华裔美国作家伍绮诗在其畅销小说《无声告白》中同样讲述了欧亚裔混血儿无法融入美国主流生活的痛苦。

---

① 水仙花：《春郁太太及其他作品》，太原：山西教育出版社 2002 年版，第260 页。

② 林露德著，阿良译：《千金》，长春：吉林出版集团有限责任公司 2011 年版，第208 页。

早期华工和妇女移民的身体形象一直是美国白人主流社会凝视的客体，但是，早期的华人移民都较少接受教育，没有创作自己的文学作品，这一群华人移民处于被去势、被消声的地位。19世纪的部分美国华人留学生如容闳、李恩富等也并未将笔墨触及早期华工移民。20世纪以来，华裔美国文学开始出现，但是早期的文学作品都是以华人商人为主要角色，如水仙花的《春郁太太》、刘裔昌的《父亲与裔昌》、黄玉雪的《华女阿五》等。这些华人商人无一例外都身体健康，恪守传统，努力归化，是典型的“模范少数族裔”，他们高尚的品德、积极归化的行为是作品的笔墨之重，他们的体貌虽有别于白人，但并没有被着重表现。考虑到美国政府在19世纪末期和20世纪初期出台了一系列排华法案，禁止华工进入美国，1910—1940年在美国天使岛移民过境站，美国政府对华人移民进行严苛的筛选，即使身体健康的华工都很难进入美国，华工在文学作品中处于被消声的状态完全可以理解。

随着华裔美国文学的发展，华裔美国作家开始关注华裔与白人迥异的身体形象，并进行细致而深刻的文学再现，具体表现为以下三个方面：①身体与肤色。汤亭亭在《孙行者》中直接写华人身体，小说结尾惠特曼洋洋洒洒几十页，直指华人的黄皮肤、小眼睛是美国白人的刻板印象，其目的在于建构白人至上的种族思想，惠特曼抑或汤亭亭的目的则在于颠覆美国主流社会对华人的刻板印象，弘扬华人的身体美。任璧莲在《爱妾》中塑造了拥有白人至上观点的白人女性布兰蒂，虽然华人女性，尤其是小说中的兰兰具有更强的抗击衰老的皮肤质地，但是白色的优势地位使兰兰和卡耐基都在刻意追求“白化”：兰兰刻意防晒以使皮肤白皙，她迷恋如007特工詹姆斯·邦德般俊朗的白人男子；卡耐基则以拥有白人女性为妻而自豪。此外，混血儿群体成为华裔美国文学中一道独特的风景线，成为作者对于全球化语境下身份思考的典型范例。②性别的身体。华裔文学作家群中有较多是女性作家，她们尤其关注华裔女性的身体再现，在关于婚外恋、乱伦题材的小说作品中，女性身体是主要塑造的对象。③身体与疾病。华裔美国作家在作品中描写了华裔美国人群遭受的各种各样的身体疾病和精神疾病。汤亭亭《女勇士》中发疯的月兰、《中国佬》中沉默寡言的父辈、谭恩美的《接骨师之女》中定期患失语症的女儿露丝、《灶神之妻》中患多发性硬化症的珍珠，任璧莲《爱妾》中患老年痴呆症的王妈妈等都是典型代表。他们的存在表明华裔美国人群不再是身体健康的“模范少数族裔”，他们是真正的人，有血有肉，吃五谷杂粮，有七情六欲。然而，导致他们生病的身体机制和心理机制有待进一步分析。

三、术语的界定

本书的研究对象为“华裔美国小说”，此处的“华裔”主要指具有华族血统，在海外用英语进行创作的作家。此定义首先排除了具有华族血统，用中文进行创作的华文作家群体，其次对“华裔”一词的界定范围进一步扩大，不仅包括在美国出生的第一、二、三代移民，同时也包括在20世纪80年代以后移民美国用英语进行文学创作的群体。总体来说，“华裔美国小说”最主要的界定元素为创作时所使用的语言。

要对文学中的身体进行研究，首先要回答的问题是：“何为身体?”身体对应的英文单词有三个，即body，corpse，soma。“soma”指躯体（corpse）。苏格拉底指出，能够持久的幸福并不来自（会腐烂）的身体，而得经由（不朽的）灵魂。“这些词语与古希腊以来人们对身体所作的二元划分有密切关系。身体被分割成物质性的肉体与超越性的精神与灵魂两部分之后，后者有了其特定的词语符号，‘身体’这一符号也就只指称剩余的血肉之躯了。”[①] 但是，身体是否就单指血肉之躯呢？显然不是。在现代社会中，身体的外延不断扩大，身体既指人的肉身，也指与身体相关的各种行为和感觉。在对身体的认识中，较有典型意义的是梅洛－庞蒂的看法：

> 在本世纪中，“身体”和“精神”的界限变得模糊。人们把人的生命看成既是精神的，也是身体的，人的生命始终以身体为基础，在其最具体的方式中始终涉及到人与人之间的关系。在19世纪末的许多思想家看来，身体是一块物质，一堆机械结构。在20世纪，人们修正和深化了肉体，即有生命的身体的概念。[②]

梅洛－庞蒂将身体看作一种现象，人与人之间的关系本质上涉及身体的关系：身体的动作、身体的空间位置、身体的位移等。梅洛－庞蒂的身体观也表明了身体并非仅仅只是肉体。它的含义已经从生理学扩展到生物科学、社会科学等各个领域之中。在福柯的观点中，身体成为“政治肉体”[③]，成为被权力和话语

---

① 欧阳灿灿：《欧美身体研究述评》，《外国文学评论》2008年第2期，第24－34页。

② 莫里斯·梅洛－庞蒂著，姜志辉译：《符号》，北京：商务印书馆2003年版，第284页。

③ 谭永利：《当代文化政治语境下的身体范畴研究》，《国外文学》2016年第3期，第1－9页。

规训的对象，身体被动的存在，记录着社会，身体被看作是阶级、种族、性别的载体。福柯的身体规训观是研究身体书写的重要维度。此外，性别研究中的身体书写、消费语境中的身体表征及其对疾病的身体和衰老的身体的贱斥都是本书所关注的焦点。

四、研究现状评述

（一）国外研究述评

近30年来，华裔美国小说研究已成为一门“显学”。国内研究者在作品译介、史学考证、作家作品个案研究、文学式样研究等领域为国内华裔文学研究奠定了基础，开拓了研究视野和路径。华裔美国小说中的主体多为华裔美国人，为强调其与美国人的差异，作者将笔触放在了对华裔美国人身体的描写上。华裔美国小说中存在着大量的身体书写，例如：汤亭亭的《孙行者》中的种族身体的夸张再现和言说；赵健秀基于华裔男性被主流社会“阉割”而重塑的阳刚华裔男性形象等。评论界对于这些身体书写并没有给予足够的重视。

在国外，华裔美国文学是亚裔美国文学的一个分支，对亚裔美国文学的研究经历了20世纪70年代的萌芽期，80年代至90年代中期的发展阶段和90年代后期至今的多元化时期。自20世纪90年代以来，对华裔美国小说身体书写的研究成果开始出现，华裔美国小说身体书写在国外的研究现状可以概括为三大主题、一大趋势。

第一个主题是对种族身体的研究。最早在华裔美国文学研究领域提出与身体相关的话题的是海伦娜·格莱斯（Helena

Grice)，她在其专著《协商身份：亚裔美国女性写作导读》(*Negotiating Identities：An Introduction to Asian American Women's Writing*，2002）中的第五章“书写双族裔性：五位欧亚裔/美亚裔女作家作品”中介绍了“面相学”（physiology）的观点，她从“种族”一词的词源入手进行考证，指出“种族”是一种与面相特征相联系的分类形式。面相学的本质是以身体来指认人，在美国这个多族裔的国家里，面相学演变成了对少数族裔的一种刻板印象的描写。作者从水仙花的自传（1911）追溯到刘爱美的《脸》（1994），探讨了亚裔主体因为种族身体遭受的被排挤的感觉。

在格莱斯之前，马圣美研究了肤色之于移民主体性的关系。马圣美在《亚裔美国文学和亚洲流散文学的移民主体性》(*Immigrant Subjectivities in Asian American and Asian Diaspora Literatures*，1998）一书中，分析了肤色在华裔美国文本中的表征和意义。在书中的第四节“亚裔美国文学中的跨族裔色情：男性主体性与白人身体”(Interracial Eroticism in Asian American Literature：Male Subjectivity and White Bodies）中，他开篇就写道，在亚裔美国男性作家的作品里，白人女性的身体一直用来帮助定义男性的主体性问题。他的写作目的就是挖掘统治的基础（the infrastructure of domination)。他追溯了华裔美国男性被阉割、被女性化的历史，他们无法像西方男人那样将女性视作客体、他者，相反他们创造了截然相反的白人女性典型形象：圣母玛利亚和惑人的夏娃，其评判标准在于这些白人女性是帮助还是阻止华裔男性建构自己的男性身份。在考查为何亚裔美国女作家的经典作品中缺少跨族裔的色情（interracial eroticism）时，他梳理了亚洲文化与肤色有关的文化传统，认为在中国传统文学中，浅色的肤色是女性美的先决条件，如“一白遮三丑”的俗语。同样，白皙的肤色组成女性色情（feminine eroticism）不可分割的一部分，如《长恨歌》中描写杨贵妃，“温泉水滑洗凝脂”；《西游记》中的蜘蛛精“酥胸白似银，玉体浑如雪”，都强调了女性白皙的肌肤。早期的移民作家对白人女性有扭曲的观点并进行了习惯性的偶像化。马圣美选取的例证是雷霆招的《吃碗茶》、布洛桑的《美国在我心中》、桑托斯的《苹果的香味》、约翰·冈田的《双不小子》、雷祖威的《爱的痛苦》、陈耀光的《海法的中国人》、David Mura 的《成为日本人：一位三世的回忆录》。在马圣美看来，“白的身体不仅仅成为异域的身体实体，其白皙的肤色和身体特征在本质主义的层面上迷惑了亚裔美国男人，它同时成为政治象征，暗含着对于被放逐着的权力的渴望”[①]。马圣美主要从亚裔男性和美国女性异族通婚的角度分析了美国女性的白身体对亚裔男性的主体性建构的重要性，他同时注意到了亚裔美国女性作家在书写亚裔美国女性和美国男性的婚姻时采取了更为冷静的笔调，并抹除了其中色情的意味，其目的是在女性具有共同的文化背景下（如压迫的经历、局限于家庭等）建构“女性诗学”。

阮越清（Viet Thanh Nguyen）在专著《种族与抵抗：亚裔美国文学与政治》（*Race & Resistance*: *Literature & Politics in Asian America*, 2002）中指出，亚裔美国作家和其创作的人物在政治和种族场景中表现出“灵活的策略”（flexible strategies），这种策略也叫“泛族裔创业精神”（panethnic entrepreneurship），它将种族和种族身份演变为联盟和斗争的焦点，也将其演变为商品。水

① MA S M. Immigrant subjectivities in Asian American and Asian diaspora literature. Albany: State University of New York Press, 1998: p. 67.

仙花姐妹作品中模糊了族裔界限的做法正是其典型的表现。阮越清从“灵活的策略”概念出发，解读亚裔美国文学文本中抵抗和融合的标记，以及这种批判的倾向与种族商品化和泛族裔创业精神之间的互动。他解读的角度是亚裔美国文学中的身体表征，因为它们一起组成了政治意识中的连贯形式，而且亚裔美国作家对身体表征的浓厚兴趣，其表现方式、时间跨度和场景选择在作品中非常明显。他关注的不仅是亚裔美国身体政治中人口学上的异质性，而且包括意识形态上的异质性。他从意识形态上的多样性出发，以身体为表征，批评评论界将抵抗评价为正面、将认同评价为反面的简化性批评行为。他研究的作品从夫野渡名于1899年发表的《日本小姐》到1999年Lois-Ann Yamanaka发表的*Heads by Harry*，时间跨度为100年。在他看来，亚裔美国身体政治不仅由种族和阶级定义，同时也由性别和性来定义。

李瑞秋（Rachel Lee）在《亚裔美国精致的肉身：生命政治、生物社会性与后人类生态学》（*The Exquisite Corpse of Asian America: Biopolitics, Biosociality, and Posthuman Ecologies*，2014）中从科技研究入手，将身体的种族研究向前推动了一大步。她考查了美国文化生活中诸多关于身体碎片化的报道，如“人体世界”展、细胞移植等，并指出亚裔美国身体在后人类学时代、后福特时代仍然遭受着经济剥削。亚裔美国批评和生物伦理学的压力已经就这些身体部分提出了伦理的、政治的、道德的要求。他们通过明显的修辞学方法来达成此事，假定将提取的身体部分回归到被冒犯的种族化的整体中，这一方法将之前的生物完整性和个体性的状态移植到被种族化的身体中。[①] 这里，作者询问，如果他们以分散的部分而不是以有机的结构来思考，或者将碎片和物质演变成模型，文学批评和表演研究是否仍是人本主义的。同时，她质疑了种族是文化建构的概念，并将亚裔美国这一种族与其生物性相联系，运用种族研究、科学技术研究、医学人类学、人文主义的厚描、流行文化研究等探讨碎片化、生物化的亚裔美国身体在跨国运动中的能动性和抵抗行为。

陈蒂娜在《双重能动性：亚裔美国文学和文化中的扮演行为》（Double Agency：Acts of Impersonation in Asian American Literature and Culture，2005）一文中通过分析聂华苓的小说《桑青与桃红》，以扮演的分析棱镜，论述了身体的展演性，身体超越了其肉身性，成为铭刻社会文化政治言说的场域。

除专著外，一些国外期刊论文也探讨了种族身体的问题。米塔·班纳瑞（Mita Banerjee）在分析汤亭亭的《孙行者》时以“黑屁股、黄皮肤”为标题，同样表达了对肤色的关注。他指出，“种族的身体”这一概念由刘大卫（David Palumbo-Liu）提出。他从黑人“布鲁斯音乐之母”雷尼大妈出现在公众面前的微笑出发，指出美国社会出现的少数族裔的笑容不是一个个人行为，而是政治行为。种族身体，成为一道政治景观，一个空白的屏幕，种族主义的凝视在上面书写政治含义。而且，种族身体的景观特征对于白人的凝视总是适用，不管这个身体是否真的在移动、在表演。非白种人被困在身体里，身体既先于又后于对此人的行为

① LEE R C. The exquisite corpse of Asian America：biopolitics，biosociality，and posthuman ecologies. New York：New York University Press，2014.

或语言的意义的任何讨论。他的肉体性超越了身体真正的行为。[①] 正如作者在文中所指出的，身体性承载意义只是种族主义者的虚构；拒不承认本质性的人性和个体性，只是聚焦种族他者，这是典型的种族主义思维。班纳瑞将种族的身体当作凝视的客体、种族景观，在白人的凝视下显现出同一性，更为悲哀的是，种族的身体同样也以种族主义的眼光看待自己。他从文化政治的角度对美国少数族裔如黑人和华人的肤色、身体特征进行解剖，指出这些少数族裔的身体成为展演的身体，供白人消费。同时，少数族裔同样以种族身体的展演对种族主义者建构的迷思进行解构。艾丽卡·林（Erika T. Lin）在《电话里的梦娜：〈梦娜在希里之乡〉中的表演身体与族裔身份》（Mona on the Phone: The Performative Body and Racial Identity in "Mona in the Promised Land", 2003）一文中从梦娜青少年时期的焦虑以对自己种族身体的焦虑为出发点，考查种族身体的话语如何通过梦娜的电话这种手段被解构，其征用的理论基础是朱迪斯·巴特勒的"身体表演"的观点。

上述评论者无一例外地关注了种族与身体的关系，在种族的定义中，种族一直被认为是社会建构的产物，但是，在对具体人群的指称中，不同种族的身体特征被前置，如华人的黄皮肤、小眼睛、塌鼻梁等，所以身体研究其实与种族研究密不可分。

第二个主题是对女性身体的研究。莱斯利·包在《背叛和其他颠覆行为：女性主义、性政治、亚裔美国女性文学》（*Betrayal and Other Acts of Subversion*: *Feminism*, *Sexual Politics*, *Asian American Women's Literature*, 2001）一书的主要目的是"审视亚裔美国

---

① BANERJEE M. Black bottoms, yellow skin: from Ma Rainey to Maxine Hong Kingston's "Tripmaster monkey". Amerikastudien/American studies, 2000, 45 (3): pp. 405–423.

女性假定存在的背叛，以曝光集体认同、主体性和归属等术语。这本书研究了亚裔美国女性写作中隐性的和显性的背信弃义的指控。……研究显示了联盟建构的机制，分析了维持联盟所面临的风险，特别对于那些因忠诚于多个联盟而越界的女性”。作者列举了小野洋子和户栗郁子这两个例子：前者毁掉了一个流行偶像约翰·列侬，后者背叛了一个民族，被称为东京玫瑰。她认为两者身上体现的背叛在于她们能破坏男人同其他男人的认同，摧毁对群体或国家的忠诚，其目的在于否定某些联盟，并重新强化另一些联盟。在“涉身性和忠诚的修辞学”（embodiment and the rhetoric of allegiance）这一小节，作者列举了 Eleanor Wong Telemaque 的小说《在明尼苏达做个华人真蠢》（*It's Crazy to Stay Chinese in Minnesota*）和《孟买之音》（*Bombay Talkie*），女性身体成为责任和欲望、族群忠诚和美国化的争斗场。女性的性欲（feminine sexuality）成为公共空间文化同化的标记。[1] 族群和民族的联盟部分由性欲的表现方式上的冲突所决定，潜在地把女性身体和国际和国内政治斗争的语域场联系，和民族争议与忠诚的场所相联系。作者提出了女性主义和文化民族主义的竞争关系。“非此即彼”（either-or view）的观点导致了两者的对立。

苏珊·柯西《性的归化：亚裔美国人和种族通婚》（Sexual Naturalization：Asian Americans and Miscegenation，2004）一文中，作者从异族联姻角度研究了亚裔女性身体的再现问题。作者关注的是美国白人男性和亚裔女性的婚姻，而不是亚裔男性和美国白人女性的婚姻，因为前者有领土的和治外法权的特征（territorial

---

① BOW L. Betrayal and other acts of subversion：feminism，sexual politics，Asian American women's literature. Princeton：Princeton University Press，2001：p. 10.

and extraterritorial），后者只是在领土内发生，曾有一段时间，后者这样的关系被认为不合法，白人女性甚至会被取消国籍。作者追溯了白人男性和亚裔女性伴侣的系谱学。亚裔美国女性被排除在美国民族国家之外的历史主要在于她们的性欲所暗指的潜在威胁。移民早期，亚裔女性的身体象征族裔社区在美国繁殖自身的力量，因而被贱斥。美国主流社会将亚裔女性的性欲表征为不同于白人女性的性欲，证实了东方堕落的理论。东方的淫荡作为一种想象出来的概念加强了民族之外的地点的诱惑力，亚裔女性形象与之等同。作者在布尔迪厄的社会资本和文化资本概念的基础上提出"性资本"的概念。

此外，莫妮卡·裘在《肮脏的小说：亚裔美国女性文学》（Filthy Ficitons：Asian American Literature by Women，2004）一文中以文化人类学家道格拉斯的"不洁"（filth）概念为理论基础解读亚裔美国女性身体，她所涉及的学术领域包括三个层面：女性主义理论与身体；族裔研究与种族概念；亚美研究前沿的全球关注和跨民族关注。[①] 她思考了种族与不洁、不洁与洁净之间的关系。亚裔美国女性因为性别和种族的关系在不洁的状态中不断跨越着社会边界。通过研读华裔美国小说和日裔美国小说，裘尖锐地指出亚裔美国小说中将亚裔美国女性等同于肮脏、疾病、堕落等形象，是美国社会弃绝的对象，她将其称为"种族病理学"。她将性别、种族和民族作为重要的要素进行研究，为华裔美国小说的身体研究提供了一个可行的研究视角。

第三个主题是对食物与身份关系的研究。华裔美国人来到美

---

① CHIU M. Filthy fictions：Asian American literature by women. Walnut Creek：AltaMira Press，2004：pp. 2 – 3.

国后，最初从事的是餐饮、洗衣等行业。美国人口中的“杂碎”（Chop-soy）就是华裔美国人及其食物的代名词，围绕着华裔人群的食物，美国主流社会形成了对华裔群体的刻板印象，华裔美国作家自身也通过食物书写来建构自己的身份或以食物对身份进行结构。

最初研究食物意象的亚裔美国文学评论当属黄秀玲的《从必需到奢侈：解读亚裔美国文学》（*Reading Asian American Literature：From Necessity to Extravagance*，1993）。在第一章“大食者、馋嘴之人、‘食物卖淫者’、‘食物色情小说家’和炸油炸圈饼的人”中，区分了亚裔美国作家运用有关食物的意象来探讨经济和文化生存问题的几种不同方式。在黄秀玲看来，食物意象取自“全人类共有的肌体功能”，这句话就点出了食物与身体的关系。但是，黄秀玲的分析理论不是从身体角度出发，而是从经济和文化角度出发，分析了小川乐的《婶婶》、汤亭亭的《女勇士》、穆可基的《茉莉》等诸多亚裔美国文学作品，分析了与第一代移民有关的“大食”；存在于准移民和第二、三代移民身上的“食物卖淫”；以及“食物色情文学”，即靠利用自己族裔的饮食习惯中“异国情调”的一面为生。这些食物是族裔的标志，代表着族裔活动。黄秀玲在进行细致地分析后倡导建立“正确饮食”的梦想，即亚裔美国人不再受到痛苦的局外/局内、外国/本土、他者/自我的辩证法的困扰，而可以自由地在一个自然的地方与自己平等的人一起满足自然的胃口。①

黄秀玲关注的是亚裔美国文学中对各种具有文化差异的食物

---

① 黄秀玲著，詹乔、蒲若茜、李亚萍译：《从必需到奢侈：解读亚裔美国文学》，北京：中国社会科学出版社2007年版，第104页。

的展演，尤其是具有亚裔族裔特征的食物，属于烹饪研究或者说食物符号学的范畴。通过分析食物，黄秀玲表现了在全球化语境下重新思考食物的作用、食物所承载的文化，以希望亚裔和美国其他少数族裔一样能与美国主流白人平等共处，如林永得的短诗《中国火锅》中所写的：

我的美国梦
就像打边炉
与所有不同宗教信仰和种族，不同口味的人一起
围坐在同一口锅前①

这就是亚裔美国作家的“美国梦”，具有很强的政治意味。但是食物作为补充身体营养，保证身体机能正常运转的补充品与身体密切相关，亚裔美国人进食、不食、进食何物不仅代表文化的差异，而且是文化对身体的规训，同时食物将身体演变为一种权利空间，亚裔美国人群通过食或不食表达着自己的权利。这是我们需要关注的问题。

亚裔美国文学评论家詹妮弗·何（Jennifer Ann Ho）在其专著《亚裔美国成长小说中的饮食与身份》（*Consumption and Identity in Asian American Coming-of-Age Novels*, 2005）中探讨了食物和身份的关系。这部专著也是她的博士学位论文研究成果。她从自己的华裔和牙买加裔身份出发，指出他人依据颅相学（phenotype）和种族期待来确定她的身份，她自己则以自己的家庭和食

① 黄秀玲著，詹乔、蒲若茜、李亚萍译：《从必需到奢侈：解读亚裔美国文学》，北京：中国社会科学出版社 2007 年版，第 111 页。

物出发来理解自己的身份。在文中她运用四个不同的认同模式——历史的骄傲、消费主义、忧伤和融合①，考察了六部亚裔美国小说中亚裔青少年如何通过食物挑战和修正他们的文化遗产并尝试与其他族裔融合，她要探讨的核心思想是食物同成长和族裔身份发展的关系。在何看来，这些年轻的主人公和食物的关系代表了他们为拥有美国身份所做的努力。美国在历史上主要处理的是白人和黑人间的种族问题，而今亚裔青年迫使其承认自己的双重或多重文化身份，即成为美国社会的连字符民族（hyphenated peoples）。同时，亚裔美国作家在创作中对抗盛行的有关华裔的刻板印象，这些刻板印象将华裔同食物，及对食物的准备、消费和服务联系起来。②

郑绮宁（Eleanor Ty）在其专著《北美亚裔文学中的能见度政治学》（*The Politics of the Visible in Asian North American Narratives*，2004）中从食物的角度解读了谭恩美的小说《灶神之妻》。她首先从食物研究出发，指出食物、做饭、吃饭已经成为关键的族裔标记物。在亚裔美国文学中，饮食同吃苦、忍受痛苦与侮辱相关，而且它也成为展现个人性格，考验个人承受力的方式。③在《灶神之妻》中，雯丽通过食物的色、香、味、质地建构了自己的人生。郑绮宁在分析中征用了母女关系研究，黄秀玲的食物解读成果、巴赫金的狂欢理论、克里斯特娃的卑贱理论等解读了食物与意识形态、女性欲望之间的关系。文章结尾，郑绮宁认为

---

① HO J A. Consumption and identity in Asian American coming-of-age novels. London: Routledge, 2005.

② HO J A. Consumption and identity in Asian American coming-of-age novels. London: Routledge, 2005: p. 3.

③ TY E. The politics of the visible in Asian North American narratives. Toronto: University of Toronto Press, 2004: p. 103.

雯丽的母亲通过教给女儿关于食物的知识向女儿传递了非常重要的信息："生活中有许多的美味佳肴和快乐，有时候将自己的欲望与味觉置于首位是很有必要的，虽然这有悖于中国要求女性服从、谦逊、沉默不语的教化。"①

上述对于食物的细致描写将食物同政治、身份认同、女性欲望联系了起来。虽然食物的享用与身体密切相关，但评论者并未从身体的角度出发探讨食物之于身体的意义，如华裔作家笔下患有"厌食症"的人物形象，或者饮食品种庞杂的华裔人群，或过度表现食物的问题，这些亚裔人群对待食物的迥异态度潜在地表达了身体的政治。

国外对华裔美国小说身体书写的研究近年来还出现了一个新的趋势，即身体的失能研究（Disability Studies）。失能研究暂时还没有被运用到对华裔美国文学的解读上，但是在对亚裔美国文学的解读中，已经出现一些研究成果。马圣美在《东西蒙太奇：反思流散的亚洲身体》（*East-West Montage*：*Reflections on Asian Bodies in Diaspora*，2007）中从《圣经》文本出发对亚美流散身体进行反思，他从身体的下部到喉咙、嘴巴，再到韩国明星的偶像脸蛋，然后退后观察东方身体的全景、幻术的光芒和身体的死亡，探讨流散的身体的象征意义和流散者的忧伤。他在文中质疑了社会中将"失能人"看作只是盲人、聋子、哑巴、疯子等人的观点，转而关注社会中遭受了不可见的创伤的人。正如马圣美所说："理论上说，移民中没有残疾人，因为申请签证和在陌生国度将要面临的困难足以使很多人，除了最有资格的人，丧失信

---

① TY E. The politics of the visible in Asian North American narratives. Toronto：University of Toronto Press，2004：p. 115.

心。然而一些移民的父母和其他不受欢迎的人最终将成为‘负担’。因为语言能力和文化技能有限，有的不会开车、购物，这些美国移民如同聋子、哑巴、盲人一样遭受歧视。”① 为此，马圣美提出“魔幻失能”（magical disabilities）的概念，它不仅囊括了因为各种原因导致的身体失能现象，而且囊括了因为社会文化的压制而导致的心理失能现象。心理失能主要指作为美国移民的少数族裔群体遭受了美国社会生活中政治、经济、文化的压制后而产生的现象。马圣美的“魔幻失能”概念对研究华裔美国小说中的失能现象非常有启发性。

2011 年，马圣美发表专著《流散文学与视觉文化》（*Diaspora Literature and Visual Culture*，2011），在书中第二部分第八章节“《同名人》中亚洲流散的泪水”（Tears of Asian diaspora in “The Namesake”：Empathetic nostalgia from an eyehole）中，他从流散的角度分析了对于亚裔移民得即是失、失即是得的辩证关系，之后提出“移情的怀乡”（empathetic nostalgia）概念，以指代推迟的融合和重构的源头。在马圣美看来，亚裔流散者心理的创伤和身体的“畸形”成为魔力的源头，启蒙了荒凉的、科技至上的西方。由此可见，马圣美是通过亚裔流散者身体和心理的失能来辨析他们流散在外的心态。他所选取的文本是拉希里的《同名人》，他从阿肖克右腿永久残疾开始进行解读，阿肖克在右腿残疾之后逃到美国，可见自由的生活需要身体的某种死亡。他从印度娶回的妻子阿西玛在某种程度上也是失能的。在美国养育了一双儿女之后，她完全依靠阿肖克为她支付账单、为汽车加油。不仅如此，

① MA S M. East-West Montage：reflections on Asian bodies in diaspora. Honolulu：University of Hawaii Press，2007：p. 190.

这些移民虽压制住了自己与家园、与自我的分离，但仍然无法融入移居国，成为情感上的截肢者，经历着幻肢之痛。阿肖克的儿子果戈里继承了父亲心理上的“跛足”，担心自己的肤色是一种失能，他企图通过与白人女性的爱情走上美国化之路，但是他的印度身份成为其挥之不去的标记。果戈里之后选择族裔伴侣，但他们受挫的同化之旅终结了他们的婚姻，他最终决定选择回到印度传统中。

斯蒂芬妮·徐（Stephanie Hsu）在《李昌来的〈投降者〉中的失能本体论》（*The Ontology of Disability in Chang－rae Lee's The Surrendered*，2013）中指出，《投降者》这部小说充满了失能的人，有癌症患者，有滥用药物的人，有满身病痛的老年人，以及有与创伤后应激障碍相关的持续的精神状态的人。鉴于评论界习惯将失能研究纳入更为广泛的社会学和哲学语境，徐将失能研究回归其本体论的意义，探讨以种族的社会建构为基础的身体是否是健全的身体。目前对失能和种族的分析有两种方法，包括现象学方法和类比策略。徐认为这两种方法没能传递带着损伤生活的本体论的重要性和失能的文学研究的伦理意义。他仔细分析了小说中三个主要人物的角色刻画，包括战争孤儿菊恩、美国大兵赫克托和宗教援助人员西尔维娅，指出他们所代表的失能症候和意义，强调抵制健全民族主义（ablenationalism）之于社会的规范和生物政治的控制才是这部小说中被种族化和失能化的人物刻画的意义之所在。

林智贤（Jeehyun Lim）在其论文《割舌：汤亭亭〈女勇士〉中的语言与身体》（Cutting the Tongue：Language and the Body in

Kingston's "The Woman Warrior", 2006)[①] 中运用失能研究理论分析了《女勇士》中的割舌行为。社会建构主义者的观点认为"失能既不是自然的也不是本质性的，而是社会建构的"，从某种程度上说，失能和健全（ability）两者之间是相互依存的。但是长期以来，失能一直被看作是健全的对立面，是对健全身体的缺乏。但是失能与健全之间的动态学在种族和文化语境下更为复杂。种族和文化会影响对语言能力的评估。林指出，汤亭亭在小说中谴责了建构语言规范、将语言差异种族化的行为。他的分析基于"舌头"，这一身体器官不是景观，但和外表一起标记了说话人的他者身份，它居于外在的身体和不可见的内在之间。这一空间帮助我们将对种族化的主体的社会感知与主体的种族忧郁症之间的联系概念化。林通过分析叙述者所进入的规范的语言世界、叙述者与其语言模棱两可的关系后认为，语言划出了自我与他者的边界。割舌强调了语言绝不是交换的中立场所，一个人进入某个语言系统时，他的身体已经被社会编码，他的行为由社会语境所决定。因此，主流语言与他者语言的关系展示了作者的身份观。

由上可知，虽然国外评论者对亚裔美国小说的身体研究可分为多个方面，但是研究成果仍然比较零星，其中并无对身体的系统性、整体性的研究。此外，华裔美国小说中有较多对种族身体、性别身体和失能身体的描写，对这方面的研究成果并不多见。本书拟力求在这一领域做出贡献。

---

① LIM J. Cutting the tongue: language and the body in Kingston's "The woman warrior". MELUS, 2006, 31 (3): pp. 49 –65.

（二）国内研究述评

在国内，学界也从身体的角度对华裔美国小说文本进行了研究，但仅限于篇章性的小节和论文。评论者首先探讨了身体和种族的关系。陈爱敏在其专著《认同与疏离：美国华裔流散文学批评的东方主义视野》中的第九章专辟一节讨论“身体与身份”的关系。他基于斯图亚特·霍尔的“表征”理论，探讨华裔美国文学中的肤色、种族、性、性别之间的联系和交织，将其看成是身份认同的一个重要方面。他所列举的例证是黄哲伦的*FOB*、赵健秀的《鸡屋华人》，小说中“华人后代对白人姑娘的无限迷恋，可以看出华裔对自己肤色的不安，从更深层次上来说，反映了生活在主流文化边缘的少数族裔的民族自卑心理：身为有色人种似乎要比白人低人一等”[①]。陈爱敏认为“一些华裔作家通过对华人身体的描述，有意无意贬低自己的民族，自我东方化”[②]。例如，《中国佬》中的阿公苦恼自己为何只生儿子，没有女儿。阿公的变态行为符合西方读者对于东方男子的刻板印象。从另一个角度，“阿公的身体被‘阅读’，就像一段文本。他提供了活的证据，有关中国男子的证据，他提供了‘种族’间差异的证据”[③]。华人男性被等同于原始的动物和“病态的”威胁。陈爱敏提供的另一个论据是《孙行者》中惠特曼对亚裔女人的身体描

---

① 陈爱敏：《认同与疏离：美国华裔流散文学批评的东方主义视野》，北京：人民文学出版社 2007 年版，第 223 页。

② 陈爱敏：《认同与疏离：美国华裔流散文学批评的东方主义视野》，北京：人民文学出版社 2007 年版，第 224 页。

③ 陈爱敏：《认同与疏离：美国华裔流散文学批评的东方主义视野》，北京：人民文学出版社 2007 年版，第 226 页。

述，它揭示了西方人心目中的东方人形象，同时东方的身体被当作凝视的客体，西方人以此“秘密地享受着对东方的侵淫”[①]。陈爱敏“身体与身份”的探讨对亚裔美国文学中的身体书写起到了很好的推动作用，他关注到了有关华裔的肤色、性、展演的身体的书写，并列举了华裔美国文学文本作为例证。但是作为专著的一节，该话题仍有很大的拓展空间。其实，不光是汤亭亭、赵健秀、黄哲伦三位作家，很多华裔美国作家包括谭恩美、任璧莲、邝丽莎等都从不同角度描写了身体，既包括肤色、性，也包括缠足、疾病等。

李贵苍在《族性能见度的政治学与华人形象》[②] 一文中同样关注了华人肤色的问题。他从族性出发研究其能见度问题。而肤色是族性的一个典型特征。在他看来，西方的“他者化”建构主要以文字的差异为根本。在西方语境下，族群的意义被强行剥离到只剩下肤色这个符号了。少数族裔非白的肤色成为他们与主流种族的规定性和区别性本质，族群的认识永远停留在了肤色上，其目的“无非是要确保在美国社会中，使白人永远处于权力的顶端并为所欲为”[③]。族裔形象被定型于主流社会的偏见中，并成为白人对少数族裔进行操控的主要对象。正因为如此，“华人的肤色既粉饰美国的政治和主流文化，又被政治和主流文化利

① 陈爱敏：《认同与疏离：美国华裔流散文学批评的东方主义视野》，北京：人民文学出版社 2007 年版，第 227 页。

② 李贵苍：《族性能见度的政治学与华人形象》，《汕头大学学报》（人文社会科学版）2008 年第 3 期，第 73－78 页。

③ 李贵苍：《族性能见度的政治学与华人形象》，《汕头大学学报》（人文社会科学版）2008 年第 3 期，第 73－78 页。

用”[①]。

李红燕在分析任璧莲的《梦娜在希望之乡》《爱妾》时在第五章第一节中分析了“身体的等级”，她从美国社会存在的“本质主义的种族论”出发，依托20世纪80年代以来蓬勃发展的身体研究论述，将身体与社会历史文化语境相结合，分析了肤色所展示的种族阶梯和华裔人群因为肤色不同而产生的焦虑。梦娜因为亚洲的身体特征，被认为是“有待生长成的身体”，不够性感，这使她产生焦虑，其本质则是梦娜将白人的审美标准内化，暗含着华族低于白人种族的地位。《爱妾》中则展示了“白色”令华裔难以抗拒的诱惑力，其典型表现为华裔男子与白人女性的异族通婚。从对小说的评论可见，评论者注意到了华裔作家在创作时对肤色的强调及其隐含意义，但是在讨论肤色时她所征用的更多的是种族理论而非身体理论。

在文化研究方面，国内评论者从民族身份、身体政治、后殖民身份等方面考查华裔美国文学的身体书写。陆薇的《“胃口的政治”：美国华裔与非裔文学的互文性阅读》一文探讨了“吃”的行为所代表的“意识形态领域中的‘胃口的政治’”。她认为“胃口是一种受文化约束、表达社会关系的代码，它既象征着主体（人）与客体（食物）之间的关系，又是‘自我’与‘世界’间的桥梁”[②]。她所探讨的文本包括黄玉雪的《华女阿五》、谭恩美的《喜福会》、赵健秀的《龙年》、莫里森的《最蓝的眼睛》《秀拉》《所罗门之歌》。虽然她没有直接提到身体字眼，但

① 李贵苍：《族性能见度的政治学与华人形象》，《汕头大学学报》（人文社会科学版）2008年第3期，第73－78页。

② 陆薇：《“胃口的政治”：美国华裔与非裔文学的互文性阅读》，载程爱民主编：《美国华裔文学研究》，北京：北京大学出版社2003年版，第86页。

是毫无疑问，“吃”是身体的行为，是身体对于所感受到的强烈饥饿感的反应，而少数族裔在美国社会的饥饿感多来自他们被压抑的人生。毫无疑问，“胃口”是身体的一部分。

张延军、孟利魁的文章《新型华裔美国男性之构建：汤亭亭〈中国佬〉中的男性“身体政治”》[①] 以“身体政治”为切入点，分析著名华裔美国女作家汤亭亭的文学巨著《中国佬》中的男性主题。作者将男性问题作为多重主题中的重中之重，以各种叙事策略说明他们不是“被阉割”的牺牲品，而是富有阳刚之气的男子汉。梁超群的论文《反殖民集体激情中被遮蔽的身体——对〈蝴蝶君〉男主角的具身伦理解读》[②] 从后殖民批评中的身体维度指出《蝴蝶君》实际上呈现了身体在文化冲突中的游离性与离心力。因为这场文化冲突对身体这个中介与境域的严重依赖，“身受”冲突的“帝国主义者”法国人加利默与他所“代表”的力量之间存在着既依存又背离的关系。在文化对抗产生的罅隙中，他的身体实现了自体自根的快乐，引导他挣脱了帝国与权力的话语控制。师彦灵在论文《对抗的迁徙——聂华苓〈桑青与桃红〉中的女性身体迁徙》[③] 中认为，桑青/桃红的迁徙尽管带有被动的特征，但更多的是一种主体的自觉行为，是其对抗父权文化、种族主义和帝国主义霸权话语，颠覆美国迁徙神话的一种积极策略，是一种“对抗的迁徙”。

国内学界也意识到从身体书写角度系统性研究华裔美国小说

---

① 张延军、孟刑魁：《新型华裔美国男性之建构：汤亭亭〈中国佬〉中的男性“身体政治”》，《外国文学研究》2013 年第 1 期。

② 梁超群：《反殖民集体激情中被遮蔽的身体——对〈蝴蝶君〉男主角的具身伦理解读》，《华东师范大学学报》（哲学社会科学版）2012 年第 4 期。

③ 师彦灵：《对抗的迁徙——聂华苓〈桑青与桃红〉中的女性身体迁徙》，《甘肃社会科学》2011 年第 2 期。

的重要性，高校博士学位论文是主要表现形式。东北师范大学2010届的中国现当代文学专业蔡青的博士学位论文《后殖民语境下美国华裔女性文学中的疾病书写分析》和上海外国语大学2011届英语语言文学专业李丽华的博士学位论文《华裔美国文学的性与性别研究——以黄哲伦、赵健秀和汤亭亭为个案》这两篇文章与身体书写有一定关系。前者从疯癫、厌食症和失语症这三种病症出发进行后殖民解读，并探讨疾病的根源和疾病的治疗。后者以黄哲伦的《蝴蝶君》、赵健秀的《甘加丁之路》和汤亭亭的《第五和平书》为例，围绕性别理论的核心概念，在一个与族裔相互交织的系统中考察生物性别、社会性别和性欲的相互关系和多元流动特征可能带来的理论提升和社会转化意义。这些文章通过对华裔美国文学文本的细读，从后殖民主义和性别身份的角度来研究华裔美国群体，是值得肯定的尝试。

从国内外研究的现状可见，华裔美国小说的研究已经比较广泛和深入，但对于华裔美国身体的研究与丰富的身体书写文本之间还存在着较大的距离。首先，在现有的文献综述中，对具体的文本分析刚刚起步，对于具有典型的身体书写的华裔美国文学文本缺乏关注，对作品有逻辑性且深入细致细腻的研究则比较少，更缺乏系统扎实的研究成果。其次，在研究对象的选择上，国内学者仅倾向于分析国内学者耳熟能详的作品，国外学者更偏重华裔以外的亚裔美国文学作品，因此对华裔新移民文学和部分华裔美国作家的作品缺少关注，且对国内外身体书写的研究缺乏资料梳理的过程，因而不能获得系统、有效的研究成果。再次，身体研究是社会学兴起的一股新兴的理论思潮，它从社会学的角度切入华裔美国文学作品，有别于国内学界常见的后殖民主义、女性主义等角度的分析，这一跨学科方法的运用对发掘华裔美国小说文本的意义很有必要。

鉴于华裔美国小说中的身体书写研究仍有较多不完善之处，作者希望在前人的基础上对身体书写研究进行进一步的补充和完善。

首先，研究对象的选择。本书的研究对象不仅有耳熟能详的华裔美国作家，如汤亭亭、谭恩美、任璧莲等，还包括儿童文学作家叶添祥，以及其他评论界较少关注的作家如包柏漪、赵惠纯、张岚、马敏仪等。这些作家从不同的角度书写身体，为身体研究提供了很好的阐释文本，具有很强的代表性。此外，本书不限于对单篇小说的细读，而是从整个华裔美国小说文本出发，从中选择有代表性的身体书写侧面，以核心关键词统领章节，争取做到有点有面。

其次，研究主题的选择。本书在综合分析前人对身体研究的基础上，从族裔的身体、性别的身体、失能的身体三个方面切入华裔美国小说，对其进行细致解读。种族的身体包括华人的辫子、缠足等，具有文化特征的身体性别的身体主要包括华裔美国小说中的婚外恋书写和乱伦书写；失能的身体主要指涉精神失能和厌食两个角度。在哲学和社会学身体理论的观照下，华裔美国小说中的身体书写既展现出共性，也因其侧重点不同而展现出独特的文学价值。

对华裔美国小说的身体书写研究是一个有意义的研究领域。身体与身份紧密相连，通过将身体进行艺术再现，可以挖掘华裔身体在文本中的意义、它所受到的规训、它在身份认同中所起的作用。同时，对身体描写的“前置再现”能使英语世界的读者更好地理解华裔作家笔下的人物形象，以及他们在美国处境艰难的原因。除上述提到的对族裔的身体、性别的身体和失能的身体进行研究，身体研究还有很大的挖掘空间，如身体与消费、身体与语言、身体与老年学等。本书希望在身体研究的运用方面起到抛砖引玉的作用，以期更多的文学评论者一起共同推进身体研究的发展。

第二节　研究方法与研究内容

一、研究方法

1. 文本细读法

对于本书的深入开展，需要结合具体的文本进行解读，以起到抛砖引玉的作用。本书的开展有赖于仔细阅读，对文本中的身体表征进行分类，挖掘身体书写的社会、政治、文化意义和美学价值。

2. 文献研究法

本书首先需要梳理理论视角，从身体书写的角度对华裔文学进行分析目前还属于开创性的解读，有一定的挖掘空间。而且，华裔文学研究在国内已经进行到一定程度，通过阅读相关文学作品和科研文献，并以此为基础进行深入探讨，以便能对前人已经开拓的领域进行更加深入的研究。本书对身体理论的梳理以及华裔男性和女性身体的历史变迁将主要依赖文本的收集和阅读整理。

3. 比较文学的方法和视野

文学文本不是一个孤立的存在，总是与社会、历史、文化、地理、哲学等有着千丝万缕的联系。本书的核心思想“身体”概念主要来源于哲学和社会学的研究成果，将其运用于文学研究属于跨学科的尝试。

4. 西方文论的综合运用

西方文论是进行文本解读的一个有效工具，本书将有效使用西方文论的一些重要理论，如创伤理论、失能研究理论、女性主义批评、老年学研究、身体的社会学研究等成果解读小说文本，坚持做到“文本为体、理论为用”，让理论为文本服务，而不是让文本为理论服务，从而保留并再现文本的精彩。

二、研究内容

本书是对华裔美国小说中身体书写的研究，主要立足于华裔美国小说文本，在对文本细读的过程中将综合运用历史文献、社会学文献、女性主义批评理论、精神分析理论、创伤理论等理论文献，从不同角度阐释文本，力求展示身体书写本身的丰富性和深刻内涵。

1. 梳理亚裔美国文学中的身体研究

华裔美国批评学界对身体书写的研究不够广泛和深入，本书首先将对身体研究和华裔美国身体书写史进行整体梳理和客观评价，指出其所取得的成就以及有待完善之处，并指出本书的研究意义、研究思路和研究框架。

2. 华裔美国小说中族裔身体的再现

分析华裔美国小说中的各种身体表征，主要包括华裔男性和华裔女性的身体。早期华裔男性移民的辫子和华人女性的缠足是西方社会在认识华人移民、构想华人移民时建构的刻板印象。华人移民的辫子既是他们国族归属的象征，也是他们难以融入美国生活的明证。华人女性的缠足在中国社会已经废除缠足后仍频频出现在文学作品中，代表着中国父权制度对女性身体的惩罚、对母与女关系的离间以及性别间暴力的反思。

3. 华裔美国小说中性的身体的重构

华裔美国小说的早期文本存在对华裔群体性话语的缺乏，这既有作家的原因，也有社会的原因。20 世纪 60 年代以后，性话语开始涌现，它发生在华裔男与女之间、华裔同性之间、华裔女性和白人男性之间、华裔男性和白人女性之间，呈现出多种面貌。本书从倒错的性话语出发，包括婚外恋和乱伦等主题，讨论女性身体在性别话语和父权制度下被规训的境遇。所选取的文本包括雷霆招的《吃碗茶》、任璧莲的《典型的美国佬》、包柏漪的《春月》、赵惠纯的《猴王》等。

4. 华裔美国小说对失能身体的重构

华裔美国主体处于一种既非此又非彼的状态，他们不是中国人，但也无法顺利归化为美国人。由于历史上对华裔男性的“阉割”，以及华裔女性遭受的性别主义和种族主义的“双重宰制”，这对他们的身体造成了创伤性的影响，使他们遭受多种疾病的折磨。本部分拟从华裔美国小说中的各种失能症状出发，包括残疾的身体、精神分裂症、厌食症等，分析身体的各种表征，主要关注其在华裔美国小说文本中的表现和其在亚裔美国主体表征中的作用以及对完整和健康的主体性的渴求。在分析中将以疾病关键词为核心，打通文本间的壁垒，将华裔美国文学看作一个整体来进行研究。

5. 华裔身体的抵抗策略

本部分主要从华裔男性的身体和华裔女性的身体入手。华裔男性的抵抗策略主要在于解构华裔男性的刻板印象，重构华裔男性形象，重构主要分为：①以汤亭亭的《孙行者》为典型例证，分析华裔美国作家将华人的身体特征前置，反对整容、“白化”等潜在蔑视华人身体形象的行为，彰显华人身体美的身体抵抗策略。②以张岚的《遗产》、伍慧明《望岩》中的男性形象为例证，援引瑞文·康奈尔对西方“男性气质”的定义，重新审视华人男性形象，指出华人男性并不是被阉割、被去势的对象，而是同西方男性一样追求着强健的体魄和“支配性男性气质”。③随着华裔群体早年的“叶落归根”到后来的“落地生根”，越来越多的华裔老人出现在华裔美国文学作品中。在20世纪和21世纪的美国，华裔老人作为边缘的少数族裔群体中的年长成员，为在美国社会寻求自己的位置积极介入了美国经济生活，并在老年生活中试图重新整合中国的传统文化价值观与美国现实生活的关系。他们积极变老的态度是对种族身体和失能身体的重写。本书通过对读赵健秀的短篇小说《一个中国女人死了》和任璧莲的《大世界、小城镇》，分析华裔美国文学中老人形象的变迁及其意义。

第二章　“种族化”身体的再现：华裔美国小说身体书写中的族裔视角

欧洲的生物学家和人类学家早在18世纪就开始对人种进行分类，他们依据的主要标准是肤色、身材、颅骨形象。“黑人”和“白人”形象就在这个基础上被划分出来，而且根据这一分类，白人在道德上和智力上明显优于黑人，白人的优势地位从此被建立。19世纪的美国移民浪潮冲击了欧洲社会的种族分类，但是它也为歧视非白人种族的行为奠定了坚实的基础。19世纪美国社会盛行的排华浪潮正是基于种族分类而制定的政策，华人在美国社会是种族“他者”，他们因与众不同的身体成为被攻击的目标。为了表现美国社会的排华历史，也为了展现海外华人的生活，华裔美国小说最初在再现华裔美国身体时，无一例外都关注了华裔有别于白人的族裔身体，如华工的辫子，华裔女性的缠足，华人的黄皮肤、小眼睛等。族裔身体是一个族裔区别于其他族裔的最重要的标志，是族裔主体与族裔母体的联系，也是族裔主体归化路上的障碍。

本章主要从早期华裔移民的辫子、缠足形象和欧亚裔混血形象来考查华裔美国小说中的族裔身体形象，所选取的华裔美国小说包括叶添祥的儿童文学《龙翼》、容闳的自传《容闳自传：我在中国和美国的生活》、林露德的传记小说《木鱼歌》、邝丽莎的《雪花秘扇》等。这些作品中的族裔身体意象非常突出。华裔美国作家在再现族裔身体的同时，思考着族裔身体之于华裔身份认同之间的关系。

第一节 辫子与身份认同：论早期华裔移民的身体书写

辫子的英文对应词有两个，分别为 pigtail 和 queue。《牛津英语词典》将辫子（pigtail）定义为“一条从后脑勺垂下来的辫子；适用于 18 世纪末 19 世纪初士兵和水手的发型，现在多属年轻女孩的发型，尤其指满族统治下中国人的传统发型”①。《牛津英语词典》将 queue 定义为 pigtail 的同义词②。

从 pigtail 和 queue 的定义可见，两个词均指从头上编下来的辫子，但是 queue 一词的用法更为广泛，而 pigtail 一词常用于特指华人。同时，pigtail 和 queue 的定义还透露出一个非常重要的信息：辫子并不是清政府统治下华人的专利，欧洲军人留长发的习俗早在 18 世纪的普鲁士军队中就已经出现，后逐渐出现于英美军队和海员身上。1801 年 4 月 30 日，美国詹姆斯·威尔金森将军发布“圆头法令”（roundhead order），规定军官和士兵的头发风格和戴帽子的风尚，任何装饰物都要求彻底放弃。“圆头法令”的真正目的在于剪掉美国军人的辫子，这种辫子虽然流行很久，但被认为粗俗不堪。可是，威尔金森将军的法令遭到了守旧

---

① MURRAY J A H，BRADLEY H，CRAIGIE W A & ONIONS C T. The Oxford English dictionary（second edition volume Ⅺ，Ow – Poisant）. Oxford：Clarendon Press，1989：p. 816. 词典中另外两个定义分别为：①佩戴辫子的人；华人；②意指“佩戴辫子的、与佩戴辫子有关的”；口语，华人；意指“佩戴辫子时期的特征”，过时的，迂腐的，不合时宜的，非正式的。

② MURRAY J A H，BRADLEY H，CRAIGIE W A & ONIONS C T. The Oxford English dictionary（second edition volume ⅩⅢ，Quemadero – Roaver）. Oxford：Clarendon Press，1989：p. 11.

派的强烈反对。巴特勒上校即为其中一例。这位勇敢的上校宣称他有权利支配自己的头发，他谴责该法令，认为它傲慢无礼、主观随意、违反规则，并拒绝遵守威尔金森将军的法令。[①] 由此例可知，辫子早已超越了身体发肤的范围，代表着主权的行使和身份的认同。威尔金森的“圆头法令”在于将辫子纳入行政监督的范围之内，在于将他人的身体形象拉入权力体系中，而巴特勒拒绝剪辫则是对自身身体权利的维护，也表示向久远的传统习俗的皈依。威尔金森与巴特勒之间的冲突究其本质只是美国军人内部对于身体权利的斗争，是关于身体是个人的还是国家的之间的冲突。从斗争的结果来看，势单力薄的巴特勒不得不服从上级的指令，将自己的身体置于权力话语体系之下。这里，身体成为权力斗争的场域，同时也代表个体对于某个团体的认同。

由此可知，在美国历史上，辫子不仅仅是身体的一部分，不仅仅用来梳理成形，构成审美趣味，它同时再现了一个人的身份、族裔性和主权认同。但是随着西方文明的发展，在美国主流社会内留辫的习俗被当作“粗俗不堪”的习俗而被摒弃，美国的军人、水手在 19 世纪初期开始陆陆续续剪下了自己的辫子。19 世纪的美国社会中仍然留有辫子的人是生活在保留地的美国印第安人和进入美国的华人群体。

早期的华工虽然在美国，仍然留着自己的辫子，他们渴望有一天能衣锦还乡，重回故土。而中国的早期留学生如容闳、王清福，在美华工如吕金功等在美国已经剪下了自己的辫子。本节通过解读叶添祥的儿童文学《龙翼》、容闳的自传《容闳自传：我

---

① JAMES W. Colonel Thomas Butler and General Wilkinson's "Roundhead order". The pennsylvania magazine of history and biography, 1893, 17 (4): pp. 501 - 512.

在中国和美国的生活》和林露德的传记小说《木鱼歌》，试图剖析早期华人移民通过留辫和剪辫等身体行为所体现的对身份的思考，并指出它所代表的身体政治。

一、“蓄辫子”与清朝子民的国族归属

中国素来有“身体发肤，受之父母，不敢毁伤，孝之始也”的古训，头发不仅代表了审美的需求，也具有伦理意义。清兵入关以后，辫子成为具有政治意义的历史争斗场。在国内腥风血雨的政治斗争中，中国人逐渐接受并习惯了背后的长辫子。

19 世纪中叶以后，特别是在美国的奴隶贸易逐渐减少之后，大量的华工以苦力的身份进入美国，他们加入了美国的采矿业、铁路建设等。华工吃苦耐劳的精神推动了美国经济的发展。在美国白人需要华工时，华人的辫子并没有引起太多的关注。但是随着国内就业机会的减少，华人的存在引起了美国白人的恐慌，他们将自己的失业和国内的社会问题都归结于华工。华工在 19 世纪短短的几十年里便经历了由“善意的对待”到“种族歧视”的巨大转变，他们的辫子首当其冲成为白人攻击的对象。

在美国甚嚣尘上的排华浪潮中，主流媒体和文学关于华人的描写都以一头长长的辫子来指代华人。他们遭遇了各种迫害，包括被迫剪掉辫子或被白人扯着辫子取笑。早期的华工文化水平比较低，很难找到关于辫子的记叙文章。本节拟从华裔美国儿童文学作家叶添祥于 1975 年创作的儿童文学作品《龙翼》中对辫子的描写探讨早期华工移民对辫子的情感。

《龙翼》是叶添祥创作的儿童小说“金山”系列：1903 年中的一部，其中讲述了与辫子有关的故事。月影的祖父刚踏上美国

的土地时，便遇到了几个醉酒的“鬼佬”，他们试图剪掉他的辫子。“如果祖父的辫子被剪掉了，他本可以带上假发。他绝不是鬼佬第一个不得不求助假发的客人。”① 但是祖父是一位勇敢的华人，在面对白人的挑衅时，他没有默默忍受，而是选择了奋起反抗。因为在祖父看来，“有辫子是唐人身份的一部分”②。辫子代表着他对母国的认同，是飘零在外的华人心灵皈依的地方。此外，祖父反抗的另一个原因在于他认为“鬼佬没权利对他动手动脚”③。这也代表着早期华人主体意识的觉醒。于是，祖父“照他们的脸啐了几口，打倒了几个。很快，他就被几个鬼佬的晒衣绳吊到了电线杆上”④。

月影祖父的故事间接再现了华工在美国所遭受的剪辫子的屈辱，这种屈辱与美国社会对于华工的刻板印象直接相关。美国的爱瑟·包德文夫人（Esther E. Baldwin）曾将华人的存在概括为“十三宗罪”：

> （1）华人都是苦力；（2）华人是个低劣的阶级；（3）华人有麻风等传染病；（4）华人会向加州移民一百万；**（5）华人只想短期居留，赚了钱就回国**；（6）不缴纳赋税；（7）不把妻室带来美国；（8）嗜鸦片烟；（9）危害美国的道德，特别是娼妓；（10）低廉的劳工，同美国工人竞争；**（11）拖辫子，服装奇怪，吃老鼠和狗；**

---

① YEP L. Dragon wings. New York：Harper Trophy，1975：p. 68.

② YEP L. Dragon wings. New York：Harper Trophy，1975：p. 68.

③ YEP L. Dragon wings. New York：Harper Trophy，1975：p. 68.

④ YEP L. Dragon wings. New York：Harper Trophy，1975：p. 68.

（12）脸上毫无表情；（13）**不愿意成为美国公民。**[①]

在包德文夫人笔下，辫子俨然成为美国白人和少数族裔人群在身体外形上除了肤色之外的另一个区分物。在所列出的十三条罪中，“拖辫子”和“服装奇怪”成为华工的一种罪，华人的着装和饮食成为美国白人讥讽和嘲笑的对象，成为白人眼中的“他者”。在美华工所经历的不仅是嘲讽，而且包括实实在在的迫害，他们的辫子成为白人取笑的对象。19 世纪美国著名作家哈特甚至直言：“他们为诚实的矿工提供了单纯的快乐，当赌博、赛马、道德败坏使他们文明的品位变得乏味之后，他们的中国辫子，特别当绑在一起，剪掉或扯起时，比天方夜谭的娱乐活动更有趣。自然似乎为了盎格鲁·撒克逊的利益而给华人配备了那个特别的附属物。”[②] 此时中国人的辫子直接成为白人攻击的对象。

如此丑化华工形象并对华工进行人身攻击自有深意，根据学者的观点，“占统治地位的群体通过向被征服者反复灌输他们的低贱形象来巩固其霸权”，从而确保他们在与其他种族的博弈中获得最大的利益。[③] 而华人是美国社会的弱势群体，华工接受了自己因辫子而遭致的刻板印象，在美国社会逆来顺受。不仅如此，辫子代表他们对母国的集体想象和情感寄托，他们不愿剪掉辫子，在逆境中艰辛劳作，以求得在美国最基本的人权——生存权。

---

① 转引自《美国百年排华史》，第 160 页。（黑体由本书作者所加）

② ROBERT G L. Orientals：Asian Americans in popular culture. Philadelphia：Temple University Press，1999：p. 39.

③ 查尔斯·泰勒著，董之琳等译：《承认的政治》，见汪辉、陈燕谷主编：《文化与公共性》，北京：生活·读书·新知三联书店 2005 年版，第 324 页。

但是月影的祖父对自己所遭受的歧视与侮辱没有采取逆来顺受的态度，相反，他直接反抗白人的羞辱，甚至不惜以自己的生命为代价。祖父的反抗彰显了早期华人对自己身份的认同，辫子正是他们忠实于中华文化的明证，即便是飘零在外的华人，他们的心仍然向往祖国，他们的身体仍然是中国文化的符码。而维护中国文化的同时，他们也在维护个人的命运，因为只有不卑不亢地与美国白人交往，而不是卑躬屈膝，他们才能获得应有的尊重。

祖父的行为也寄托了作者叶添祥作为第二代华裔移民对于华裔祖先的文化想象。叶添祥在讲述祖父的故事时没有使用美国主流社会常用的 pigtail 一词，而是选择了 queue 一词来指代华工身后的辫子，表达了他反对主流社会对华工的丑化，甚至动物化的倾向，并试图改变这种低贱的形象。《龙翼》中祖父的儿子乘风、孙子月影在小说的行文中都没有剪掉辫子，但是辫子形象被弱化，并未与刻板印象联系在一起。祖父是早期华人移民中“文化自信”的代表者，他们忠于自己的祖国，敢于反对强权。祖父的一生以强烈的文化自信带给了后代一笔宝贵的精神财富。乘风在和白人交往时不卑不亢，表现出超越了身体表象的独立平等的姿态。此外，叶添祥通过华工在美国社会保留辫子的事实表达了华工对于中国身份的认同，月影通过祖父在美国的遭遇和曾祖父在鸦片战争期间抗击英军的英勇行为、父亲在美国醉心于科技创新的过程中获得了文化自信。很显然，未来的月影通过彰显中华文化的优势和独特性，将使美国人超越对华人辫子的关注，转而进行心灵的交流，以此融合中美两国的文化差异。这是华裔儿童文学作家通过文学创作对华裔主体身份建构的思考，华裔美国身份是他在创作中试图建构的目标，可以说寄托了他的文学理想。但是华人在现实生活中是否如儿童文学所塑造的一样对自己的文化身份充满自信？华人移民真的是“文化自信”的代表者吗？

二、留学生剪辫与身份认同

中国素来有“身体发肤，受之父母，不敢毁伤，孝之始也”的古训，头发不仅代表了审美的需求，同时也具有伦理意义。清代以前的中国人无论男女都留着长发。清兵入关以后，辫子成为具有政治意义的历史争斗场。清政府在统治初期曾经出现了“留头不留发，留发不留头”的悲惨历史事件。魏斐德在《洪业——清朝开国史》一书中是这样分析的：汉族的男性将剃头令视为象征性的阉割——不仅名节扫地，其严重远甚于身体的死亡。[①] 由此以来，辫子不仅仅是身体的一部分，更代表了个体对主权和民族的认同。

1840 年鸦片战争之后，清政府处于风雨飘摇之中。有志于推翻清政府的革命志士在讨伐檄文中首先便将矛头对准了辫子。章太炎在《解辫发》中大声痛斥国人将满洲陋习视为传统习俗，以致“日本人至，始大笑悼之。欧罗巴诸国来互市者，复蚩鄙百端，拟以猳豚，旧耻复振”[②]。为此，他率先剪下了辫子。他的行为是中国民族主义革命斗士的代表，他们将辫子视为满人习俗，而非汉人等的习俗。要摆脱野蛮落后的形象，首先必须割除这条辫子。

19 世纪在美国的华人既包括早期的华工，也包括中国早期

---

① 刘禾著，杨立华等译：《帝国的话语政治：从近代中西冲突看现代世界秩序的形成》，北京：生活·读书·新知三联书店 2009 年版，第 105 页。

② 朱正：《辫子、小脚及其它》，广州：花城出版社 1999 年版，第 15 页。

的留学生。早期的华人移民对辫子的去留态度表现出了明显不同的态度，多数渴望“叶落归根”的华人一直保留着辫子。直到后来中国国内轰轰烈烈的剪辫运动，华人的辫子才被彻底剪了下来。而有一批具有西方现代意识的华人在与美国主流文化的交流碰撞中，认识到辫子是文化落后的象征，部分中国文人甚至感叹因为辫子，“汉官威仪，扫地殆尽；唐制衣冠，荡然无存”①。可见他们对辫子深恶痛绝。为此，他们剪下了自己的辫子，积极追求着美国公民或者说现代公民的身份。在 19 世纪下半叶，有非常强烈剪辫愿望的主要是美国的留学生群体和极力归化的华工。1882 年美国的排华法案驱逐一切华人男女，但是外交官、学生、老师、商人和游客五类华人则享有了豁免权。由此可见，华工和留学生群体属于不同的群体，他们虽然都剪掉了辫子，但是对剪辫子的态度和被接受程度方面则有天壤之别。

自称为第一个“华裔美国人”的王清福于 1881 年剪掉辫子，这被认为是“他在美国化进程中一个重要的有象征意义的里程碑”②；被称为“中国留学生之父”的容闳 1909 年发表英文自传《容闳自传：我在中国和美国的生活》，讲述了他为中国的留学生事业殚精竭虑的追求历程。在关于容闳自传的研究中，评论界非常关注容闳的国籍变化以及他自传的史料价值的问题，对于容闳辫子的去与留的问题，则被粗糙地略去。事实上，容闳辫子的变化反映的正是他对自己人生的思索。

容闳于 1850 年进入耶鲁大学，刘中国在《容闳传》中诗意

① 施爱东：《16—20 世纪的龙政治与中国形象》，北京：生活 · 读书 · 新知三联书店 2014 年版。

② SCOTT D S. The first Chinese American：the remarkable life of Wong Chin Foo. Hong Kong：Hong Kong University Press，2013：p. 86.

地写道："容闳头戴瓜皮小帽，拖着一根饱蘸民族鲜血的辫子，在资本主义文明的海洋里徜徉，他感觉到故国那种自给自足的小农经济和闭关自守状态，政治被各民族、各方面的互相往来和互相依赖所代替，世界逐渐变成了一个比太平洋还要广阔的市场，东方正在从属于西方。"① 一位美国牧师回忆说："他蓄着辫子、穿着中国长袍进入大学，但不到一年，就把两者都割弃了。"容闳在《容闳自传：我在中国和美国的生活》中并未提及剪辫一事，但是通过存留下来的耶鲁大学毕业照片，可以清晰地看见容闳在耶鲁大学期间已经剪掉了辫子。

作为接受了教会教育和西方大学教育的中国留学生，容闳剪掉辫子充分表达了他的国族归属：他希望成为美国人。事实上，容闳于 1852 年 10 月 30 日在纽黑文（New Haven）加入美国国籍，他在自传中坦承，"作为有史以来第一个毕业于美国第一流大学的中国学生，我当然是相对引人注意的；……而我的国籍则更增加了我的人缘"②。仅此一笔，就把他归化进入美国的事实一笔带过，而事实上，他的国籍代表着他的认同感。虽然他心系中国的教育事业，但骨子里仍以美国的视角来看待世界。黄宇和认为"他长期同美国的教育实践和教育价值观接触，以及他自己国籍的改变，使他相信中国的复兴在于用西方的教育来训练中国的年轻人"③。

虽然容闳成了美国人，并娶了美国白人为妻，了却了平生夙

① 刘中国、黄晓东：《容闳传》，珠海：珠海出版社 2003 年版，第 58 页。

② 容闳著，石霓译：《容闳自传：我在中国和美国的生活》，北京：百家出版社 2003 年版，第 44 页。

③ WONG J Y. Three visionaries in exile: Yung Wing, K'ang Yu-Wei and Sun Yat-Sen, 1894 – 1911. Journal of Asian history, 1986, 20 (1): pp. 1 – 32.

愿，但是他活动的空间多为中国，当时的清政府并不欢迎“无辫人”，容闳在国内生活时也不得已戴上了假辫子，以表示对朝廷的尊重。在有关容闳的史料照片中，有一张是容闳戴着瓜皮小帽，留着辫子，穿着中国的长马褂，站在桌边，与另一张留着短发，穿着西装，坐在椅子上的照片形成强烈的反差。在他的自传中，他甚至不惜笔墨讲述了自己在上海因为辫子而遭受外国人欺辱的事情。“一个身长6英尺的高大健壮的苏格兰人。……他开始把一串棉花球往我的发辫上系着，以此取乐。我突然间发觉他在干这种事。于是我和颜悦色地制止他，并要求他把棉花球解下来。”[①] 苏格兰人听而不闻，容闳勃然大怒立即回手自卫，一拳将对方打得口鼻流血。

容闳在美国的剪辫行为和在国内的护辫行为形成鲜明的对比。早期的剪辫行为和王清福、李恩富等人的剪辫一样，是积极认同美国身份的一种努力。但是，作为跨越了两种文化的中国留学生先驱，中国文化是他的根，这是他无法否定的事实。而在中国文化中，头部代表着尊严，代表着自由民主的精神。但是容闳熟知美国的《人权宣言》，“在权利方面，人生来是而且始终是自由和平等的”。所以，他拒绝接受被欺侮的命运，在受到欺侮时，他奋起反抗，既打击了白人的傲气，也彰显了华人男性的男性气概，并挑战了美国社会关于华人沉默、逆来顺受的刻板印象。此外，容闳的护辫自卫是对海外华人因为辫子屡遭欺凌的状态的有效回击。华工飘零在外，没有人来保护他们的权益，导致他们不仅被成年白人欺侮，甚至被白人小孩欺侮，月影的祖父所

① 容闳著，石霓译：《容闳自传：我在中国和美国的生活》，北京：百家出版社2003年版，第70页。

遭受的悲惨境遇既是叶添祥的文学想象，更是当时有辫华工真实的生存境遇。容闳通过武力告诉对手，文化的差异需要尊重，由此彰显了他作为中美之间的亲善大使的身份。

在容闳的自传中，辫子超越了身体的表象，进入了象征领域，代表个体对自己的族裔身份的态度。早期的华人留学生积极拥抱美国民主的生活，辫子是腐败落后的清王朝的象征，当清王朝仍为中华帝国的统治者时，华人留学生表面以假辫子顺从清政府的统治，内心却已经是“无辫人”。容闳、孙中山等留学生不仅剪掉了辫子，而且开始了拯救中华民族历史的伟大重任。

三、华工剪辫与身份困惑

早期留学生群体通过剪辫展示了希望获得美国身份的决心和勇气，他们不是美国政府排华法案所针对的对象，他们的剪辫行为为他们的美国生活打开了新的大门。但是和《龙翼》中月影的爷爷一样的早期华工移民，生活在美国社会的底层，他们的剪辫行为虽然也是拥抱美国生活的努力，但是由于美国种族主义的歧视，他们的归化之途异常困难，他们由此产生的对辫子的复杂感情表现了他们对美国身份执意追求却又求之不得的矛盾心态。

对于归化的华工移民的剪辫行为描写最为详细的当属华裔美国作家林露德的传记性小说《木鱼歌》。《木鱼歌》讲述了“无辫人”吕金功遭受中国社会和美国社会双重排挤的人生经历，他虽然在美国培育了抗冻橘子，取得了重大的农业成绩，但无人赏识，孤独一生。吕金功之所以被称为“无辫人”，是因为他先于家乡人很久之前便剪掉了自己的辫子。

早期中国华工进入美国时，最容易被当作他们身份标志的是着装和辫子，两者并行不悖。中国人也以其为自己身份的标志。《木鱼歌》中的吕金功于19世纪60年代来到美国：“在他身后，支那佬一个个走下火车。第一个穿靴子、西装和美国制的帽子，其他人则穿着厚底的布鞋、直筒筒的裤子和宽松的外套，外套是用蓝棉布做的，上面有盘扣或是亮晶晶的铜纽扣。他们的前额剃得很干净，背后留了乌黑的辫子，几乎快碰到地。”① 毫无疑问，此时，吕金功的黄皮肤、中国传统服饰、辫子成为极具异域性的客观物，非常抢眼。他一头乌黑的辫子尤其引人注意，芬妮甚至认为“他的辫子比我盘在头上的棕色发辫还要长”②。

寥寥数笔，林露德便勾勒出了一个颇具异域风情的华人移民形象，他“乌黑的”长辫子与众不同，引人注目。而吕金功所代表的“异域风情”并不是白人社会愿意消费的异域形象，而是类似于原始形象的异域形象。奥利维娅·郭（Olivia Khoo）区分了“异国情调”（exoticism）和“原始主义”（primitivism）两个概念。在她看来，“原始主义作为一个特殊的表征实践，将其客体建构为属下和被压迫的阶级，异国情调则将他者社会里更为积极的、成功的、可妒的、乌托邦的方面变成神话并具体化”③。

此时，吕金功在美国白人面前的形象与其说是“异国情调”，还不如说是“原始主义”，他身后的辫子代表了落后、肮脏、贫穷的中国。事实上，在19世纪后半叶美国出现的一系列漫画中，如叫嚣“中国人必须滚”的漫画，辫子便是华人移民独一无二的

① 林露德著，冯品佳译：《木鱼歌》，长春：吉林出版集团有限责任公司2012年版，第66页。

② 林露德著，冯品佳译：《木鱼歌》，长春：吉林出版集团有限责任公司2012年版，第82页。

③ KHOO O. The Chinese exotic：modern diasporic femininity. Hong Kong：Hong Kong University Press，2007：p. 3.

标志，是华人不可归化的明证，也是他们成为“黄祸”的缘由。

吕金功在美国寄居在白人女性芬妮家中。在芬妮的指导下他开始信奉基督教，并率先剪下了自己的辫子。吕金功剪辫子的原因是：“阿吕吐露说他试着说服同胞全都剪掉辫子，不是因为他们不要回中国，而是作为脱离封建主义象征性的独立宣言。”[①]可见，吕金功所给出的冠冕堂皇的理由是：辫子是当时满族统治者强加在中华其他民族的头上的，剪辫子并不是要脱离中国，而是要脱离清政府的统治和管辖，并以此反对清政府的统治、反对中国的封建主义。在吕金功看来，中国的封建主义既以辫子为代表，也以皇帝的独断专言为代表，为此，“阿吕以反抗我们牧师同样果敢刚毅的勇气追寻他的方向：他草拟了一份主要以美国为范本之政治形式的基本原则，大胆地在大街向过往的人们宣读这份文件，然后迅速地一刀切下辫子”[②]。他企图“以美国为范本之政治形式”去反抗中国的“封建主义”。归根结底，他试图通过剪辫剔除身体所表征出来的“原始主义”形象，积极地拥抱美国生活，渴望美国式的民主自由，渴望得到美国白人的理解和接纳。

吕金功剪辫的行为为读者提供了一个早期的在美华工渴望归化进入美国的典型范例。如果说叶添祥在塑造代表“文化自信”的华工时是鼓励华裔美国儿童认同华裔美国身份，它根本不能掩盖早期剪辫的华工深深的民族自卑感的事实。在无法改变肤色、眼睛的形状、面部轮廓的情况下，辫子是他们可以支配的用于显

① 林露德著，冯品佳译：《木鱼歌》，长春：吉林出版集团有限责任公司2012年版，第133页。

② 林露德著，冯品佳译：《木鱼歌》，长春：吉林出版集团有限责任公司2012年版，第133页。

示自己身份的身体变量。辫子便由形而下的存在演变为形而上的存在，代表摒弃落后粗鄙的习俗，反抗如美国奴隶般的命运，正如《父亲与裔昌》中裔昌的父亲认为“它（辫子）是满族人肮脏、古怪的习惯，被美国人讥讽，只适合奴隶”[①]。华工的契约工身份使他们不同于奴隶和被解放后的黑人，他们也不愿与美国黑人为伍。他们剪下了辫子，为的是向美国白人看齐，成为与他们平起平坐的来自异域的兄弟，并获取他们在美国生活需要的尊严和尊重，从这一意义上说，他们确实具有“开拓者不羁的精神”[②]。

毫无疑问，剪掉辫子在当时确实有积极的身份认同意义，陶家俊在《身份认同导论》中把身份问题分为个体认同、集体认同、自我认同和社会认同。[③] 在早期在美华人的生存境遇中，剪辫阐释了东方的弱势文化在与西方强势文化的碰撞中个体产生的巨大的精神磨难和思想震荡，是一种个体身份的抉择，是一种渴望与焦虑并存的主体体验。早期华人移民处于东西方文化的接触地带。他们从美国的价值观出发反思中国的文化，将辫子视为清政府统治的象征物，将批评的靶子导向中国的清政府统治和中国几千年一成不变的封建主义制度和君主政体，转而彰显美国的民主政体。正如吕金功回到自己台山的老家后对乡亲们所说：“他很骄傲地告诉我们，他的辫子不是像我们以为的是给坏人割下来，而是他自己割的。用这个行为表示他不承认皇帝，而是希望

① LOWE P. Father and glorious descendant. Boston：Little，Brown & Co. 1943：p. 13.

② LOWE P. Father and glorious descendant. Boston：Little，Brown & Co. 1943：p. 13.

③ 陶家俊：《身份认同导论》，《外国文学》2014 年第 3 期，第 37 – 44 页。

有一个人人都可以表达自己内心感想和意见的政府。"[①] 同时，在这个接触地带，他们试图通过剪辫消除美国社会对华人的刻板偏见，从而使华人移民更好地归化进入美国社会。早期的华人移民天真地认为，华人剪掉辫子后就和美国人一样，可以和他的白人兄弟们平起平坐了。在他们冲动地拥抱美国时，他们忽略了一个基本事实：辫子虽然剪了，歧视仍无处不在。

四、华裔的辫子与身体政治

从留辫到剪辫的变化，代表了对腐朽的清政府的反抗，同时也代表了中国从西方人眼中的野蛮国度向文明社会进化的过程，但是，头上的辫子可以剪掉，消除美国主流社会对华人的陈腐偏见则是举步维艰，早期海外华人在外遭受的歧视无时不在、无处不在。正如辜鸿铭《中国人的精神》前言中的编者所说："洋人绝不会因为我们割去发辫，穿上西服，就对我们稍加尊敬的。我完全可以肯定，当我们都由中国人变成欧式假洋人时，欧美人只能对我们更加蔑视。"[②] 评论者一针见血地支持了早期剪辫华人所面临的身份困境。他们剪下辫子是为了反对清政府，可当时的清政府仍是当权政府；同时，他们剪下辫子是为了归化进入美国，但是美国社会仍然把他们当作"他者"，19 世纪末期至 20 世纪初期美国社会的排华浪潮一浪高过一浪。这些在美华人处于进退两难的境地，他们既无法被自己的族人、同胞所接受，又受

---

① 林露德著，冯品佳译：《木鱼歌》，长春：吉林出版集团有限责任公司 2012 年版，第 229 页。

② 辜鸿铭著，黄兴涛、宋小庆译：《中国人的精神》，海口：海南出版社 1996 年版，第 237 页。

到美国白人的歧视和排斥，处于一种“林勃”的状态。[①] 可见，辫子早已超越了身体的能指，进入身份认同的范畴。

19 世纪末期，华人被认为“神秘莫测、邪恶、无处不在、具有威胁性”。虽然 1882 年的排华法案限制大量华工进入美国，但是在美华人的人数远高于其他亚裔群体，因此也比其他亚裔群体更为可见，他们一直被视为“黄祸”（yellow peril）。“黄祸”是将华工的肤色作为指认的主要指标，将他们的生存条件和文化传统对欧裔美国人造成的危险作为主要契机，对大规模出现的华工进行指称的鄙夷之词。此外，华工虽身在美国，但恪守中国的传统文化，渴望有钱之后衣锦还乡。美国加州一位参议院代表曾说：“中国佬由于缺乏欧洲人所特有的那种同种关系，所以在一切环境中和一切变化之下便仍然保持着他们独有的民族特性，而当其到国外求生时，他们所希望的也是获得一笔足以过舒服日子的财产，然后返回孔夫子的国家。”[②] 正如周宁所说：“任何文化中的异域形象，本身又都是一种象征，是关于形象的构筑者自身、关于本土文化自我与异域文化他者之间关系的隐喻。”[③] 华工形象代表了美国文化无法征服的一股势力，并对他们的霸权思想产生了威胁，这一切无不让美国白人感到焦虑。

剪辫行为则在多个层面上展现了华人移民的身体政治。首先，早期华人移民的辫子代表了他们对母国文化的集体无意识。早期华工流散在外，体味着背井离乡的凄凉和无法融入居住国的

---

① “林勃”是但丁在《神曲》中使用的一个词，指代上不着天、下不着地的存在状态，此处指的是华人们退无可退、进无可进的状态。

② 施爱东：《16—20 世纪的龙政治与中国形象》，北京：生活·读书·新知三联书店 2014 年版，第 147 – 148 页。

③ 周宁：《天朝遥远：西方的中国形象研究》，北京：北京大学出版社 2006 年版，第 4 页。

孤独。流散的华人就如同《圣经》中罗得的妻子，在离开家园的时候忍不住对家园的深深思念，回头凝望，自己却化成了盐柱。罗得和他的妻子将对家园的依恋之情外化为眼泪，成为身体的一部分；华人移民通过辫子这一身体意象展示他们对美国和中国的矛盾感情，展示了他们试图厘清身份困惑的情感渴望，剪掉的辫子不再属于身体，而是被珍藏于心中，成为超越身体的存在，成为横亘在祖居国和居住地之间的永恒障碍。《木鱼歌》中，年老的芬妮不得不承认，“现在，在我的梦里，阿吕是那个死去的爱人，挂在他的坟墓上方树枝上的是他的辫子”①。也就是说，当吕金功真正在美国定居下来，并成为美国公民后，他所眷恋的不是别的，而是他的辫子，此处的辫子仍是一个象征物，代表他对母国文化的眷恋，而这种眷恋是他在无法彻底融入美国生活后而产生的，是对美国种族歧视的无声控诉，是在美国找不到立足之地的华人的文化皈依。

其次，剪辫显示了华工移民试图归化进入美国的决心。早期移民来到美国时，由于文化惯性，他们头上总留着辫子，代表着他们对于清帝国的忠诚和叶落归根的渴望。而在晚清轰轰烈烈的革命运动中，清帝国的统治摇摇欲坠，代表忠顺的辫子成为身份认同的隐喻。身在美国的华人移民是应该认同清朝政府，还是认同中华的悠久传统，还是认同美国的民主社会？容闳等留学生、邹容等革命军、吕金功等在美华工都剪下了辫子。他们剪辫子的行为表明了他们的身份选择：那就是归化进入美国，成为美国公民。早期剪辫的华人遭遇了难以言说的孤独。吕金功在美国信奉

① 林露德著，冯品佳译：《木鱼歌》，长春：吉林出版集团有限责任公司 2012 年版，第 305 页。

基督教，剪掉了自己的辫子。成为家乡人眼中的“无辫人”，他在国内的行为遭到族人的嘲笑和讥讽，甚至辱骂，被认为是魔鬼附身，连他的母亲都认为“这个人虽然是我儿子，却是个陌生人”[①]。他的人生经历表现出一种早期华人移民身上的孤儿意识，是与自己文化母亲生生切割后产生的心灵之痛。吕金功在美国的华人社区同样不被人理解，随着他与华人社区渐行渐远，他招来越来越多的妒恨和排斥，“年纪大的人指控阿吕叛国，年轻的说他爱炫耀”[②]。他只能只身待在白人社区，体味难以言说的痛苦与孤独。剪辫华人这种一往无前的气概连美国黑人都不能理解。在芬妮家帮工的黑人一点儿都不同情吕金功，梅西嬷嬷认为“阿吕跟他们一样又小又黄。但是他没有他们的自由精神”。另一位黑人罗鄂拉认为“也许他剪头发的时候一起剪掉了”[③]。他们指责吕金功从一个独立的华人个体变成了白人的附庸，依附他人而活的菟丝草。吕金功在小说里没有发言权，没有为自己的行为开脱，但是从他毅然剪辫的行为我们可以看出他希望彻底摆脱愚昧落后的形象，并展示自己的主体性，表明自己的身体自己做主的愿望。他剪下了自己的辫子，身体力行地趋同于西方文明，剪辫行为是他规避被美国人讥讽，融入美国生活的策略，因为剪辫后的短发形象是西方文明的象征，并非汉唐风范，与恢复清朝之前的留发习俗无关。华人在剪辫的同时也在趋同于现代公民身份。

纵观早期华裔美国文学文本，华人移民的身体政治的显性表

---

① 林露德著，冯品佳译：《木鱼歌》，长春：吉林出版集团有限责任公司2012年版，第223页。

② 林露德著，冯品佳译：《木鱼歌》，长春：吉林出版集团有限责任公司2012年版，第133页。

③ 林露德著，冯品佳译：《木鱼歌》，长春：吉林出版集团有限责任公司2012年版，第310页。

达和文化身份认同的口头再现之间存在着裂缝。如果说剪辫代表归化美国的决心，但是在文学文本中，早期华人又表达了对母国文化的依依不舍。这一裂缝正是华人移民试图通过辫子进行缝补的裂缝，但是美国的种族主义政策根深蒂固，华人移民在美国遭受着歧视，却无处申诉。处于中西方接触地带的早期华人移民从“天朝大国”走出，成为“边缘人”，他们经历了由身份变化所导致的不适感。为了从“边缘”走向“中心”，他们剪下了自己的辫子，身体力行地趋同于西方文明，剪辫行为是他们规避被美国人讥讽，融入美国生活的策略，但是当他们发现走向美国的“中心”成为不可能后，母国的文化成为心中的挚爱与隐痛，成为他们内心孜孜不倦的追求。他们在美国社会建立了保存中国传统文化的唐人街，习汉字、讲中文，成为中美两国文化交流和文化翻译的先驱使者。

为了回应华裔移民的居间文化状态，华人移民的后辈们采取的策略是“文化民族主义”，“文化民族主义”在于强调本国的文明，通过追溯本国的文化资源，挖掘被湮没的民谣、神话等形成新的民族身份，同时通过再现文化的差异性来更好地表述自己，以期被美国主流社会所接受，其目的仍然是对抗美国社会的种族歧视。也就是说，华裔人群的文化差异性是他们更好再现自己的一种策略，他们所要做的是将白人眼中的“原始主义”发展为可以欣赏的“异域风情”，甚至是被完全接受的“多元文化”的一部分。同时，后来的华裔美国作家如水仙花、汤亭亭等在作品中多处再现了自己的“中国情结”，对母国文化的深刻反思，以及对美国社会的批判性认识。

早期移民的辫子，无论其去与留都是一种“共名”的倾向。彭涛认为，“把自己的身体共名化的结果，就是宽泛身体的功能，使身体具有更丰富的功能”①。因此，人类是以自己最熟悉的身体为模型来构建自然与社会的关系。早期的华人移民是流散在外的华人，他们的人生是漂泊、离散的人生。“流散”是20世纪一个重要的文化关键词，其涉及的关键概念包括“母国”“归属地”“移居国”等表述空间在场的流散活动，同时，它又与流散主体与民族国家的认同、与种族的认同密切相关。在美华人留辫所共名的形象就是他们的母国，正是通过辫子将自己同自己的母国联系起来，他们标榜了自己的华人身份；而他们剪辫所共名的形象是美国白人所代表的文明社会，是他们全力想归化进入的社会。留辫与剪辫的选择，实际上代表着早期在美华人对于自己身份的选择，在美国语境下，辫子成为“原始主义”的象征，而非“异域风情”的象征，他们在辫子上大做文章，试图征用西方社会对于中国男人的刻板印象，形成有效的反话语，以抵抗他们归化路上遇到的障碍。但是华人的归化顺利与否与中国的国力强弱及中美关系亲疏有着密切的关系。在19世纪末中西方力量不均等的情况下，他们的归化之途注定不可能一帆风顺。

第二节 女性身体与姐妹情谊：华裔美国作家笔下的缠足女性形象研究

《格林童话》中的灰姑娘幼年遭受继母百般欺凌，长大后在仙女教母的帮助下得以有机会参加王子举行的舞会，在午夜零点钟声敲响的时候，灰姑娘急匆匆地逃离了舞会现场，留下了一只

① 彭涛：《晚清到“五四”一代学人的辫子与政治》，《湖北社会科学》2005年第12期，第189－191页。

水晶鞋。这只水晶鞋帮助王子顺利找到灰姑娘，从此两人幸福地生活在一起。该童话故事最重要的元素是灰姑娘的一双小脚，穿着一双灰姑娘的姐妹们都穿不进去的鞋子，这鞋子既是灰姑娘儿时饱受欺凌的证据，也是她获得王子的爱的凭据。而灰姑娘远在东方的姐妹——中国传统女人，从儿时起就开始缠足，她们的生活去除了童话的浪漫色彩，只剩现实生活的残酷与无奈。中国女性的缠足历史始于南唐，终于清末。“到了光绪二十七年十二月二十三，慈禧太后还在一道允许满汉通婚的上谕中，提到放足的事：‘汉人妇女，率多缠足，由来已久，有伤造物之和。嗣后搢绅之家，务当婉切劝导，使之家喻户晓，以期渐除积习。断不准官吏胥吏，借词禁令，扰累民间。’”[①] 虽然晚清政府在20世纪初已经要求禁止缠足，破除陋习，但民间缠足的历史更为长久。

著名法国女性主义批评家克里斯蒂娃在《中国妇女》中写道：“在北京歌剧院的舞台上，那些女人柔软的身体即使有着纤细的躯干和优美的手臂，但是骨盘下沉，舞步单调。从中不仅能看出对远古务农祖母的记忆，也可能有千年以来缠足所造成的凝滞。”[②] 克里斯蒂娃笔下的妇女是20世纪70年代的中国妇女，在放足后的中国社会，克里斯蒂娃回想并思考了中国女人的缠足历史在中国女性命运中扮演的角色。她不是唯一一个对中国女性缠足历史进行探讨的人。华裔美国文学中，缠足的中国女人屡见不鲜，如包柏漪的《春月》（*Spring Moon*，1982）、林露德的《千金》（*Thousand Pieces of Gold*，1988）、张邦梅的《小脚与西服》（*Bound Feet and Western Dress*，1997）、哈金的《等待》（*Waiting*，

---

① 朱正：《辫子、小脚及其它》，广州：花城出版社1999年版，第18页。

② 朱丽娅·克里斯蒂娃著，赵靓译：《中国妇女》，上海：同济大学出版社2010年版，第79页。

1999）、张岚的《遗产》（*Inheritance*，2004）、邝丽莎的《雪花秘扇》（*Snow Flower and the Secret Fan*，2006）、《恋爱中的牡丹》（*Peony in Love*，2007）等。此外，华裔美国儿童文学作家叶添祥在其作品《丝带》（*Ribbons*，1992）中将中国女人的缠足和西方芭蕾舞舞者的脚进行对比，打开了比较文化的视野。写缠足最系统的是华裔新移民作家王屏，她的《渴望美：中国之缠足》（*Aching for Beauty*：*Footbinding in China*，2001）从学术的角度，结合对《金瓶梅》的解读对缠足进行了历史考证。可见，中国女人的缠足虽然已经成为历史，但是它仍然作为一种文化产品鲜活地存在于文学、文化中。

以往对西方文学中中国女性缠足的研究从后殖民主义的角度出发，言辞犀利地指出缠足的再现与东方主义话语合谋的关系。[①]华裔美国作家写缠足，既满足了西方人的审美情趣和对中国女人丑陋的身体实践的窥视欲，也满足了西方的“女权主义批评”的研究取向。这些评论从西方文论的角度出发解析缠足形象之所以盛行的原因，属于外部研究的角度，它没有深入缠足者的内心世界，也忽略了缠足者作为文化载体对文化差异的再现。本节拟从内部研究的角度，依托邝丽莎的小说《雪花秘扇》，探讨缠足对中国女性身体施加的暴力，其中折射出的母女关系，并解析20世纪末期兴盛的缠足话语对女性身体所遭受的暴力的反思。

一、缠足与身体暴力

在对缠足进行文学再现时，华裔美国作家首先关注的是缠足

---

① 何木英：《当代西方文学中的中国女性裹脚形象解读》，《国外文学》2004年第3期，第41-45页。

行为所代表的对身体的暴力。巴特勒在《脆弱不安的生命——哀悼与暴力的力量》中指出："身体意味着道德、脆弱特质、能动性：身体发肤将我们暴露于他人的目光与接触之下，使我们易于遭受外界的暴力，也让我们可能沦为暴行的卒子与工具。"[①] 身体具有显而易见的弱点，它是我们政治生命的一部分。而身体自出生伊始便遭受着他人或社会习俗的限制。对于中国传统女性来说，从她们出生起，她们就注定要缠足，这既是为了美，也是为了在后来的婚姻生活中有更好的归宿。正因为如此，中国传统女性的身体承受着缠足的暴力。邝丽莎的《雪花秘扇》中，百合讲述了自己和美月、三妹共同缠足的经历，家人为她们开始缠足举行了庆祝仪式，却没有告诉她们"十个女孩中就有一个要死于缠足，不仅是我们县，全国都如此"[②]。在脚骨被绑紧后，"血液都无法顺畅地流通"，美月的脸"已经像月亮一样惨白了"[③]。绑好后，她们的双脚痛苦不堪，但家人要求她们站起来行走。"终于熬到睡觉了，能够躺下也是一种恩赐。即使只是把脚和身体放平，那也是一种解脱啊。可是时间一小时一小时地过去，一种新的痛苦开始了对我们的折磨。我们的脚就像放在烧红的炭上灼烧一般刺痛着，嘴里不自觉地发出抽搐的声音。"[④] 百合在缠足时，脚趾骨断裂的声音都可以听到，她像安徒生童话中的美人鱼一样，每一步都好像走在刀刃上，"每一步我都能感受到那些断了的脚趾所承受的身体的重压"[⑤]。同时，"我们照例每四天洗一次

---

① 朱迪斯·巴特勒著，何磊、赵英男译：《脆弱不安的生命——哀悼与暴力的力量》，开封：河南大学出版社 2013 年版，第 21 页。

② 邝丽莎著，忻元洁译：《雪花秘扇》，北京：人民文学出版社 2006 年版，第 24 页。

③ 邝丽莎著，忻元洁译：《雪花秘扇》，北京：人民文学出版社 2006 年版，第 25 页。

④ 邝丽莎著，忻元洁译：《雪花秘扇》，北京：人民文学出版社 2006 年版，第 27 页。

⑤ 邝丽莎著，忻元洁译：《雪花秘扇》，北京：人民文学出版社 2006 年版，第 29 页。

脚，每两周换上一双更小的鞋子”[①]。直至最后彻底裹成金莲小脚。严歌苓在《扶桑》中，是这样描写金莲小脚的：

> 这哪里是人类的足？克里斯想。他走近它们。这是一种在退化和进化之间的肢体。这是种似是而非的肢体。他不知不觉跪在床边，手伸去触碰它们，它们看去更像是鱼类的尾部；最敏感、最易受伤的生命根梢。这哪里是脚？他手指轻极，恐怕它们会融化殆尽。[②]

正如严歌苓所说：“这哪里是人类的足？”它是中国女人残缺受损的四肢，它不仅在裹成之后给女性带来痛苦，在缠足的过程中女性同样遭受着痛苦，甚至面临着死亡的威胁。《雪花秘扇》中，三妹没有百合那么幸运，她在缠足的过程中脚趾骨始终未断，等裹脚布取下来时，“三妹全身都渗出脓液，散发出种种不同寻常的味道”。之后，三妹因为皮肤炎症，发起高烧。在为三妹洗脚时，“三妹还是昏死了过去。整桶水已像毒水般浑浊发黑”[③]。虽然家人全力救治，但医疗条件有限，三妹感染败血症，最后可怜离世。

百合和三妹等女性冒着生命的危险去缠足的目的在于缠足能让她们拥有一双完美的小脚，从而让她们嫁得更好，生活得更幸福。百合那双完美的三寸金莲，为她赢得一门好婚姻。结婚当日，新郎将她的双脚“捧于手掌之中”，从侧面证明了中国男人对于缠足的病态的迷恋。年老的百合在回忆往事时也承认：“他

---

① 邝丽莎著，忻元洁译：《雪花秘扇》，北京：人民文学出版社 2006 年版，第 33 页。
② 严歌苓：《扶桑》，北京：北京联合出版公司 2013 年版，第 12 页。
③ 严歌苓：《扶桑》，北京：北京联合出版公司 2013 年版，第 31 页。

（丈夫）对于我的双足有一种特殊的喜好，我们在一起的大半辈子，他总是喜欢看着它们，把它们捧在手心里，即便是在我为他生了五个孩子，我身体的任何其他部分都再也无法激发起他的欲望时。”[①] 可见，丈夫对于妻子的脚的关注要甚于对容貌的关注，通常是脚而不是女人的身体勾动了男人的爱欲之心。为什么中国男人会如此迷恋残损的双足呢？缠足将女性的身体演变为性的客体，女人缠足后的残肢给了男人以无限的遐想空间，使男人在安全的距离欣赏这颓废的美，并激发了他们内心保护的欲望。林语堂直言：“实际上缠足的性质始终为性的关系，它的起源无疑地出于荒淫君王的宫闱中。它之所以获得男子的欢迎，乃缘于男人崇拜金莲和绣鞋儿作为恋爱的偶像，并欣赏其婀娜的步态，其所以能获得妇女的欢迎，则缘于她们的欲勾动男人的爱悦而已。”[②] 这是因为缠足后女性的形态如同现在穿高跟鞋后的效果，它使整个身躯显得弱不禁风，给男人以楚楚可怜的感觉。

同时，缠足代表对女性身体的语言学暴力。缠足后的味道、形状、委婉意指提示有恋物癖的中国男人对死亡、暴力、野性的追求，弗洛伊德“看到了中国文化中‘阉割女人’的独特象征”[③]。它也教给了中国女人关于疼痛、成长，女性在社会中的地位，女性与母亲和女性祖先的关系的故事。正是因为男人对金莲小脚的热爱和追求，迫使中国女性将金莲小脚看作自己身份地位的象征。百合的母亲为了让百合嫁入大户人家，让娘家兴旺，不顾百合的痛苦和反对，将她的脚缠成了金莲小脚。中国女性在

---

① 邝丽莎著，忻元洁译：《雪花秘扇》，北京：人民文学出版社2006年版，第34页。

② 林语堂：《吾国与吾民》，长沙：岳麓书社2000年版，第141－142页。

③ 朱丽娅·克里斯蒂娃著，赵靓译：《中国妇女》，上海：同济大学出版社2010年版，第79页。

这一过程中将缠足的过程内化，以期在婚姻市场上为自己谋取最大的利益。“部分人认为，缠足与中国人喜欢留长指甲的原因是一样的，这两种风俗都是女人们为表明自己过着与体力劳作无关的、优雅体面的生活而盛行起来的。”[1] 西方学者马森同时指出，“裹脚对健康的伤害程度有多大难以估计。从对女人和孩子的观察来看，这种习俗并没有给她们带来那么多预想的痛苦”[2]。中国早期留学生李恩富在其《我的中国童年》中写道，女孩子缠足是因为“这是一个强迫她们必须遵守的时尚。如果她们拒绝，那么到她们长大时就不会被承认是小姐，还会被认为是玷污了她们家庭的名声”[3]。而且缠足后的女孩也可以活动，也享有“和我们礼仪观念相一致的自由”[4]。这些评论者在审视中国的缠足传统时，采取了弱化，或者说是护短的策略，将中国文化的陋习看作可以接受的文化规范，弱化了中国女人所承受的身体痛苦。

不可否认，缠足是对中国女性身体的规训，是父权制度下对女性身体的暴力，而这种暴力在不同的国家有不同的表现形式。林语堂记录了英国女子让母亲手足并施地用鲸须束压她的身体。“这种鲸须一定大有助于十八世纪及十九世纪初期欧洲女子在适当场合的昏晕。”[5] 在维多利亚时代的小说中，随处可以读到英国女性因为听到某种可怕的或不合时宜的消息后昏厥的场面。如奥斯汀的小说《劝导》中讲述了著名的“莱姆事件”：安妮一行

---

① M. G. 马森著，杨德山译：《西方的中国及中国人观念：1840—1876》，北京：中华书局2006年版，第188页。

② M. G. 马森著，杨德山译：《西方的中国及中国人观念：1840—1876》，北京：中华书局2006年版，第189页。

③ 李恩富著，唐绍明译：《我的中国童年》，珠海：珠海出版社2006年版，第25页。

④ 李恩富著，唐绍明译：《我的中国童年》，珠海：珠海出版社2006年版，第26页。

⑤ 林语堂：《吾国与吾民》，长沙：岳麓书社2000年版，第142页。

人等在码头散步，路易莎坚持要从陡斜的台阶上跳下来，第一次很顺利，她又兴致勃勃地跳了第二次，结果摔在了码头的人行道上，不省人事。而她姐姐亨丽埃塔以为妹妹死了，在悲痛中也昏了过去。一个因身体受伤而昏厥，一个因情感风暴而昏厥，再现了维多利亚时代昏厥的现象，而造成昏迷的主要原因是英国女性的束腰行为。可是，同样是对女性身体的暴力，为什么英国女性的昏迷是典型的"英国气质"，是语言不足时极佳的解围能力，而中国女性扭曲的双脚却得到西方世界额外的关注呢?

就其表面来看，缠足与束腰是不同的。缠足的目的首先在于对中国女性身体的幽禁。英国女人在束腰后并不妨碍其频频参加各类社交活动，为自己寻求佳偶。但缠足后中国女人行动不便，只能待在闺房，做女工。正是因为缠足，中国的社会空间形成分层，男人的主要活动空间在户外，女人的活动空间在户内。克朗在研究"西方家庭与社会分割"时也指出，"家可以被看作有性别区分的文化地理景观的一部分，这部分代表了劳动的男人即'养家糊口'的工资的观念和家是女人'王国'的观念"①。西方社会的女人因为经济原因被迫待在家里，民国之前的中国女人则是因为双脚的残损而被迫留在家里。百合在讲述自己的经历时坦承："我一生中的大多数时间是在阁楼上属于女人们的屋子里度过的，除了咸丰五年那可怕的三个月外。我去过庙里，回过娘家，甚至还去见了雪花，但对外面的世界却知之甚少。"② 男性主外、女性主内这种人为的空间分割将女性置于从属于男人的地位，此外，女人残损的身体与男人健康的肢体、女人狭窄的人生

① 迈克·克朗著，杨淑华、宋惠敏译：《文化地理学》，南京：南京大学出版社2005年版，第37页。

② 邝丽莎著，忻元洁译：《雪花秘扇》，北京：人民文学出版社2006年版，第3页。

视域与男人走南闯北的人生阅历形成鲜明的对比，而在女人/男人、内部/外部的二元对立中，女人的劣势地位显而易见。

脚是人类用来行走的，将脚裹得残缺不全首先意味着限制了女性的行动能力，女人不得不依附于男人。同时，缠足后的女人丧失了独立存在的主体意识。正如王屏所说“通过暴力的过程，缠足——人、兽、植物、客体的组合体——进入色情的领域，象征着理想的雌雄同体的身体，不朽的身体或者说神的身体”①。身体的神性在于它超越了疼痛和死亡，使男人得以在安全的距离之外欣赏这颓废之美，并产生恐惧、同情和怜悯之心。

二、缠足与母女关系

缠足使女性身体经受着暴力的压制，在父权制度和象征语言的社会制度中，女儿通过缠足成长为一个符合传统规范的“好女人”。在此过程中，女儿与母亲之间的关系受到压制，通过将母亲塑造为女儿缠足的执行者，父权制度切断了母亲和女儿的联系，把女儿培养成了“阁楼里的天使”。

《雪花秘扇》中，百合在幼时感受到母亲对自己的“漠视”，母亲把她当作家中的“匆匆过客”，“寄养的另外一张嘴”②，不舍得给自己的女儿一点点的爱。相反，她在百合很小的时候，“已经开始着手用蓝布做成长长的布条，做我的裹脚布了”③。在包柏漪的《春月》中，七岁的春月在最开始缠足时母亲便安慰

① WANG P. Aching for beauty：footbinding in China. Minneapolis：University of Minnesota Press，2000：p. 4.

② 邝丽莎著，忻元洁译：《雪花秘扇》，北京：人民文学出版社2006年版，第8页。

③ 邝丽莎著，忻元洁译：《雪花秘扇》，北京：人民文学出版社2006年版，第14页。

她："孩子呀，这是为了你好。长一双鲤鱼脚，再标致，再富贵，再贤惠，也没有男人要。"[①] 林露德的《千金》中腊露的母亲在为腊露缠足时告诉她："常言说：大脚婆娘最贱。"如果不把脚裹成小脚，"哪个正派的妇道人家愿娶你当媳妇噢"[②]！在关于缠足的种种叙事中，我们都可以找到母亲陈述缠足的好处、母与女对立的文本，母亲是女儿缠足时直接的参与者和执行者，女儿则是受害者，它掩盖了母亲曾经也是女儿、也是受害者的残酷事实。在女儿看来，母亲自己在沦为制度的奴隶后以母亲的身份将缠足的陋习施之于女儿，中国妇女由此只是得到了象征性的回报："一种出众的知识，一种出众的成熟"[③]，它掩盖了女人利益受损的残酷事实。正是因为母亲主导的对女儿的身体伤害，导致女儿以疏离母亲进行回击。百合在小说中直接谴责了自己母亲自私的行为，并在回忆往事时指出"她当年施加在我身上的种种痛苦只是为了满足她自私的愿望罢了"[④]。她在成为地位高的女人之后对母亲的冷漠使母亲无比伤心。可见，缠足造成了母亲伤害女儿身体、女儿伤害母亲心灵的互伤局面，这一切的始作俑者是中国的父权制度。

王屏在其专著《渴望美：中国之缠足》中考查了缠足的文本后指出："叙述者的每一个动作，她所拥有的每一种情感经历——不管是痛苦、憎恨，还是绝望——都与母亲密切相关。母亲通过幼年时期经历的同样的痛，与女儿的痛楚关联起来。在两

---

① 包柏漪著，吴世良译：《春月》，北京：外文出版社 2013 年版，第 7 页。

② 林露德著，阿良译：《千金》，长春：吉林出版集团有限责任公司 2011 年版，第 28 页。

③ 朱丽娅·克里斯蒂娃著，赵靓译：《中国妇女》，上海：同济大学出版社 2010 年版，第 80 页。

④ 邝丽莎著，忻元洁译：《雪花秘扇》，北京：人民文学出版社 2006 年版，第 144 页。

年的缠足过程中，母亲将女性生存的隐秘信息镌刻于女儿的肉体之上。”[①] 王屏所指的“女性生存的隐秘信息”就是“疼”，在中国传统文化中，“疼”与“爱”密切相关。母亲对女儿的“疼爱”是为了让女儿成长为母亲那样的人，是能在父权制度下顽强生存的人。“疼爱”也是一种女性的“他者语言”，其特征是词不达意、言不由衷，甚而是隐藏内心、保持沉默，其内涵只能让接受者在时间的流逝中默默体味。

母亲的沉默在不同的语境下呈现出不同的面貌，在父权制度下的中国，母亲被剥夺了话语权，丧失了主体性，无法进行言说，以致女儿误解了母亲的无能为力，在怨恨母亲时成为比母亲更为残酷的人。百合在小说中成长为一个比母亲更为意志坚定的女性，她不仅帮女儿缠足，还帮自己的长孙媳妇、雪花的孙女牡丹缠足。即便越来越多的西洋传教士已经来到了中国，百合的儿子已经见到了大脚的外国女人，百合仍坚定地要为牡丹缠足，她宣称：“我要娶进门的是一个拥有全县最完美的脚丫的姑娘。”[②] 也就是说，在中国语境下，沉默导致了母女之间的交流障碍，使得母女之间敌意重重，女儿在长大成人后成了比母亲更为严厉的女人，成为另一个父权制度的代言人，继续执行对自己女儿的身体暴力。这既展示了传统的传承，也代表了母与女之间的疏离。

母亲与女儿在离开了中国父权制度的环境，来到美国后，母亲的沉默则具有了另外一层意义。她认识到了自身文化的弊端，产生了深深的文化自卑感，因而拒绝言说。华裔儿童文学作家叶添祥的作品《丝带》（*Ribbons*，1992）中，缠了脚的婆婆刚来美

---

① WANG P. Aching for beauty：footbinding in China. Minneapolis：University of Minnesota Press，2000：p. 6.

② 邝丽莎著，忻元洁译：《雪花秘扇》，北京：人民文学出版社2006年版，第250页。

国时，穿着一双棉布鞋，拄着拐杖。她对自己的脚所能引起的任何话题都非常敏感。孙女罗宾在练习芭蕾舞时，因训练不当，双脚变形。婆婆看到她的脚后，马上联想到了裹足，“婆婆惊恐地看着我的脚——仿佛我一下子变成了吸血鬼”[①]。她厉声阻止孙女的行为，无比憎恨和厌恶地看着罗宾芭蕾舞鞋上的丝带，仿佛这个丝带就是造成中国女人缠足的罪魁祸首。而婆婆在和教芭蕾舞的奥布拉莫夫夫人交谈之后，发现罗宾的脚变形并不是追求中国传统病态的美，而是追求真正的艺术美、追求自我，这种美“使你幸福，使你充满活力。但并不是每个人都能达到这种境界。像你我这样的普通人需要罗宾这样的人指导我们”[②]。婆婆从自怨自艾的缠足者变成了积极鼓励罗宾追求艺术的好婆婆、好长辈。从叶添祥的叙述来看，他将中国女性命运放置在世界大范围内，中国女人悲哀地发现，她们的缠足使得肢体残缺，其目的仅在于取悦男人，而芭蕾舞演员的脚也不同程度地受到伤害，但是她们展示的是女人的自信、独立和美。相比之下，中国女性的客体、附属地位一目了然。婆婆对缠足造成的伤痛充满愤怒之情，她拒绝言说缠足的历史，同时，她没有为自己的女儿缠足，使自己成为家族缠足历史的终结者和最后一个受害者。来到美国后，她对孙女罗宾的艺术追求的支持，罗宾对她命运的同情和理解使她们在情感上产生共鸣，罗宾在追求自我的同时理解了婆婆所代表的中国传统文化。

母亲的沉默对于女儿承受身体暴力、产生身份认同是极其有害的。母亲拒绝对其苦难进行言说，也拒绝与女儿所承受的身体

---

① YEP L. Ribbons. New York: The Putnam & Grosset Group, 1992: p. 97.

② YEP L. Ribbons. New York: The Putnam & Grosset Group, 1992: p. 147.

痛苦产生共鸣，女儿患上了女性主义评论者里奇所称的“母亲恐惧症”，女儿害怕成为母亲那样的人。它只能使女儿认识到传统力量的强大，转向父权制传统，最终沦为传统的牺牲品。同时，母亲自己曾经也是女儿，虽然她对女儿的遭遇沉默不言，但这并不代表她无动于衷，对于母亲内心的忧愁或关切，她所需要的是具有现代意识，能超越自身局限性，与母亲感同身受，并能成功沟通的女儿。但这几乎是一种奢望，因为母与女的冲突历史悠久。女性主义者波伏娃对此给予了精确的评价：母亲对儿子始终有着矛盾的心情，她希望儿子拥有无限的权力，但又希望他在自己的掌控之中。而对于女儿，母亲则把自己身上的一切模糊不清的关系转嫁过去，女儿“是母亲的化身，又是一个与之不同的人；母亲既溺爱着女儿，又本能地带着敌意”[①]。在缠足过程中，母亲对缠足重要性的喋喋不休、对女儿遭受的痛苦的沉默导致了女儿的愤怒和母女之间的冲突，妨碍她们之间建立互利共生的关系。

事实上，尽管父权制度意欲借母亲之手摧残女儿的身体，却不能切断母与女之间的血脉交流。拉康认为，语言的习得和进入语言的符号系统发生在俄狄浦斯阶段，与人类脱离母亲的经历息息相关。而女儿所渴望的母亲是“前俄狄浦斯”阶段的母亲，在“象征性父亲”介入之前，母与女之间和谐美满的关系。但是，正是因为女儿渴望的是被语言压抑了的“前俄狄浦斯”的母亲，她容纳了所有不可言说之物，是处于语言言说领域之外的一片黑暗大陆，所以母亲和女儿的交流方式是“沉默”的、非语言的、模棱两可的。《雪花秘扇》中，百合在缠足时，终于看到了母亲

---

① 西蒙·波伏娃著，李强选译：《第二性》，北京：西苑出版社2004年版，第128页。

“一脸的担忧”①，经历了母亲因为担忧她未来的命运而打了她两巴掌后，她觉得自己感受到了母爱，“不得不极力咬住嘴唇不让自己笑出来”②。这里的母与女之间没有语言交流，但是女儿从母亲的打中感受到了爱，这种爱排除了父权制度的干扰，是女儿试图走向母亲的明证。

三、反身体暴力之策略

纵观华裔美国文学史，对华裔缠足女性形象的再现一直屡见不鲜，在20世纪下半叶甚至呈迅速发展之势。华裔美国作家将笔触放置于中国的历史，或者美国社会早期的华人移民，将华人女性的缠足和华人男性的辫子一起当作中华文化的符号。与华人男性的辫子不同，在美国白人指责华人的“十三宗罪”中，辫子和娼妓是谴责的对象，但缠足不是。这既与美国社会奉行的排华政策有关，同时也表明缠足习俗正逐渐消失。虽然中国女性的缠足史已经成为历史，成为旧社会女性饱受压迫的明证，但是它所代表的关于女性所遭受的身体暴力史为学者思考身体的脆弱性和人类的暴力史提供了反思的视角。

华裔美国女性的缠足同维多利亚时代女性的束腰、非洲女性的割礼一样，都是对女性身体的规训，它造就了女性低贱的地位。如果我们需要反思女性所遭受的身体暴力，首先就要承认缠足的暴力特质，尤其是中国男人的承认。只有承认了女性所遭受的暴力，我们才能更为客观地反思人类的暴力史。巴特勒指出：

① 邝丽莎著，忻元洁译：《雪花秘扇》，北京：人民文学出版社2006年版，第15页。
② 邝丽莎著，忻元洁译：《雪花秘扇》，北京：人民文学出版社2006年版，第20页。

“黑格尔意义上的‘寻求承认’要求双方各自承认：对于需要并且应当得到承认，而且双方各自以不同方式受到同样需求的驱使。”[①] 中国男人承认对中国女人施暴的历史，是两性关系走向平等的基础。在华裔美国文学中，华裔美国作家以独特的方式承认并再现了中国男人对于缠足的病态迷恋和父权制将中国传统女性身体客体化的事实。在《孙行者》中，惠特曼突然对唐娜的脚产生了兴趣。在他看来，唐娜因为经常穿小鞋而被挤到了一起的脚趾异常性感。他竟奇怪地对唐娜的脚趾做起爱来。唐娜的脚趾头象征着中国女人的小脚，美国女人的脚也让中国男人产生了缠足的联想，并“发明了新的性爱方式”，可见，父权制对女性身体进行“异化”的愿望多么强烈。华裔男性对暴力和女性身体占有的热爱影射了生活在中国的以男权思想为指导的中国男人和遭受性别压迫、身体暴力的中国女人。

以缠足为代表的对女性的身体暴力在一定程度上帮助结成了女性间的同盟。《雪花秘扇》中，百合、美月和三妹一起缠足，共同经受着身体的疼痛。百合在与雪花结成老同后，她们首先谈论起的便是自己缠足的过程，她们所体会到的既是对命运的无奈，也有对既定命运的无声反抗。正是在缠足过程中，女性之间结成了深厚的姐妹情谊。伊莱恩·肖瓦尔特将姐妹情谊定义为“女性团结一致的强烈感情”，她认为，“从开始起，女小说家之间的相互意识及她们对其女性读者的意识就表现出一种潜藏的团结，有时这种团结成了一时的时髦”。对于女性主义批评而言，“姐妹情谊是女性主义的理论和批评的基本原则，也是女性文学

---

① 朱迪斯·巴特勒著，何磊、赵英男译：《脆弱不安的生命——哀悼与暴力的力量》，开封：河南大学出版社2013年版，第37页。

乐于建构的理想国，它的动因在于女性作家、批评家争取女性团结以获得力量的愿望，也基于女性四分五裂而无力反抗压迫的实际”[①]。胡克斯强调发掘姐妹之间的情谊，她认为，作为受性压迫最严重的群体，只有学会在团结中生活和工作，才能使女权运动持久地进行下去。[②] 邝丽莎尤其擅长在小说中书写姐妹情谊：《雪花秘扇》中的百合和雪花在缠足、在女人无休止的生育任务中体验着女性的生存之痛，她们的心中包含着对老同的无尽的爱；《恋爱中的牡丹》中的陈同、谈则、钱宜超越时空、生死，结成姐妹同盟。在《上海姐妹》中，主角是具有血缘关系的两姐妹。正是因为姐妹情谊的存在，女性的生存才能超越身体之痛，共同应对社会中的各种压迫，张扬自己身体的存在。

但是，缠足向我们透露了一个不可回避的问题：全球女性所经历的压迫有着悠久的历史，虽然20世纪轰轰烈烈的女性主义运动极大改善了女性的生存境遇，但是，正如社会中普遍存在着的身体暴力和战争暴力一样，女性脆弱的身体仍然时时刻刻面临着暴力的威胁，如现代社会消费主义理念对女性身体的规训，迫使女性通过节食、减肥、整容等形式达到一种标准化的身体形式，因而女性主义运动的成果需要一代代加以巩固，只有在对历史的学习和认知中，女性才能进一步突破身体的限制，捍卫女性主义的劳动成果。除了缠足所代表的男/女二元对立之外，我们也看到，现今社会中白人对于少数族裔的欺侮、身体健全的人对身体残疾的人的欺侮、西方对东方的君临、人类对自然的破坏、

---

① 赵思奇：《贝尔·胡克斯黑人女性主义文学批评研究》，北京：中国社会科学出版社2014年版，第134页。

② 赵思奇：《贝尔·胡克斯黑人女性主义文学批评研究》，北京：中国社会科学出版社2014年版，第136页。

发达国家对发展中国家政治、经济、文化的全方位压迫等，不一而足。日裔美国作家露丝·尾关在自己的小说《现在的故事》中言辞犀利地批判了社会中的欺侮文化：

> 我们生活在欺侮文化里。政客、公司、银行、军队。全都是强盗、骗子。他们盗窃、他们折磨人民、他们制定愚蠢的规则、确定基调。看看关塔那摩、看看阿布扎比。美国坏透了，但加拿大也好不到哪儿去。人们只是随波逐流、胆小怕事，不敢反对。看看加拿大的油砂，跟东京电力公司一样。我他妈恨死了。[①]

欺侮文化是暴力的潜台词，在现代社会无所不在的暴力现实和暴力倾向中，身体脆弱的特征暴露无遗。如果不承认个体的脆弱无助性、不去哀悼那些默默无闻地死去的战争受难者，那就是与施暴者沆瀣一气，从而引发更多的暴力行径。正如巴特勒在《脆弱不安的生命——哀悼与暴力的力量》中指出：美国政府在“9·11”之后，将整个社会区分为自由民主人士/恐怖分子的二元对立，从而否定了任何中间的人群，并将其在阿富汗地区的战争合法化。美国所采取的“非我族类，其心必异”的外交策略导致种族歧视的态势恣意蔓延，公民自由遭到破坏，国际关系遭到扭曲。

缠足将女人演变为性的客体，并将女性的身体幽闭在有限的空间里，显现了中国传统社会性别不平等的事实。女性自觉将缠足的要求内化，则是整个社会权力话语的体现，个人身体被视为

---

① OZEKI R. A tale for the time being. New York：Penguin Books，2013：p. 121.

可进行精密调控的机器，权力的目的是通过自我控制和惩戒的形式对身体实施操控，体现着暴力的本质。缠足中母亲对女儿的身体伤害、女儿对母亲的心灵伤害既是对母亲所代表的父权文化的反思，也是母女关系、姐妹情谊的雏形。同时，对缠足的反思代表对现代社会屡见不鲜的暴力现实的反思。

第三章　畸恋中的身体重构：性与华裔美国小说身体书写

女性主义评论家曾指出："种族被性别化，而性别被种族化，种族和性别都与民族的观点紧密相连。"① 华裔美国女性在美国社会既是种族的他者，也是性别的他者。在美国早期的移民历史中，华裔女性处于被歧视、被排挤的地位，限制华裔女性进入美国的政策极大妨碍了华裔男性建立稳定的家庭关系和家庭生活。但是美国社会华裔女性数量的稀少与华裔女性是"性商品"话语的丰富形成了鲜明的对比。她们温顺、性感，是男人凝视和征服的对象。华裔女性的身体演变为客体，她们没有独立的主体意识，不主动驾驭自己的身体，将自己自觉自愿地臣服于男性的权威。

身体的存在必定涉及性的存在。正如布鲁克斯所说：

> 身体在一定程度上必然暗示着性——这里我不仅是说单纯的生殖性，而是复杂的意识和无意识的欲望和禁忌，它们影响着人们对于自身作为有欲望的造物的观念；身体一直都是包括语言在内的文化所俘虏的骚动不安的囚徒。②

---

① BROWN L J. The literature of immigration and racial formation: becoming white, becoming other, becoming American in the late progressive era. London: Routledge, 2004: p. 21.

② 彼得·布鲁克斯著，朱生坚译：《身体活：现代叙述中的欲望对象》，北京：新星出版社 2005 年版，第 7 页。

希腊神话英雄的故事中也充满了对英雄情爱的描写。希腊神话英雄赫拉克勒斯虽然最初选择了“美德女神”阿蕾特，但后来还是难以抵挡美色的诱惑，将在战场上俘虏的女奴带回家，嫉妒的妻子却下毒将她毒死。伊阿宋背叛妻子美狄亚，美狄亚杀其新欢及自己的两子，伊阿宋负疚自杀。身体成为欲望的载体，让英雄最终成为人而不是神。在面对身体的“骚动不安”时，是追求身体的快感，忽略灵魂的指令，还是将身体置于灵魂的囚禁中？无数希腊英雄选择了身体。这是神话给出的选择，也是当时的伦理实践。神话在再现两性关系时将不平衡的三角恋演变为一系列的死亡，妒恨的妻子杀死丈夫，抑或杀死情敌，它通过暴力表达了对只追求情欲的人生的否定，未受规训的情欲俨然成了灾难的代名词。

华裔美国小说中有一定数量的关于爱情、婚姻、性爱的描写。在涉及情爱话题时，最为常见的是异族通婚，主要是华人男子与白人女子之间的婚姻、华人女子与白人男子之间的婚姻。在这类情爱题材中，身体的作用是微乎其微的，文化休克、文化冲突的描写较为常见。细读华裔美国小说，读者可以发现另一类情爱描写，如存在于合法婚姻之外的婚外恋描写，甚至还有乱伦、同性恋等禁忌话题的书写。在这些情爱描写中，身体扮演了非常重要的角色。

本章主要从婚外恋情和乱伦两个主题词出发，将华裔美国小说中的相关文本作为一个整体，所研究的文本包括雷霆招的《吃碗茶》、任璧莲的《爱妾》、包柏漪的《春月》、赵惠纯的《猴王》等。在这些小说文本中，华裔女性的身体不是“东方堕落”的象征，而是华裔女性情感的载体，是她们希望获得认同的载体。通过细读华裔美国小说文本，本章探讨了华裔美国身体在两性关系中呈现的身体意义和文化隐喻。

第一节　另类的归化路径：华裔美国小说中的婚外恋情

《圣经》中，摩西与上帝订下十诫，其中一条为不可通奸。通奸（adultery）（也就是本节所指的婚外恋情）是人类社会的伦理禁忌，但是它在19世纪中后期文学作品中，尤其是文学经典作品中并不鲜见。如福楼拜的《包法利夫人》、托尔斯泰的《安娜·卡列尼娜》、霍桑的《红字》等。霍桑于1850年发表的小说《红字》讲述了年长的英国学究将年轻美貌的妻子海丝特送往美国波士顿，两年后，丈夫来到波士顿，发现妻子因为通奸而站在刑台上受罚。不仅如此，妻子海丝特还必须在胸前佩戴象征通奸罪的红字A。小说的结尾，海丝特以自己高尚的行为，使A的象征意义得以改变和升华，小说以“完美幸福”的结局收尾。但是，我们从中也可以看到美国建国初期，清教对于性爱与婚姻的严厉态度以及作者诲人警世的强烈愿望，作者希望告诫世人肉体所犯的错可以通过善行和忏悔来进行洗刷。霍桑是美国文学的先行者，美国文学在几百年的发展历程中，对爱情、婚姻的描写越来越多元，但是，身体与灵魂二元对立的关系，身体经由灵魂得到拯救的途径一直是解决文学冲突的主要手段。

在对婚外恋的学术研究中，学界并没有达成对婚外恋的准确定义。比尔·欧福顿（Bill Overton）在对概念进行理论梳理时直言“对于小说中什么是通奸或通奸小说是什么并没有明确的定义”①。但是，欧福顿指出了与婚外恋相关的四种叙事模式：婚外恋与小说的主体、结构密切相关；婚外恋不是小说表达的核心情节；婚外恋的欲望/被消灭于萌芽状态的婚外恋；妓女。② 依据欧福顿对婚外恋的归纳，本节将婚外恋定义为一方在婚姻关系存续期间与第三人产生爱情，进而威胁婚姻关系的行为。华裔美国小说中存在着一定数量的婚外情，如雷霆招的《吃碗茶》，伍慧明的《骨》，任璧莲的《典型的美国佬》《爱妾》，张岚的《遗产》，伍绮诗的《无声告白》等。

欧福顿指出了欧美文学中婚外恋书写中的一些共性：“在题材上，总是未婚的男人勾引已婚的女人；在社会指涉方面，故事经常发生在资产阶级中，有时发生在贵族中，但很少发生在无产阶级中；作者总是男性；作品的基调有时是悲剧，有时是戏谑或讽刺，但绝不会是喜剧；叙述形式总是客观的。”③ 相比而言，华裔美国小说中的婚外恋情书写显得更为多元。华裔美国作家在书写婚外恋时，表现出两种基本的情感模式：第一种模式是华裔男性与华裔女性结婚后，华裔女性出轨于另一位归化程度更高的华裔男性，雷霆招的《吃碗茶》、伍慧明的《骨》、任璧莲的《典型的美国佬》为典型文本；第二种模式是华裔男性与白人女性结婚后，华裔男性出轨于另一位华裔女性，任璧莲的《爱妾》、伍绮诗的《无声告白》为典型文本。小说中的人物既包括唐人街

---

① OVERTON B. Fictions of female adultery, 1684 – 1890: theories and circumtexts. New York: Palgrave Macmillan, 2002: p. 4.

② OVERTON B. Fictions of female adultery, 1684 – 1890: theories and circumtexts. New York: Palgrave Macmillan, 2002: p. 4.

③ OVERTON B. Fictions of female adultery, 1684 – 1890: theories and circumtexts. New York: Palgrave Macmillan, 2002: p. 8.

的底层中国人，也包括通过奋斗进入美国中产阶级的华裔人群；作者既有男性也有女性。此外，婚外恋在小说文本中展现出不同的功能，它与小说中的主题、结构、故事演变密切相关，或者并不是小说主要关注的重点，抑或只是有婚外恋的欲望但无实质行动。本节拟从雷霆招的《吃碗茶》和任璧莲的《爱妾》出发探讨华裔美国小说中的婚外恋叙事。这两部小说中婚外恋叙事是小说的核心内容，与小说的主旨密切相关，它们也是华裔美国小说婚外恋叙事中的代表作，小说再现了文化与身份认同的复杂关系、主人公积极拥抱美国身份的渴望及策略，代表着华裔群体归化进入美国的另类路径。

一、华裔美国女性的身体与归化渴望

华人最初来到美国时，居住在单身汉社区——唐人街。由于美国政府制定了一系列的反异族通婚法案和排华法案，致使早期华裔移民不得不在家乡娶妻生子，自己独自一人在美国挣钱，渴望叶落归根。这一具有华族特色的移民经历和华裔文化重家庭伦理的特征造就了华裔美国人群较稳定的家族关系，以致相应的婚恋叙事并不丰富。雷霆招的《吃碗茶》却另辟蹊径，着力书写华裔美国社区的情感生活，为读者了解唐人街单身汉的生活打开了一扇窗户。小说中，宾来从美国回到汕尾老家娶了中国妻子美爱，两人一同来到美国纽约。宾来早年混迹于烟花巷的行为使他患上性无能，寂寞的美爱被另一位华裔阿松所勾引，投入了他的怀抱。奸情暴露后，宾来的父亲割掉了阿松的左耳，阿松还被唐人街商会判处离开唐人街五年。之后，宾来和美爱从纽约搬到加州，宾来在吃了中药后，旧疾治愈，与美爱过上了幸福的生活。

20世纪上半叶的唐人街是一个典型的单身汉社区，女人是稀缺资源。唐人街的老一辈认为在美国出生的华裔女孩不懂中华文化传统，是“竹心女”，这既是借传统之口对新一代青年的谴责，也暗含了华裔青年人主动归化进入美国的事实和华裔老人哀叹传统丧失的无奈。而男多女少的唐人街社区倒有不少艳闻轶事。小说伊始，作者便借唐人街人的闲谈之口讲述了“老林控告老严带自己的老婆外出”①；“一年前老薛带着老宁的老婆私奔到了南卡罗莱纳”② 的风流艳事；唐人街的男人们也以报纸上一则寻妻启事的广告作为饭后谈资。这些闲言碎语的背后暗示着婚外恋情似乎在唐人街社区较为普遍。

唐人街盛行的婚外恋情从一定程度上呼应了美国社会关于唐人街华人道德涣散的刻板印象。从19世纪下半叶开始，关于唐人街的文学作品相继问世，这些由白人创作的唐人街充斥着赌博、抽鸦片、妓女多等一系列关于东方的刻板印象，表达了主流社会对“黄祸”的恐惧。华裔美国作家笔下的婚外恋情再现了华裔社区不稳定的婚姻关系，强化了主流社会对于华裔社区的刻板印象。

但是婚外恋情的书写从另一方面表达了华裔女性身体意识的觉醒，她们不再只是父权制度下的女性客体，而是努力做自己的身体的主人，表达了一定的女性进步观。《吃碗茶》中，美爱发现了新婚丈夫的性无能迹象，误认为丈夫已经不再爱她，心情沮丧。在唐人街这个陌生的社区里，她没有朋友，无事可做，心灵寂寞。此时阿松乘虚而入。美爱与阿松的婚外恋反映了美爱对自

① CHU L. Eat a bowl of tea. Seattle：University of Washington Press，1961：p. 15.

② CHU L. Eat a bowl of tea. Seattle：University of Washington Press，1961：p. 16.

由恋爱的向往，而自由恋爱是西方世界在推进女性主义运动时着力提倡的。美爱是一位东方美女，“眉似新月，樱桃小嘴丰满红润，鼻子挺拔精巧，眼睛完美似远星”①。在美爱所居住的村庄，“好多女孩子都嫁给了金山客”②。美爱在华侨英文学校学习，其目的是嫁给金山客，去美国开始新的生活，因为“如果她有机会去到美国，她至少懂几句英语”③。对于美爱，美国意味着“肥沃土地的崭新全景图展现在她面前，年轻、梦想、未来”④。美国也意味着可以和丈夫相爱相守，不像自己的父母天各一方，相见无期。美爱依照父母之命、媒妁之言嫁给了宾来，与其说美爱爱上的是宾来俊朗的面容，还不如说她爱的是他的金山客身份。他们的婚姻帮助美爱来到了美国，美爱则需要为丈夫的家族传宗接代、开枝散叶。所以，当宾来表现出性无能症状，美爱怀孕无望，唐人街的闲言碎语纷沓而至之时，他们的婚姻触礁了，婚外恋情也随之出现。

华裔美国小说中有关女性出轨的文本表现出一个共性：华裔女性出轨于归化程度更高的华裔男性。伍慧明的《骨》中，母亲带着莱拉嫁给了利昂，利昂一直在远洋轮上工作，生活艰难的母亲投入了血汗工厂厂主汤米·洪的怀抱。相比而言，洪在经济能力上比利昂更成功。任璧莲的《典型的美国佬》中，拉尔夫整日整夜痴迷于赚钱以实现自己的美国梦，妻子海伦感觉受冷落，之后爱上了对她献殷勤的丈夫的朋友格罗弗，一位华裔，“一个矮

---

① CHU L. Eat a bowl of tea. Seattle：University of Washington Press，1961：p. 50.
② CHU L. Eat a bowl of tea. Seattle：University of Washington Press，1961：p. 52.
③ CHU L. Eat a bowl of tea. Seattle：University of Washington Press，1961：p. 52.
④ CHU L. Eat a bowl of tea. Seattle：University of Washington Press，1961：p. 66.

小，出生在美国，没有学位，说英语的生意人”[1]。格罗弗是一位更适应美国生活、归化程度更高的华裔，他甚至拒绝讨论自己的文化身份，两眼只关注经济、发财等世俗的目标。《吃碗茶》同样如此，勾引美爱的阿松“四十多岁，看起来很年轻，太阳穴旁的头发开始变白”[2]。这说明阿松在美国的生活并不艰辛。同时，阿松是唐人街的登徒浪子，据说三年前他去了加拿大，“娶了温哥华一位有钱的寡妇，她给他买了车，还给了他很多钱”；“一年前他和老吴的老婆混在一起”[3]。可见，阿松了解女人，懂得如何讨女人的欢心，这显然不是中国传统文化的影响，而是在中国传统文化影响力大为削弱的唐人街的影响。相比中国传统文化对家庭伦理、孝道的推崇，阿松身上更明显地体现了美国自由主义的精神。在宾来的婚礼上，阿松在众目睽睽之下将一朵红玫瑰别在新娘的胸前。不仅如此，阿松在勾引美爱时，向她描绘了一幅富裕的人生图景：

> 很少人知道，我家在加拿大拥有大量的土地。事实上是蒙特利尔的大部分……你一定听说过蒙特利尔。我家拥有多伦多最大的酒店。我家还有最大的剧院……在……在温哥华。[4]
>
> 我知道我妈妈会爱你的。你不用打扫一个房间。上次我在家的时候，我妈妈有八个佣人。

---

① 任璧莲著，王光林译：《典型的美国佬》，南京：译林出版社 2000 年版，第 91 页。

② CHU L. Eat a bowl of tea. Seattle：University of Washington Press，1961：p. 16.

③ CHU L. Eat a bowl of tea. Seattle：University of Washington Press，1961：p. 18.

④ CHU L. Eat a bowl of tea. Seattle：University of Washington Press，1961：p. 95.

我妈妈很老派。我知道她会给你一大堆钻石、珠宝和金项链。①

可以说，阿松在求偶时，积极抓住了女性爱慕虚荣的特征，为美爱描述了唐人街女性无法想象的富裕舒适的家庭生活：有土地、珠宝、佣人，这是完全不同于单调的唐人街生活的另一番图景，与美爱所体验的唐人街生活有着天壤之别，而与她所构想的美国生活则有类似之处。来自中国农村的单纯女孩遇上了老于世故的华裔移民阿松，一头扑进了所谓的爱情里。

华裔女性出轨归化程度更高的华裔男性很显然威胁了现存的婚姻关系，它一方面表现了恪守中华传统的华裔男性不尽如人意之处；另一方面表现了华裔女性对美国身份的认同，正如弗里曼所说："这些关系无论是潜在地还是明显地威胁到现存的婚姻，都显示了一个悖论：一方面，性是与已经远离的家园或母国文化对话的一个机会；另一方面，爱人的身体成为构成新的美国身份的通道，其本质是跨民族的，抵制完全归化或美国化的观点。"②对于美爱出轨于阿松的行为，与其说华裔美国女性在回望中国，还不如说是她们正积极，甚至冲动地拥抱美国身份并张扬女性身体的存在感。在与阿松的婚外恋情中，美爱怀孕，从而实现了女性身体生儿育女的功能，使她在家族中得到了更多的关心和爱护。离开纽约后，她多次提笔给阿松写信，向他倾诉衷肠，因为在与阿松的关系中，美爱感受到了作为"人"的存在感。美爱宣称："不管是对还是错，正当还是不正当，她只要做女人，这是

---

① CHU L. Eat a bowl of tea. Seattle：University of Washington Press，1961：p. 96.

② FRIEDMAN N J. Adultery and the immigrant narrative. MELUS：Multi-ethnic literature of the U. S.，2009，34（3）：pp. 71 –91.

人的本性。”[①] 美爱要求做“人”，其实是要求将女性身体从父权桎梏下解放出来，为自己而生活。美爱的宣言的意义犹如渴望出走的娜拉，她们呼吁着女性的权利与解放，从这一意义上说，美爱的语言及其行为都是具有颠覆性的。

二、女性身体与华裔美国男性的思乡之情

美国社会出台的反异族通婚法案禁止华裔男性与白人女性通婚，直到1952年，《沃尔特—麦克卡伦法案》（Walter - McCarran Act）才宣称，“一个人成为美国公民的权利不能因为种族的原因而被否决或削减”，异族通婚才从法律上被认可。[②] 自此以后，华裔男性与白人女性的异族通婚在华裔美国文学中逐渐出现。他们之间的婚姻因为种族、肤色的原因显得危机重重，任璧莲的《爱妾》（*The Love Wife*，2004）便是典型例证。在《爱妾》中，华裔男性卡耐基与白人女性布朗蒂结婚。收养卡耐基的母亲王妈妈坚决反对，她一直试图让儿子抛弃自己的白人妻子。去世前两年，王妈妈留下遗嘱，要求将自己的亲生女儿兰兰从中国带来美国，照顾卡耐基的三个孩子。在布朗蒂看来，这个保姆兰兰就是王妈妈一直希望儿子迎娶的中国女人。兰兰在王家很快赢得了两个女儿的喜爱，卡耐基也爱上了她。兰兰作为妾在王家的地位使卡耐基与妻子的关系危机重重。

小说中，任璧莲通过一系列流行的元素打造了一个多元文化共存的家庭。卡耐基和布朗蒂属于华裔和德裔；他们领养的第一

---

① CHU L. Eat a bowl of tea. Seattle：University of Washington Press，1961：p. 172.

② DUNCAN P. Tell this silence：Asian American women writers and the politics of speech. Iowa：University of Iowa Press，2004：pp. 77 – 78.

个女儿丽兹是日裔，第二个女儿温蒂是华裔；他们的婚生子贝利是欧亚裔混血儿；新来的保姆兰兰是华人。在这样一个多元文化杂居的家庭中，出现了异族通婚、欧亚裔混血儿、领养儿童等评论界较为关注的话题，它同时再现了多元文化家庭在美国社会所面临的危机和挑战，尤其是身份危机导致的挑战。卡耐基迎娶了白人布朗蒂，自认为已经归化进入美国，但是仍有人管他叫“中国佬”，对于这样的挑衅，卡耐基只能采取阿Q似的精神胜利法：

> 这个时候，我求助于自己的物主身份。主要用我母亲教我的方法保护自己：我知道自己比挑衅我的人更有保障。你去死吧。等着返税吧。此外我偷偷用了另一条信息：我有个白人妻子，她的胸比刚才露出的那对大好多倍。①

卡耐基在以精神胜利法对抗外界的种族歧视时，所征用的正是法农在论述“有色人种男子和白种女人的观点”的观点：

> 这种突然成为白人的欲望，从我内心最阴暗的部分，透过阴影地带，油然升起。
>
> 我不愿被人认作黑人，而是要被认作白人。
>
> 然而——这恰好是黑格尔没有描述的一种认识——除了白种女人，谁能这么做？她由于爱我，向我证明我配得上一个白人的爱情。人家把我当作白人来爱。
>
> 我是个白人。

---

① JEN G. The love wife. New York：Alfred A. Knopf，2004：pp. 165 - 166.

> 她的爱情给我打开那条通往完整倾向的杰出长廊……
> 我娶白人的文化、白人的美、白人的白。
> 我那双无所不在的手抚摸着雪白的双乳，在这双乳中，我把白人的文明和尊严变成我自己的。[1]

通过对白种女人身体的占有来伸张自己的美国身份是有色人种男人的一种幻想，他们希望借此脱胎换骨，成为真正的白种人。但是性的占有并不等于身份的习得，异族通婚并不能使一位华裔瞬间成为美国社会的 WASP，卡耐基幻想通过拥有妻子从而获得进入白人世界的门票，但忽视了白人和华裔的种族差异、经济地位，犯了显而易见的错误。

在白人女性和有色人种男性的两性关系中，白种女人也不只是等待征服的客体，她们的优势不可忽视。卡耐基是一家之主，但在家中并不拥有绝对的经济优势，布朗蒂的工资多年来一直比他高，她在资本市场基金中的收益很好，可以确保她不上班都能生活。但是，卡耐基在公司里时时面临着下岗的威胁，他在家中作为一家之主的地位也受到威胁。

兰兰的到来无疑为这个危机重重的家庭带来了新的生机与活力。她带着其所经历的创伤来到美国，在积极融入美国生活的同时，教这些有着中华文化基因的孩子们中华传统。她给丽兹和温蒂讲中国故事，为她们起中国名字，为大家做中国美食，在她的指导下两个女儿开始更亲近中华文化，丽兹公开表示“我爱中国。中国有问题，但是美国也有问题。中国的经济每天都在发

---

① 弗朗兹·法农著，万冰译：《黑皮肤，白面具》，南京：译林出版社 2005 年版，第 46 页。

展”[①]。卡耐基在面临失业威胁的时候，兰兰教给他关于“东山再起”和“苦尽甘来”的中国智慧。正是因为兰兰对中国文化强烈的爱和高度的文化自信，使中华文化在美国土壤中得到了有效传承。

小说中，卡耐基与兰兰的关系类似于柏拉图的恋情，属于精神上的出轨。此时，女性的身体成为文化的隐喻。首先华裔女性与白人女性不同的体貌特征使华裔成为母国文化的代言人。兰兰和布朗蒂几乎同岁，两人的体貌特征显示了东西方种族的差异。布朗蒂家族是德国移民：“必须指出，她有赘肉。皱纹布满了她的额头；鼻梁上缀着星形斑。曾经黯淡的年龄斑骄傲地显现出来。她的双耳比以前更红更软。她真正的柠檬黄的头发，曾经很松软，现在紧贴头皮。……她是一条河豚鱼。由某种奇特的气体支撑的齐柏林飞艇。”[②] 相对于布朗蒂日渐衰老的身体，兰兰的身体则展现了亚裔族群的特殊体貌特征：“她看起来只有真实年龄的一半。没有白头发，没有一点皱纹，多亏了亚洲人易于长皮下脂肪的倾向。一个长相普通的女人，既不好看也不难看。脸有点长，眼睛有点大，鼻子有点平，嘴唇有点丰满。两颊的颧骨高耸。”[③] 作者认为，因为亚裔人群“易于长皮下脂肪”，兰兰的身体具有更强的抵御衰老的能力，保持了青春与活力。

因为兰兰的存在，卡耐基和布朗蒂的婚姻开始遭遇危机。兰兰的到来，既缓解了卡耐基的丧母之痛，也缓解了他在美国社会所遭遇的男性气概的威胁。兰兰代表温顺的东方女性形象，她擅长做各种苏州美食，对雇主所安排的任务绝不当面顶撞。她的整

---

① JEN G. The love wife. New York：Alfred A. Knopf，2004：p. 214.

② JEN G. The love wife. New York：Alfred A. Knopf，2004：p. 20.

③ JEN G. The love wife. New York：Alfred A. Knopf，2004：p. 13.

个形象俨然是美国主流社会之于亚裔女性的“莲花”刻板印象。兰兰所代表的东方女性形象激活了卡耐基的男性气质。“我从来不认为自己的婚姻不幸福。但是，当她跪在那儿等着指令，我明白布朗蒂也在等待什么。布朗蒂心仪的丈夫做了这么疯狂的事情。她心仪的丈夫浑身充满生命活力，连她疯狂的同类人都感到自愧不如。”① 兰兰通过展现自己柔弱的女性形象激发了卡耐基的男性气质，使卡耐基不知不觉地爱上了她。

不仅如此，华裔女性的身体还成为华裔男性怀旧的途径。卡耐基在母亲去世后陷入对母亲沉痛的哀悼中，直到兰兰来到美国才有所缓解。兰兰是王妈妈的亲生女儿，卡耐基与兰兰的亲近既是与母亲的亲近，也是与母国文化的亲近。此外，正如弗里曼所说：“爱人的身体成为构成新的美国身份的通道，其本质是跨民族的。”在美国经历了种族歧视的卡耐基同样渴望与兰兰一起建构“跨民族”的美国身份。在他与布朗蒂的婚姻中，两人处于一种相对平等的动态关系中。他希望重塑一家之主的身份，兰兰承认他的主人身份、丈夫身份，其实也肯定了他一家之主的地位。卡耐基通过与兰兰建立联系从而与母国文化建立的联系，缓解了自己所经历的身份焦虑。

三、婚外恋与生育后代

华裔在美国的土地上一直辛勤劳动，渴望得到美国主流社会的承认，顺利归化进入美国。但是由于种族、文化的原因，华裔的归化之途不可能一帆风顺。华裔美国小说中的婚外恋书写表面

---

① JEN G. The love wife. New York：Alfred A. Knopf，2004：p. 143.

在写婚外恋，事实上是在写归化。华裔女性通过婚外恋表达归化的理想，华裔男性通过婚外恋来缓解归化之痛，这些都是归化路上不得不经历的人生悲凉，因为婚外恋必然对现存的婚姻制度造成威胁，进而影响社会稳定。

在18世纪和19世纪的欧洲，人们对性道德最大的关注在于“合法的继承”（legitimate inheritance）问题。欧福顿指出：“因为继承权和男性一脉的传承，人们普遍认为，妻子不能和丈夫以外的任何人发生性关系，以免婚外生子可能偷偷取代他自己的孩子。”[①] 由此可见，是否生育孩子、生育男孩还是女孩在婚外恋中具有非常重要的意义。研究欧洲文学中的通奸现象的文学评论家赛戈尔在细读了诸多文本后指出：“在男作家的作品里，坏女人生的都是女儿。”[②] 欧洲文本作品中可以找到很多这样的例证，例如：《红字》中海丝特与情人生下女儿珍珠；安娜·卡列尼娜与丈夫生了儿子，与情人渥伦斯基生下女儿。欧福顿对赛戈尔的观点进行了阐发，认为在通奸关系中，生孩子和不生孩子同样具有象征意义，在考查孩子的形象时，读者不仅需要考虑性别，同时还要考虑文化、历史和意识形态的作用。欧福顿的观点对考查华裔美国小说中的婚外恋情书写非常具有参考价值。

华裔所生活的唐人街是一个单身汉社区，孩子非常少见，人们对婚外恋孕育的孩子持宽容的态度。《吃碗茶》中，美爱与宾来结婚后迟迟没有怀孕，因而成为唐人街茶余饭后的谈资。当美

---

① OVERTON B. Fictions of female adultery, 1684 - 1890: theories and circumtexts. New York: Palgrave Macmillan, 2002: p. 49.

② OVERTON B. Children and childlessness in the novel of female adultery. The modern language review, 1999, 94 (2): pp. 314 - 327.

爱得知自己怀孕时，“这条消息像一道闪电一样击中了她”[1]。她激动地向世界宣布自己怀孕的消息。她怀孕后，立刻成为众人关注的焦点。宾来的堂嫂从斯丹顿来到纽约拜访美爱，为她提供各种有效的建议。公公王华基得知这个消息后带着种类丰富的食物来看望美爱，美爱享受到了前所未有的“关注和惦记”[2]，所以美爱并没有去纠结谁是孩子的亲生父亲的问题。宾来是美爱的合法丈夫，他在孩子出生后合法地成为孩子的父亲，承担起了养育孩子的职责。对宾来而言，“国明的出生标志着新时代的到来。他现在是一位骄傲的父亲。他很少去想这个他和美爱如此宠爱的小心肝是不是他的亲儿子。孩子是生活的奇迹，孩子需要他，这就够了”[3]。

此外，美爱生育的是男孩，是王家的继承人，孩子的出现颠覆了19世纪欧洲婚外恋叙事中女性与丈夫生育儿子、与情人生育女儿的魔咒。作者雷霆招一方面宣称，在美国，人们更愿意生育女儿，唐人街对美爱生育孩子充满期待，不管这孩子是男还是女；另一方面，作者让美爱养育了一个男孩，成为唐人街父系传统的继承人，表达了他对美爱出轨行为的宽容，从中，读者也可以体味到作者对造成唐人街单身汉盛行、婚外恋不断的美国移民政策的揶揄与嘲讽。

对华裔美国人来说，孩子不仅仅是家族继承人，还是美国公民，是帮助父母家人成为美国公民的最便捷的途径。华裔美国作家包柏漪在儿童文学作品《猪年帮球王》中塑造了以美国身份而骄傲的华裔孩子秀兰·邓波儿·王，小说结尾她在公共场合表

---

① CHU L. Eat a bowl of tea. Seattle：University of Washington Press，1961：p. 104.

② CHU L. Eat a bowl of tea. Seattle：University of Washington Press，1961：p. 109.

③ CHU L. Eat a bowl of tea. Seattle：University of Washington Press，1961：p. 245.

示："我的弟弟还没有出生，他有一天可以成为美国总统"[①]，而全场开始为这位"未来美国总统的姐姐"欢呼。她的意思是自己虽然出生在中国，没有资格参选美国总统，但是出生在美国的弟弟是美国公民，而每一位美国公民都有机会竞选美国总统，那么她做美国总统的姐姐是有可能的。无独有偶，马敏仪在《纸女儿》中也表达了自己在香港出生，只能做美国的"参议员"，而弟弟在美国出生，可以做美国"总统"的观点。所以，对华裔移民来说，美国出生的孩子的最大优势是：他们是美国公民。而美爱因此将成为美国公民的母亲，对于渴望归化的美爱来说，这是多么美好的事情。我们也可以解释为何宾来在做了父亲之后感到"骄傲"，认为孩子"开创了新的时代"。

不仅是美爱通过生育美国公民而获得了归化进入美国的门票，《爱妾》中的兰兰也是如此。兰兰在王家生活时与卡耐基的暧昧之情一直在发酵。而逐渐适应了美国生活的兰兰认识到绿卡的重要性，为了绿卡，她先后结识了商和苏家宝，并与家宝结婚。家宝在一场火灾中丧生的同时，47 岁的兰兰发现自己怀孕了："在我这个年纪，这是我唯一的机会。我将全力以赴、不惜一切代价。"[②] 丧夫后的兰兰重新回到王家，卡耐基以照顾她肚里的孩子为由留下她，将她的住所从仓库搬到了房子里，她的地位从家中的保姆演变为妾。之后，卡耐基再一次在厨房里亲吻了兰兰。通过向兰兰示爱，卡耐基承认并有意承担兰兰腹中孩子父亲的职责；兰兰回吻了他，从而确定了卡耐基的父亲身份。兰兰对肚里的孩子充满了期望，坚信他将是一个男孩，将成为百万富

---

① LORD B B. In the year of the boar and Jackie Robinson. New York：Harper Trophy，1984：p. 169.

② JEN G. The love wife. New York：Alfred A. Knopf，2004：p. 344.

翁，有朝一日将回到中国报效祖国。而最重要的是，这个孩子是美国公民，这将帮助她更快获得美国公民身份。对于卡耐基而言，兰兰是他的养母的亲生女儿，通过拥有兰兰的孩子，他与自己的母亲重新建立了联系，他将以父亲之名用更好的策略帮助具有中国血统的孩子应对美国社会无处不在的种族歧视。

但是，我们不得不承认，婚外恋情挑战了社会伦理，是大众指责和嘲讽的对象，父辈的婚外恋情或多或少会对孩子的成长产生负面影响。伍慧明的《骨》讲述了莱拉的妹妹安娜跳楼自杀对全家人所造成的心理冲击。而安娜的自杀最终指向的是母亲与血汗工厂厂主汤米·洪的婚外恋情。洪看上去像“中国的埃尔维斯”[①]，“拥有鲑鱼巷的大部分产业”[②]。母亲是一个漂亮的单亲母亲，洪的制衣厂的工人。母亲与利昂结婚后，因为寂寞，更因为生计所迫，投入洪的怀抱，她与利昂之间的情感裂缝越拉越大。安娜是母亲与利昂的第一个孩子，夹在父母的情感拉锯战中，渐渐不知所措。利昂与合伙人生意失败直接葬送了安娜的爱情，并最终导致了她的死亡。安娜虽然已经成年，但是母亲的婚外恋情却使她短暂的人生充满早熟的焦虑与痛苦。

华裔美国小说中因婚外恋而生育孩子的情节模糊了合法性关系与非法性关系之间的界线，生育不是惩罚而是祝福：美爱生育了健康的男性后代；兰兰在 47 岁高龄怀孕并正在一步步接近她所渴望得到的美国公民身份。因为孩子的美国公民身份，父母能以更积极的心态面对现实中的种种不如意之处。华裔美国小说中的婚外恋书写再现了父权传统逐步瓦解的美国华裔社区，这也是

---

① 伍慧明著，陆薇译：《骨》，南京：译林出版社 2004 年版，第 122 页。
② 伍慧明著，陆薇译：《骨》，南京：译林出版社 2004 年版，第 153 页。

归化进入美国的道路上的必然结果。

四、婚外恋书写与族裔内联盟

帕特里夏·朱（Patricia Chu）在论述亚裔美国男性与女性不同的归化方式时指出亚裔美国人的性别差异，差异最集中的表现形式体现在赵健秀与汤亭亭这两位华裔美国作家身上："亚裔美国男性作家认为美国性取决于亚裔美国男性与亚洲文化和家庭责任疏离（具体为女人）开来。当他们使用俄狄浦斯的冲突、父亲责任和性的竞争作为喻指来表征他们为争取作者身份而努力时，他们在建构基于美国文学现有模式的明确的有男性气质的亚裔美国主体性模式。"朱认为，亚裔美国男性作家追求的美国性是一种弥合了种族差异、具有普适性价值的美国性，它将疏离中国文化的影响，远离中国女人所代表的家庭责任感，追求相对自由的存在方式。亚裔女性则因为文化所赋予的维系家庭保持传统的职责使她们面临诸多问题，而最主要的是亚裔女性在主流表征中被看作是"一维的存在"（one-dimensional beings），她们是"性别化的族裔他者"[①]，被排除在主流叙事之外。朱基于亚裔人群的性别差异在论述中将华裔男性与女性的同化之路分别对待，使读者对华裔美国群体在美国社会的归化之途有了更清晰的认识。

朱的论述直指亚裔美国群体内的性别差异，这一差异在婚外恋书写中特别明显。华裔男性和华裔女性在婚姻中和婚外恋中的表现较为复杂，这不仅与性别有关，而且与阶级有关。彼得·孔

① CHU P. Assimilating Asians: gendered strategies of authorship in Asian America. Durham: Duke University Press, 2000: p. 5.

提出“郊区亚裔”和“市中心亚裔”的概念对亚裔群体进行了阶级性的区分。[①] “市中心亚裔”群体被美国社会忽视、遗忘，面临着诸多社会问题。他们多数抱有叶落归根的愿望，归化之路渺茫。生育孩子对于族裔继承、承袭中国文化、归化美国同等重要。无怪乎《吃碗茶》中的美爱选择了阿松，她既要获取继承人，又渴望着美国生活所代表的丰富的物质和精彩刺激的生活。“郊区亚裔”接受了良好的教育，经济优越。《爱妾》中卡耐基的母亲在美国白手起家，进入美国社会的中产阶级阶层，确保了卡耐基优越的物质生活。兰兰来到美国后接受了美国的继续教育，并获得大学文凭。对于这一群体来说，他们有条件与自己所爱之人结合。但他们在衣食无忧之余追求身份认同感。卡耐基希望在归化途中保持自己的男性气质和家长权威，他在向美国社会对华裔男性“既纵欲又无性特征”[②]的刻板印象发起挑战。所以，卡耐基不仅要打造一个多元文化并存的家，还要打造一个具有单纯的华裔血统的家，从而确保自己一家之主的位置。

通过婚外恋来表达归化美国的愿望是华裔的无奈选择，因为他们无力抵抗美国社会的种族歧视，无法声称美国是自己的美国。在《典型的美国佬》中任璧莲宣称“这是一个美国故事”，但是小说中仍然有关于种族的描述，可以说它是关于华裔美国人的美国梦幻灭的故事。《爱妾》中，卡耐基面临着美国社会隐形的“玻璃天花板”，显形的种族歧视语言，但无能为力，只能寄希望于自己的混血儿子。他赞美自己的混血儿子：“你看，混血儿在不久的将来将占大多数……这是一种资本。你可以在各种各

---

① 张延军：《美国梦的诱惑和虚幻》，天津：南开大学出版社2014年版，第131页。

② ESPIRITU Y L. Asian American women and men：labor，laws and love. California：AltaMira Press，2000：p. 106.

样的世界里活动。"[1] 儿子的跨域身份承载着他的归化理想，被他表征为人类发展的趋势。

婚外恋也是华裔群体之间的结盟形式。非裔评论界帕特里夏·柯林斯（Patricia Hill Collins）在《黑人性别政治》一书中提出"黑人性话语"（Black Sexuality）的概念。她认为在美国历史上，黑人男性与女性都被认为性欲旺盛，黑人女性的身体成为凝视的客体，"主要是被有钱的白人男性观看、把玩、购买、使用的客体"[2]。黑人男性的身体则被认为非常危险，需要控制。柯林斯批评了美国主流文化割裂了黑人男性与黑人女性的形象的行为。她的观点非常具有借鉴性。华裔男性与华裔女性隔离的命运无助于他们在美国社会取得身份认同，因为它妨碍他们形成有效的团队，并使他们的命运个体化、碎片化。华裔美国作家的婚外恋情书写在一定程度上重构了华裔男性与华裔女性的结盟。美爱在美国的生活日趋单调，"唐人街远没有她想象的那样富有魅力"[3]。她在想念家乡的过程中坠入阿松编织的情网，婚外恋是美爱应对在美国的不适之感的一种策略。华裔男性通过谎言、欺骗使华裔女性在美国的生活不那么痛苦、无聊，这是一种消极的结盟。但是阿松的行径使宾来更积极地对待少年时期犯下的错误并积极治疗，夫妇俩最终重归于好，这是积极的结盟。至少在唐人街，他们的生活将花团锦簇。《爱妾》中，卡耐基是一个健壮的华裔男性形象，他"中等身材，亚裔美国人，穿T恤、蓝色牛

① ESPIRITU Y L. Asian American women and men: labor, laws and love. California: AltaMira Press, 2000: p. 218.

② COLLINS P H. Black sexual politics: African Americans, gender, and the new racism. New York: Routledge, 2004: p. 31.

③ CHU L. Eat a bowl of tea. Seattle: University of Washington Press, 1961: p. 79.

仔裤，不系皮带。胸肌有型——看似举重运动员”①。但是卡耐基的身体“光滑少毛”②，四十岁便心脏病发作。他的病体，和他渴望享受齐人之福但无力处理家庭关系之间的矛盾并不能展现他丝毫的男性气概。但是兰兰“浑然天成”③ 的东方气质可以帮助卡耐基恢复自己的男性气质，确立他作为男性主体的地位，缓解他在异族通婚中承受的不适之感。

王列耀在论述北美华文文学中的“另类亲情”时指出：“从悲愤与对立、悲愤与疏离，嬗变为悲凉与悲悯；新移民文学作家在对‘出生成长国与再成长国’双重的爱与痛中，展现出了自己逐渐成长的身影与心灵。”④ 其实，华裔美国小说中的婚外恋情书写何尝不是如此？华裔人群在美国生活的不适感以婚外恋情的形式表现出来，而他们最终都选择回归家庭。他们一次次选择取舍又何尝没有悲凉的心态牵扯其中。但是，如北美华文文学中的人物一样，华裔美国人群也在成长，无论是情感上还是在对待身份的认同上。华裔男性与女性的有效结盟一定能帮助他们成长为更为强大的群体，以对抗美国社会无处不在的种族歧视。

第二节　“东方瓷娃娃”：华裔美国小说中的女性身体与乱伦隐喻

乱伦（incest）不仅指生物学意义上的具有近亲关系的男女

① JEN G. The love wife. New York：Alfred A. Knopf，2004：p. 64.

② JEN G. The love wife. New York：Alfred A. Knopf，2004：p. 60.

③ JEN G. The love wife. New York：Alfred A. Knopf，2004：p. 142.

④ 王列耀：《华文文学的文化取向：王列耀选集》，广州：花城出版社 2014 年版，第 166 页。

发生性关系，也包括社会学意义上相当于近亲关系的人之间发生的为当地风俗与法律所不允许的性行为。乱伦从原始社会开始就是被人类忌惮的一种罪，如苏门答腊岛的巴塔人相信“近亲之间的性关系会招致各种各样的灾难和惩罚，所以就有正当的理由来规避可能导致逾越这些禁忌的任何诱惑”①。中外文学史上关于乱伦的母题不绝如缕，“俄狄浦斯情节”“厄勒克拉特拉情节”都是从希腊神话故事中演变出来的，它们展示了人类在幼年时期和自己血缘亲人的亲密关系。随着人类的进步，家庭关系的确立，社会学和生物学意义上的亲属关系之间的情爱都被视为乱伦。乱伦题材本身的爱欲性和不道德性决定了它亘古弥新的魅力，它不断挑拨着人类的神经，文学家们在文学创作中一次又一次触碰着这个禁忌，他们的书写既满足了人类对乱伦的想象，同时又再一次强化了乱伦禁忌。

在北美华裔小说一百多年的发展历程中，作家的创作题材更加丰富多样，若要从中找出文学史上的母题创作来证实北美华裔小说对于西方文学母题的继承和发展，乱伦题材当仁不让成为最引人注目的焦点。著名亚裔美国文学评论家黄秀玲将亚裔美国小说分为三个阶段②，她指出在以“多元自我、场所、越界”为特征的第三阶段，亚裔作家开始处理一些性别与性欲敏感地区或禁区，其中包括乱伦。乱伦题材是华裔美国作家在创作题材上的突破，也是对乱伦这个西方文学母题的挑战，而乱伦题材又不可避

---

① 西格蒙德·弗洛伊德著，赵立玮译：《图腾与禁忌》，上海：上海世纪出版集团 2005 年版，第 19 页。

② 黄秀玲将亚裔美国小说发展划分为三个阶段，第一阶段：从 1850 年到“二战”结束（1850 – 1950s）；第二阶段：自我定义和自我表征（1960s – 1980s）；第三阶段：多元自我、场所、越界（since1980s）。

免与女性的身体叙事交织在一起。本节通过分析华裔美国作家包柏漪的《春月》和赵惠纯的《猴王》，并参照其他文学作品，分析小说中的乱伦叙事与女性身体书写之间的关系，探讨以“东方瓷娃娃”为刻板印象的华裔女性身体在父权制社会和有种族歧视的社会所遭受的规训与惩罚，及其背后所隐含的社会意义和文化意义。

一、《春月》中以生育为职责的女性身体

在西方哲学系统里，在身体与灵魂二元对立的话语下，身体一直处于被放逐的地位。柏拉图在其对话录中赞颂灵魂、贬抑身体。在他看来，“身体，以其欺骗性的感官，使我们远离了真正的知识；它把我们吸引在物质的世界里，远离现实世界；它诱惑我们远离道德的生活”[①]。在柏拉图看来，身体是罪恶的根源。以尼采和福柯为代表的后现代主义哲学的身体转向将身体前置。在《春月》发表的20世纪80年代，美国女性已经经历了三次大的女性主义运动，极大伸张了女性的权利；在春月生活的20世纪上半叶，中国的女性也在为自己的权利而奋斗。受西方娜拉出走的影响，中国的娜拉如鲁迅笔下的子君也开始走出家庭，加入争取女性权利的洪流巨浪中来。女性的身体意识，在父权制的语境下，仍然没有明确的话语表述。

《春月》开篇，春月儿时的丫鬟梅花，不能自由择婿，被主人安排嫁给“瘪得像虾干”[②] 的叶老太爷，只能以死明志，再现

① SPELMAN E V. Woman as body: ancient and contemporary views. Feminist studies, 1982, 8 (1): pp. 109 - 131.

② 包柏漪著，吴世良译：《春月》，北京：外文出版社 2013 年版，第9页。

了一个女性身体受到规训和压制的年代。正如西苏所说：“长期以来，妇女们都是用身体来回答迫害，亲姻组织的驯化和一次次的阉割她们的企图的。”[①] 梅花的死是对女性身体迫害的应答，从侧面开启了春月对女性身体的认知和女性对自己的身体没有支配权的集体记忆。春月出生于1882年，二十八岁时守寡，也就是说，她生活在五四运动之前的时期。那时候的春月还不知道“我是我自己的”的呐喊，只知道“必须顺从天意。只有顺从”[②]。她在大伯伯秉毅的安排下嫁给允愉，女儿明玉还未出生允愉就已丧生。此时，寡妇春月的人生前景异常惨淡：婚后她只生下一个女儿。按中国的传统，女儿并不能传宗接代。春月没有一个男性继承人来巩固自己的地位，她作为女人的身体使命没有完成，在婆家地位岌岌可危。希林在其《身体与社会理论》中提出自然的身体和属社会生物学（sociobiology）的身体两个概念。自然的身体“将身体构思为前社会的、生物学的基础，自我身份和社会建构于其上：人类身体的能力和局限性定义个体，产生以民族的和国际的模式为特征的社会经济基础”[③]；“社会生物学的逻辑如下：基于自然的、合意的原则为身份和其他社会分类的主导型观念辩护”[④]。简单地说，自然的身体是身体的自在自为，作为身体本身而存在，追求身体的快感；而属社会生物学的身体包含身体所受的规训，生儿育女的社会责任等。春月作为女人的社会身体被强化，而自然身体则被抹杀，反映了中国传统对于女性身体的规训。

---

① 张京媛：《当代女性主义文学批评》，北京：北京大学出版社1992年版，第202页。
② 包柏漪著，吴世良译：《春月》，北京：外文出版社2013年版，第21页。
③ SHILLING C. The body and social theory. London：Sage Publications，2013：p. 45.
④ SHILLING C. The body and social theory. London：Sage Publications，2013：p. 52.

小说中，春月与秉毅的对置并不是男女两性身体的对置，而是造物主和他的作品之间的对置。就如同《卖花女》中希金斯教授打造伊莉莎一样，秉毅把春月这个从未进学堂的少女教育成为说一口流利英语、懂得西方科技和文学的中西合璧的女人，同时他也打造了春月驯服的身体，使女性身体成为被男性权力操纵、塑造和规训的对象。春月的身体表现出隐忍的特点而非反抗的特点。无论是潘家公子还是允愉的家庭看中的都是她作为女性的年轻的身体，而非作为主体性的人。在允愉死后，她仍然不知道去做自己身体的主人，反而陷入了和秉毅的乱伦情爱。秉毅“态度安详”，“沉稳含蓄”，有着“修长的手指”[①]，认为体育“不成体统”都表明他的身体不是作为强者的男性的身体，而是一个儒雅的长者的身体，因此为小说中的乱伦叙事蒙上了温情脉脉的面纱。但事实上，作者此处仍然试图展示父权制对于中国传统女性身体的压迫。作为传统女性，春月将父权制的观点内化，显示了父权制对女性身体的无所不在的掌控。

春月不仅顺从了传统的父权制，也顺从了自己的身体欲望。在流亡上海的寓所里，已经守寡的春月对丈夫的记忆越来越模糊，取而代之的是大伯伯秉毅的形象，从侧面反映了对身体欲望的顺从。两人的乱伦既彰显了春月作为健康女性的身体欲求，也彰显了春月对于生育男性继承人的传统的顺从。对于和秉毅的关系，她坦承：“她爱秉毅，在世人不知道她的不轨行为的时候，她并不感到羞耻。毕竟礼法是人自己任意定出来治理人的，并非天条。”[②] 但同时，小说对女性的身体欲求保持了自觉的审视态

① 包柏漪著，吴世良译：《春月》，北京：外文出版社 2013 年版，第 32 页。
② 包柏漪著，吴世良译：《春月》，北京：外文出版社 2013 年版，第 225 页。

度。在两人的恋情结束之时，春月慨叹：

> 当一次傻子情犹可恕。秉毅是她的老师，终生的朋友，她的第二次爱情。但是当两次傻瓜就太无聊，太不知自尊自爱了。逃亡的恋人可以自顾自活下去，血缘之亲则不能。如今他也已经认命了，其实就是在没分手之前，两人早也清楚。只得如此，就是如此。①

不仅如此，春月在小说结尾部分和长风谈话时强调对于自己的过去她"不后悔"②。在她"不后悔"的表述下既是女性对于身体欲望的顺从、对女性身体生儿育女传统的顺从，同时也反映了作者对乱伦态度的模棱两可。作者对乱伦明显缺少批评的审视态度，她既肯定了女性身体欲望的合法性，又规训着身体的欲望，以免沦入放纵的境地。众所周知，在中国的男权社会里，传统女性的身体欲望是处于沉默状态的，正如汤亭亭《女勇士》中的"无名姑姑"，她的通奸罪孽虽是女性身体欲望的直接表述，但是因为其公然挑战传统而为社会所不容。

乱伦为什么会成为禁忌呢？Marc Shell 给出了最为精辟的回答："传统的回答是一旦乱伦被允许，灾难就会降临。例如，民间传说声称地球震动、黑暗降临。心理学家说亲属关系将混乱不堪，没人知道自己究竟是谁。政治理论家辩称乱伦将扰乱社会内的权威和财产关系。从生物学的观点来看，一直被辩论的观点是

① 包柏漪著，吴世良译：《春月》，北京：外文出版社 2013 年版，第 284 页。
② 包柏漪著，吴世良译：《春月》，北京：外文出版社 2013 年版，第 361 页。

基因上因乱伦出生的孩子会死掉。"[1] 春月因此孕育的孩子允坚则颠覆了乱伦禁忌的诅咒，他被过继给婆婆作为继子，小说中的伦理秩序再一次遭受危机，因为春月一直面临着认子为弟的尴尬。作者对允坚的伦理身份的暧昧态度表明乱伦不是目的而是手段，也表明作者通过牺牲女性身体而认可中国传统的努力。

如果春月代表着受到规训和压制的女性身体，那么明玉的形象则是女性身体意识的觉醒和发展。明玉的觉醒在于她对母亲的认识，她将母亲的私生子允坚看作是母亲从贫穷的人家里买来的孩子，在允坚身上她看到了被压迫的底层人民，从而投入到共产党的解放事业中去，在她看来，"旧中国不死亡，新的中国就无法诞生"[2]。为此，她以极大的热忱投入革命之中，甚至忽略了身体的感觉。春月顺从的身体传统在明玉身上体现为反抗的传统，明玉小时候没有缠足，奠定了女性身体解放的基础。为了革命，她放弃了资本家长风，而选择了佃户的儿子定志，他们的革命爱情使"她没工夫想（幸福）这种事"[3]，可见她关注的更多的是男性的精神指导力量，而非两情相悦的爱情，凸显了身体欲望作为革命障碍的认识误区，从而使她的形象成为脸谱化的女革命者形象，抹杀了她作为女性的自然身体的存在。

通过将女性身体前置，包柏漪试图建构一个以女性人物为核心的家族。建构母性谱系是华裔美国家族小说的一个新特点，谭恩美和汤亭亭在创作中都做了有益的尝试。春月在谱系传承中被建构为张家的女族长形象，她的女儿明玉继续传承了张家的血

---

① SHELL M. The end of kinship："Measure for measure", incest, and the ideal of universal siblinghood. Stanford：Stanford University Press，1988：p. 3.

② 包柏漪著，吴世良译：《春月》，北京：外文出版社 2013 年版，第 354 页。

③ 包柏漪著，吴世良译：《春月》，北京：外文出版社 2013 年版，第 352 页。

脉，挑战了家族小说中的父系传统，并将女性放置在自己的血脉家族而非姻亲家族中，突出了女性生儿育女的社会功能，有一定的进步意义。

二、《猴王》中受创伤的女性身体

弗洛伊德在《图腾与禁忌》的第一章就写到了“乱伦畏惧”，他以澳大利亚的土著部落为例分析了“图腾崇拜”制度，从中发现了一条定律：“信仰同一图腾的氏族成员之间禁止发生性关系，并进而禁止通婚。”[①] 这就是对乱伦现象的规避，是原始社会一直恪守的准则之一。但是，弗洛伊德也说：“凡存在着禁忌的地方，就必然有潜藏的欲望。”[②] 血亲之间的乱伦是“塔布”，但是血亲之间也潜藏着乱伦的欲望，虽然时时被禁止，但总是会通过某种形式表现出来。

1997 年，赵惠纯发表小说《猴王》，从女儿的角度讲述了父女之间的乱伦对女儿人生的创伤性影响。这部小说“受到评论界好评，并进入‘巴恩斯和诺伯发现著名作家奖’（the Barnes and Noble Discover Great Writers Award）的决赛名单”[③]。《猴王》中的父亲王宝玉（Pau-yu Wang）出生在山东一个贫穷的农村家庭，因为异常勤奋，被美国传教士赏识，并带到美国接受高等教育。

---

① 西格蒙德·弗洛伊德著，赵立玮译：《图腾与禁忌》，上海：上海世纪出版集团 2005 年版，第 19 页。

② 西格蒙德·弗洛伊德著，赵立玮译：《图腾与禁忌》，上海：上海世纪出版集团 2005 年版，第 89 页。

③ PEARSON J S. The monkey king in the American canon: Patricia Chao and Gerald Vizenor's use of an iconic Chinese character. Comparative literature studies: classics and contemporary literature/culture/theory, 2006, 43 (3): pp. 355 - 374.

父亲就读加州大学伯克利分校，专攻物理。可是资助人的突然死亡将父亲抛入无助的境地，父亲被迫放弃学业，去一所学校教授汉语入门知识，在那里认识母亲并成婚。一年后，女儿萨莉出生。萨莉长得像父亲，父亲很爱她，为她换尿布、冲奶粉，而她对父亲的依恋更胜于对母亲的依恋。萨莉叙述的与父亲的乱伦发生在八岁那年，这一事件严重影响了萨莉的人生，她无法与男士正常交往，曾多次试图自杀。

朱迪斯·巴特勒在《乱伦禁忌的窘迫》中辩称：乱伦仅仅是一种“变形为记忆的愿望”，“只要心理分析认为乱伦幻想及其禁忌是伴随着性别分化的过程出现的，我们就很难区分以下两种乱伦：那种在心理的性分化中占据重要地位的创伤性幻想，以及那种显然应该被标记为虐待的创伤”[①]。《猴王》关于乱伦的叙述集中在第二部分。在介绍完父母的华裔背景和美国经历后，叙事进入了围绕乱伦的倒叙结构，在时光的回溯中，叙述者声称在她八岁那年，父亲对她实施了乱伦的恶行。有评论者认为《猴王》是一部死亡之书，而让女主角徘徊在死亡边界的正是父亲对她施以乱伦恶行的后果。[②] 毫无疑问，乱伦的恶行对萨莉的人生产生了创伤性的影响。

乱伦行径首先带给萨莉的是身体的创伤。萨莉在青春期便成为问题少女，她喝酒、吸食大麻，但是她在父母面前扮作乖乖女形象；妹妹玛蒂经常在商场偷东西，公然挑衅父母的权威。两个女孩的叛逆行径都是因为父亲的逆伦行为。七岁的时候，父亲经

---

① 朱迪斯·巴特勒著，郭劼译：《消解性别》，上海：上海三联书店 2009 年版，第 159 页。

② 肖画：《美国华裔文学中的父权黑暗面——以两部〈猴王〉与〈龙年〉、〈姐妹〉、〈儿子〉为例》，《华文文学》2013 年第 5 期，第 44－52 页。

常打她和妹妹的屁股。这是中国父母展示自己权威的方式，在美国却涉嫌虐待儿童。八岁那年，父亲闯进了她的房间。在近乎耸人听闻的场景描写中，萨莉写到了父亲不遵守为父之道的行为和她对父亲无条件的服从。如果父亲是试图通过各种方式控制女儿、使女儿服从自己的话，他错误地忽视了女儿在美国出生长大、拥有美国人的价值观的事实。儿童期的女儿性意识已经觉醒，在短暂体验了童年的快乐之后很快进入弗洛伊德所称的“现实原则”，她必须更中国化，而不是更美国化，这样才能讨父亲的欢心。女儿的身体在内心渴望美国、现实却要求中国的对立中被撕扯，她将身体当作文化冲突的载体，她在弃绝身体的中国性时其实也是在义无反顾地拥抱美国。九岁那年，母亲将萨莉和妹妹继承自父亲的单眼皮割成双眼皮，受到父亲的指责，父亲对她中国化的“自然美”的赞扬让她感到恶心。她狂热地学习绘画，画作中将木棍插入不可一世的猴王的心脏，鲜血汩汩流出，这时她在心中已经杀死了自己的父亲。十四岁的时候她身体已经发育，作为爱美的女孩，她给自己买了背带短裤。当她回到家在镜子前试穿这条背带裤时，她尚未完全成熟的身体完全展示在她自己面前，也展示在读者面前。她“把上衣解开一半审视自己”[①]，她没有意识到的是，她的身体也完全展现在偷窥的父亲面前，“他的脸在我镜子的正后方，眉头紧锁，呈 V 字形，嘴巴张着”[②]。寥寥数笔，萨莉勾画出了一个觊觎自己身体的父亲形象。正是这个外表伟岸、内心猥琐的父亲使她从憎恨父亲转变为憎恨自己的身体：“我讨厌自己的身体。它太高大了，总是很高大。

① CHAO P. Monkey king. New York：Harper Flamingo，1997：p. 103.
② CHAO P. Monkey king. New York：Harper Flamingo，1997：p. 103.

我想有妈妈和妹妹一样小巧的身材。”[①] 她憎恨自己身体最主要的原因是因为她的外表长得更像父亲，而不是母亲。父亲对自己的女儿的占有使女儿开始仇视自己的身体、憎恨自己的身体，甚至不惜一次又一次地自杀以与自己的身体决裂。

乱伦更大的影响则是对精神造成的创伤。萨莉是华裔，但是与“模范少数族裔”神话不同，萨莉并不擅长学业，她更热衷于艺术，在寄宿学校时她的艺术作品就已经获奖，她并不希望成为父亲那样学业优秀的人，并直接表示“我讨厌你”[②]。后来她考上了罗德岛设计学校，虽然这是最好的艺术院校，但是与父母亲对她上耶鲁大学或哈佛大学的期望背道而驰，父亲非常失望，认为她没用，母亲认为这很丢人。华裔女性在幼年时期被父母教育要孝顺、服从，萨莉对专业的选择违背了父母的意愿，这给她造成了极大的心理负担，她在家无法入睡，心理状况出现危机。小说伊始，萨莉就再次被送往精神病院接受治疗，而她从高中起就一直试图自杀，在作者简洁的勾勒之下，一个带有创伤记忆的华裔女性形象赫然出现在眼前。她婚姻不成功，事业上无法长期坚持，整个人处于抑郁症状态。更让她难以接受的是，她对父亲的乱伦指控被母亲和妹妹漠视，甚至反驳。任教于耶鲁大学的母亲直接批驳她说“你在做梦，萨莉”[③]。这些都将她的叙述置于可疑的境地。而整部小说直到最后萨莉仍未恢复正常状态，她刚从最新的一次自杀中被救回来。所以，这部小说更像是一个抑郁症患者的坦白。在福柯看来：“通过‘坦白’，其他人就赋予坦白者社会地位、身份和价值，换言之，‘坦白’就是一个人确认自

---

① CHAO P. Monkey king. New York：Harper Flamingo，1997：p. 103.

② CHAO P. Monkey king. New York：Harper Flamingo，1997：p. 106.

③ CHAO P. Monkey king. New York：Harper Flamingo，1997：p. 95.

己的行为或思想。长久以来，个体是通过其他人和表明与其他人的关系（家庭、忠诚、保护）来证实自己的，然后大家根据他能够或应该谈论他自己的真实情况的话语来确认他。坦白真相已经内在于权力塑造个体的程序之中。”① 在女主角萨莉的口头坦白中，与其说她在揭露家庭的秘密，还不如说她在释放内心的仇父和弑父情感，因为父亲所代表的父权制梦魇在他去世后多年仍然影响着她的生活。通过坦白，她希望建立与外部世界的联系，走上治愈之路。但母亲和妹妹坚决反对她的说法使她无法得到心灵的拯救。

三、乱伦叙事的社会意义

1. 对中国父权制家庭的反抗

中国传统社会是以家庭为单位组织起来的宗法制结构，在中国的传统伦理史中，家的伦理体系被放置在最重要的位置，而国家则是以家的形式来运转。中国的家族形态比较发达且历史久远，因此中国的家族小说成果丰富，且在展现人性、民族特性等方面有得天独厚的优势。家族传统彰显了家族中男性的优势地位，女性则处于弱势地位。家族小说中常见的母题如“长子”形象、乱伦叙事等在华裔美国文学背景下呈现出新的面貌。

首先，乱伦叙事体现了男性家长对女性成员的情感胁迫(emotional coercion)。《春月》中，春月第一次见到秉毅时，才十来岁，未成年。她的父亲是一个书呆子，未能给她合适而饱满的

① 米歇尔·福柯著，佘碧平译：《性经验史》（增订版），上海：上海人民出版社2005年版，第39页。

父爱，“春月几乎从来和爸爸说不上话，因为他总在读书”[①]。而“大伯伯”及时出现了，成为春月眼中的父亲的替身。所以春月对秉毅的情爱更近似于乱伦研究中的“情感胁迫”。“情感胁迫”是费什在分析凯瑟琳·哈里森（Kathryn Harrison）的回忆录《吻》时提出的一个概念，《吻》以自传的形式描写了女作者与父亲的乱伦关系。在费什看来，“情感胁迫”来源于父亲和孩子之间权力的不平等（而不仅仅是成年人和儿童之间权力的不平等）、对父亲角色的利用、其父对自己行为的恶果缺乏考虑。[②]春月与秉毅之间的“情感胁迫”再现了封建大家庭的弊端以及男女在社会中的性别等级。在他们流亡上海的寓所里，秉毅使两人朦胧的暧昧升级，小说写道：

> “你为什么站在外头?”她问道。“你在等人吗?”
>
> “不,”秉毅庄重地回答,“没有别人来。”
>
> “那你等什么呢?”
>
> “唉，我真是个傻子，春月，傻了这么多年，这么多年。”
>
> “你什么地方傻?”
>
> “只有另一个傻子还用得着问。”
>
> 他们之间的距离一点点缩短，她把脸贴在他的心口上。[③]

---

① 包柏漪著，吴世良译：《春月》，北京：外文出版社2013年版，第15页。

② FISCHER N L. Oedipus wrecked? The moral boundaries of incest. Gender and society, 2003, 17 (1): pp. 92 - 110.

③ 包柏漪著，吴世良译：《春月》，北京：外文出版社2013年版，第217 - 218页。

从上可知，在春月与秉毅之间的关系的张力中，秉毅是占据父权制高点的族长和男性。作为族长，他控制着无独立经济条件的春月的生存；作为男性，他在中国传统的纲常秩序中处于主导的位置。春月的顺从其实是无独立经济基础的女性对自己命运的顺从，裹挟着秉毅的“情感胁迫”。不仅如此，在《猴王》中，父亲同样控制着女儿的生活，他要求女儿孝顺、恭敬，他高高在上控制着一家人的言行。

“情感胁迫”，按布尔迪厄的说法，是一种象征的暴力，这种暴力是通过纯粹的象征途径来实施的，这些象征途径包括交流、认识，或更确切地说，包括不知情、承认或推至极限，包括情感。[①] 男性家长通过利用自己的权威地位，迫使女性就范。由此可见，乱伦被置于大家族内，显示出其社会背景，它是中国传统父权制的恶果。女性出现的恋父情结本质仍是中国社会无处不在的父权制度，正如布尔迪厄所说，倘若性关系表现为一种社会关系，这是因为性关系是通过主动的男性与被动的女性之间的基本区分原则形成的，而且这个原则建立、组成、表达和支配欲望。其中男性的欲望是占有的欲望，是色情化的统治；女性的欲望是男性统治的欲望，是色情化的服从。[②]

其次，乱伦叙事再现了父权制社会对女性的全方位压迫。如果说托尼·莫里森的《最蓝的眼睛》通过描写黑人小女孩佩科拉和父亲乱伦的故事，隐形表达黑人女性遭受着父权和种族主义的双重压迫，《猴王》则通过模棱两可的乱伦叙事，试图展示华裔

① 皮埃尔·布尔迪厄著，刘晖译：《男性统治》，深圳：海天出版社 2002 年版，第 2 页。

② 皮埃尔·布尔迪厄著，刘晖译：《男性统治》，深圳：海天出版社 2002 年版，第 25 页。

与黑人一样，同属于美国社会的少数族裔，同样遭受着父权制的压迫。华裔和犹太裔一样非常重视教育，他们认为教育是摆脱种族困境的最重要手段。为了实现这个目标，代表父权权威的父亲直接干预了女儿的人生。萨莉的父亲在美国经历了种种挫折后，将满腔热情灌注到大女儿萨莉身上。从童年开始，父亲就教育女儿要"努力学习、尊敬长辈、自己洗碗"[①]。这是华裔家长对女儿们从家务到学业再到传统伦理道德的全方位要求。在萨莉从寄宿学校回来度假时，父亲更关心的是她的学业，她是否全科得"A"，是否能考入耶鲁大学等名校。看到女儿认真读书他颇为赞赏，在女儿辩称耶鲁大学只招收男学生时，他信心满满地说"你将是第一个女学生"[②]。作为渴望融入美国生活的第二代华裔，萨莉并不能理解父亲的要求。萨莉的前夫、情人、校园里最好的女性朋友都是白人，她的生活里似乎没有明显的种族冲突。同时，正如她在梦中所想的一样，"我想喊他，但发现我不知道他所使用的语言"[③]。女儿和父亲没有共同语言，无法交流。当父亲唯学业马首是瞻时，女儿们则坚决抗拒学业，萨莉成绩一般，妹妹玛蒂的成绩更加不理想，她们与父亲的期望背道而驰。小说中，两位女儿联手将父亲送进了坟墓。

《猴王》与中国古典小说《西游记》形成互文，猴王西行的故事深受华裔美国作家的喜爱，汤亭亭在《孙行者》中借用过其形象，华裔新生代漫画作家杨锦伦在《土生美国人》中同样讲述了猴王西行的故事。可以说，猴王的故事如猴王的身体一般变化多端。赵惠纯《猴王》讲述了这样一个故事：猴王虽然可以长生

---

① CHAO P. Monkey king. New York：Harper Flamingo，1997：p. 96.

② CHAO P. Monkey king. New York：Harper Flamingo，1997：p. 157.

③ CHAO P. Monkey king. New York：Harper Flamingo，1997：p. 116.

不老，但他仍不开心，总是在天庭之中制造麻烦。当他被委派去看守王母娘娘的蟠桃园时，他自己吃掉了所有的桃子。与《西游记》里热爱正义、敢作敢当的美猴王不同，赵惠纯塑造了一只“贪婪”的猴子，从而解构了中国传统文化中的“美猴王”形象。乱伦叙事因而成为一则隐喻：父亲对女儿的乱伦暗示着中国传统文化对美国出生长大并接受了美国教育的女儿的压迫与身心伤害。女儿在不同的场合将其“坦白”叙述出来，就是要将这种伤害大白于天下，让母辈和同辈正视伤害，并联手解读华裔在美国社会的生存问题。在作者看来，代表中国传统文化的父亲是一只“猴王”，他可以变换自己的形状，他有长久的生命，他伤害自己所管辖内的事物，正如中国传统文化一样，它有各种变体，它在美国的土壤里仍然生存并保存着旺盛的生命力。皮尔森也注意到：“通过将虐待的父亲与猴王联系起来，赵惠纯暗示猴王传统对中国文化的一个影响在于强化了统治的父权制，这个父权制在现代社会不仅不切实际，而且来被用作对付中国女人的武器。”① 赵惠纯笔下的猴王，正是利用了中国的父权制传统压抑着华人女性，使她们被迫沉默。

2. 女性要求做自己身体的主人

华裔美国作家在以乱伦为母题进行小说创作时主要凸显了女性的身体存在。包柏漪以女主人公春月之名命名小说《春月》，她通过算命先生之口赋予春月“看得到五世同堂”的荣耀。在“献词”中她毫不吝啬地表达了对《春月》的爱。《残月楼》的

---

① PEARSON J S. The Monkey King in the American canon：Patricia Chao and Gerald Vizenor's use of an iconic Chinese character. Comparative literature studies：classics and contemporary literature/culture/theory，2006，43（3）：pp. 355 – 374.

叙述者则立志为家族的女性写传，“主要祭奠那些通常被中国父权体系所抹杀的女性先辈”[①]。严歌苓《雌性的草地》中表达了对小点儿命运的深切同情。可见，女性被历史文化遮蔽的身体已经开始显露自己的存在，并要求历史注意它的存在。

《春月》中，春月在婚后生下一个女儿，但她需要一个男性继承人来巩固自己的地位。春月和大伯伯的逆伦之情使她拥有了一个男孩，此后，她毅然斩断情根，被破坏的伦理秩序得以全面恢复。《残月楼》中的凤梅和春月一样，也需要一个男性继承人来巩固地位。而结婚五年未能生育一儿半女的事实使凤梅身体的社会属性被悬置。她与丈夫同父异母哥哥丁安的婚外恋情只是帮助她完成了身体的社会使命，“到了后来，婚外奸情传开了，她才像个沉船上的老鼠，断然无情地弃船逃生”[②]，从春月和凤梅对待生儿育女和女性身体的态度，读者得以一窥女性对自己身体的掌控，虽然这样的掌控使她们不得已也落入了父权制传统的窠臼之中，但是她们之后独立于男人坚强而自立的生活使她们早期的行为被赋予了深刻的历史意蕴。

如果说春月和凤梅彰显女性身体意识之举仍属被动的话，那么后来的华裔美国文化社区中的女性则主动选择配偶，表现出主动意识。在《甘加丁之路》中的“家园”部分，尤利西斯的身世被揭开，他的父亲关龙曼和自己的亲姐姐，也就是尤利西斯的外婆乱伦，生下儿子小龙曼，以风信子的儿子的身份养大。后来风信子爱上了舅舅关龙曼，与之结婚，并生下儿子尤利西斯。风信子是第四代移民，在第一眼见到舅舅关龙曼之后，就深深地爱

① 祁和平：《新哥特小说〈女勇士〉和〈残月楼〉中华裔女性的自我身份建构》，《西北师范大学学报》2013 年第 1 期，第 37－44 页。

② 李群英著，牛抗生译：《残月楼》，天津：南开大学出版社 2013 年版，第 287 页。

上了他，并背着母亲与他偷偷结婚，生下儿子尤利西斯。而彼时的关龙曼已经在好莱坞谋得职位，经常在电影上扮演“陈查理的四儿子，必死的中国佬”，传说他“是第一个跟梅·韦斯特睡觉的中国佬”[①]，关家“所有姐妹嫁的都是弱不禁风的男人。只有关龙曼不同，他曾是英俊迷人的粤剧演员，而今又是好莱坞明星”[②]。风信子选择自己的舅舅是囿于环境的选择，表明华裔社区里缺少有男子气概的华裔男性，以及唐人街华裔女性择偶的局限性。ABC 华裔女性通常被老一辈称为“竹心”女，意指她们空有华裔女性的外形，不具备传统华裔女性身上特有的优点，因而不是最佳的婚配对象。风信子不顾母亲的反对，与关龙曼结婚，缘于关龙曼身上的男性气质，再现了女性在择偶过程中主体意识的觉醒。然而风信子的伦理意识淡漠，造成了华裔后代尤利西斯身世的污点，以及他以自己的族裔之根为耻的恶果。

四、乱伦叙事的文化隐喻

华裔美国文学中关于乱伦的叙事中，除《春月》将叙事的地域放置在中国，其他乱伦故事均发生在美国。柏格利将乱伦分为五种类型：实用型、偶然型或混乱型、病理型、客体固恋型、精神错乱型。[③] 这五种乱伦类型包含了两个关键词：父权制和封闭的社区。赵健秀的《甘加丁之路》描写了尤利西斯的父亲关龙曼

---

① 赵健秀著，赵文书、康文凯译：《甘加丁之路》，南京：译林出版社 2004 年版，第 61 页。

② 赵健秀著，赵文书、康文凯译：《甘加丁之路》，南京：译林出版社 2004 年版，第 61 页。

③ BAGLEY C. Incest behavior and incest taboo. Social problems, 1969, 16 (4): pp. 505 – 519.

在封闭的唐人街社区的乱伦情事。赵惠纯的《猴王》描写了父亲对女儿实施乱伦的恶果以及女儿以后的创伤人生。由此观之，华裔作者笔下的乱伦，有极强的社会现实背景。乱伦大多发生在直系亲属之间，成为作者控诉主流社会的种族主义制度造成的与世隔绝的唐人街及其衍生的恶果，同时，它还表达了作者对华裔美国群体身份的思考。

《春月》与《猴王》这两部华裔美国小说均书写了父辈与子辈之间的乱伦关系，这在西方文学发展史上并不少见，如1993年诺贝尔文学奖得主托尼·莫里森的代表作《最蓝的眼睛》描写了黑人小女孩佩科拉希望自己有一双如白人一般蓝色的眼睛，但是她不可实现的渴望在黑人社区遭遇了冰冷的现实，她被自己的亲生父亲强暴，并产下一死婴，最后精神崩溃。它隐喻了黑人女性所遭受的父权制度和种族主义的双重压迫。

《春月》是关于故国的隐喻。作品开篇作者写道："夕阳已经西下，春月仍午梦未回。"它指出了春月的恋情发生时的历史背景。中国虽有留学生去美国接受先进的西方文明科技的教育，但是整个中国仍然处于沉睡之中，不知外界的变化。秉毅与春月之间的恋情表面上看是秉毅对中国传统社会的反抗。他渴望借此对"中国崇尚经典、历史和家族"发难，对中国"顺从"传统发难，撼动中国的礼法。他渴望中国也能有美国所代表的"自由自在"的生活，尊重"我们的需要、我们的梦想，我们的热情"①。但是，从另一个层面上看，春月的小脚和她所具备的中国传统文化的特征使她成为中华文化的代言人，秉毅对春月的爱暗含着作者对于传统中国的爱和依依不舍。华裔加拿大作家李群

① 包柏漪著，吴世良译：《春月》，北京：外文出版社2013年版，第222页。

英于1990年发表的"家族小说"《残月楼》同样艺术再现了乱伦母题。《残月楼》中的黄家第四代凯通过挖掘家族中的乱伦等恶魔般的记忆，将乱伦重新改写，"主要祭奠那些通常被中国父权体系所抹杀的女性先辈"[①]。小说的主人公凯去往中国学习中国的传统文化，最后从温哥华移居香港，表达了她对家园的依恋之情。

无论是包柏漪还是李群英，她们对中国的书写都表达了作者对于母国的深深眷恋。潘亚暾在介绍包柏漪时，这样写道：

> 20世纪60年代，她带着简陋的行李离开美国来到檀香山这一中西文化交会中心，第二年她离开檀香山时，行李中增加了30公斤重的文学资料，几乎全是中国古典文学方面的材料。她对中国当代文学也密切关注，颇有研究。在美国凡是有英文译本的中国现代文学书籍，她都尽量收藏。对中国当代作家作品，如王蒙的散文、高晓声的农村题材的小说和张贤亮等人的小说，她极为欣赏。[②]

可见，包柏漪虽然身在美国，但是醉心于中国古典文学和现当代文学，她不仅以外交官夫人的身份访问中国，而且在文学创作中重访故国。在《春月》中，包柏漪秉承《红楼梦》的传统再现了大户人家的衣食住行、亭台楼榭，使西方读者得以一窥中国厚重的文化下掩盖的上层社会的生活。她的创作既是解构神秘的创作，更是重构神秘的创作。李群英则将创作的笔触对准20

---

① 祁和平：《新哥特小说〈女勇士〉和〈残月楼〉中华裔女性的自我身份建构》，《西北师范大学学报》2013年第1期，第37－44页。

② 潘亚暾：《最是繁华季节：潘亚暾选集》，广州：花城出版社2014年版，第222页。

世纪70年代的中国。对于她们创作所处时期的美国读者来说，中国仍是一个仅供想象的东方国度，是东方学著作里奇谈怪论发生的所在。正如林英敏在《世界之间》中一针见血地指出："她们的中国是记忆里的中国，个体不熟悉的中国，是老者记忆里的杂糅，是西方泛化的浪漫形象。"[①] 对于作者来言，她们对中国的态度从包柏漪在《春月》的跋中可见一斑：

> 因为只有到了三十五岁，我才能够从两方面来看生活：既是母亲又是女儿，既是中国人又是美国人，既是小辈又是长辈，既是个人又是家族的一员，既热爱历史又热爱梦想，不再觉得生命有无限可能而死亡只不过是一个字眼。在我生命之杯半干半满之际，正是我踏上中国大地的适宜时机。在那里我听到了我祖先的故事，看到了我亲属们的生活——也是我原本可能过的生活。[②]

从这里读者可以看到作者对父亲的家园的深厚感情。家园是什么？家园是一个用语言、文化建构起来的想象的共同体，是旅居在外的人魂牵梦绕的故土，是无法切断的文化之根。本尼迪克特将家园定义为"想象的共同体"，通过文字、语言、印刷、博物馆、学校等不断强化。作者正是通过文学创作不断造访故土，通过书写乱伦来和故国对话，表达了对父辈的家园的依依不舍之情。

《猴王》则是关于华裔归化之路坎坷崎岖的隐喻。简·谢尔

---

① LING A. Between worlds: women writers of Chinese ancestry. New York: Pergamon Press, 1990: p. 97.

② 包柏漪著，吴世良译：《春月》，北京：外文出版社2013年版，第392页。

顿（Jen Shelton）在分析伍尔夫《远航》中的乱伦叙事时提出“乱伦的叙事结构”概念。她认为，乱伦结构包含身体的维度和叙事的维度，“通过叙事，乱伦获得意义：成人努力压制或重新解读儿童的故事，他们的努力提醒儿童乱伦在文化上意义重大”[①]。以“乱伦的叙事结构”概念来思考《猴王》，我们可以意识到在女儿萨莉关于乱伦的叙事中，潜藏着父亲的另外一个与乱伦相关的叙事文本，他可能认同萨莉的叙事，可能反对，也可能给出完全不同的叙事文本。但是，不管是何种文本，它所隐含的都是华裔难以归化进入美国的事实。父亲在青年时期便已来到美国，在耶鲁大学教授中文，但是他仍以中国传统的文化价值观来要求女儿，最后人在中年便溘然长逝。他的人生有着深刻的不适之感。

而萨莉即便出生在美国，却时时被当作东方尤物来看待，这既是因为她的长相，也是因为白人对华裔女性长期的刻板印象。萨莉这样介绍自己的长相：

> 我个子高，在美国女人中也显高，但没有我父亲高。我的头发略带红色，不是人们认为亚洲人都有的漆黑的头发。我的脸大，鹅蛋形，下巴方正——下颌骨过度发育，我的牙医常这样说。我的眼睛又细又长，眼睫毛稀少。我这样的嘴唇，妇女杂志准会说要涂淡色的唇膏，以使它不那么鲜艳。我面部唯一漂亮的部分是鼻子，又小又直，比

① SHELTON J. “Don't say such foolish things, dear”: speaking incest in the voyage out//BARNES E ed. Incest and the literary imagination. Gainesville: University Press of Florida, 2002: p. 224.

玛蒂鼻子的鼻梁要高——她总是抱怨架不起太阳镜。①

这是萨莉对自己长相的概括。她的眼睛符合美国主流社会的刻板印象，头发的颜色、鼻梁则是对华人身体形象刻板印象的颠覆，但是，即便是她拥有和白人一样高挺的鼻梁，她在美国社会仍然是个外来人，是东方的性感尤物，这不能不说是华裔女性的悲哀。

小说中的女性身体更是作者“自我东方化”的隐喻。费正清在《美国与中国》中分析了美国对待中国的两种态度，一种是理想化，另一种是怪异化。对待中国文化的怪异化视角更有读者市场。“它强调中国文化的怪异离奇——男人的辫子，女人的缠足，中国人吸食鸦片成瘾，中国人吃狗肉。”② 华裔美国作家在作品中不自觉地再现了符合美国主流社会刻板印象的华人群体。《春月》中，春月的小脚和秉毅的辫子成为特有的东方符号，把读者带入了一个富有异国情调的国度，满足了白人读者的期待视野。《春月》中的女性直接被建构成“东方瓷娃娃”形象，与主流社会形成的“莲花”刻板印象构成同谋。春月是裹着小脚的传统女性，她的“金莲小脚”承载着中国传统文化对女性身体的规训和西方社会对于中国女性沉默、温顺、“性商品”的刻板印象。秉毅的妻子金娴温良贤淑，她曾请求丈夫纳妾，在丈夫凝视春月时，她“不愿意撞上丈夫企慕的目光”③。丈夫死后，她向世人

---

① CHAO P. Monkey king. New York：Harper Flamingo，1997：p. 46.

② 张喜华：《论汤亭亭〈女勇士〉的自我东方化》，《江西社会科学》2008 年第 2 期，第 120 – 123 页。

③ 张喜华：《论汤亭亭〈女勇士〉的自我东方化》，《江西社会科学》2008 年第 2 期，第 158 页。

关上了房门，“为了好有个人长远记着你，有个人长远哭你，我今生今世再也不出房门。一直等时辰到了，我来永远睡在你的旁边”[①]。《猴王》中，萨莉的精神病院病友道格拉斯直接说她：“你是塑料制成的，你不是真人。”[②] 他甚至直接将她类比为“宠物狗”，这一描述直接将萨莉建构为“东方瓷娃娃”的刻板印象。春月和金娴都是没有强烈主体意识的传统中国女性，只是男人的附属；萨莉试图言说自己的创伤体验，但是没有人听。这些主动或被动沉默的华人女性既是中国传统父权制下的产物，也符合西方社会对于东方女性的想象性建构。萨义德在其代表作《东方学》中将东方学定义为“通过做出与东方有关的陈述，对有关东方的观点进行权威裁断，对东方进行描述、教授、殖民、统治等方式来处理东方的一种机制：简言之，将东方学视为西方用以控制、重建和君临东方的一种方式”[③]。可见，东方学是西方从自己的优势地位出发，将东方视为“他者”的一种视角，带有早期欧洲殖民者“强烈而专横的政治色彩”[④]。可是，处于文化上的东方作家在与西方文化的遭遇中，不自觉地使用西方学界的视角，将东方描述为符合西方人的刻板印象，以此营造一种异国情调。为此，他们不可避免陷入了“自我东方化”的表征中。

---

① 张喜华：《论汤亭亭〈女勇士〉的自我东方化》，《江西社会科学》2008 年第 2 期，第 356 页。

② CHAO P. Monkey king. New York：Harper Flamingo，1997：p. 39.

③ 爱德华·W. 萨义德著，王宇根译：《东方学》，北京：生活·读书·新知三联书店 1999 年版，第 4 页。

④ 爱德华·W. 萨义德著，王宇根译：《东方学》，北京：生活·读书·新知三联书店 1999 年版，第 3 页。

五、结　语

西方文学从希腊罗马的“俄狄浦斯情结”传统开始，便开始了对乱伦禁忌的文学探索，从文学作品对于乱伦的表达可见血亲之间潜藏着乱伦的欲望，是一股需要时时加以限制的欲望潜流。在美国少数族裔文学中，非裔美国文学中经常出现对乱伦主题的描写，如埃里森的《看不见的人》，莫里森的《最蓝的眼睛》《所罗门之歌》，艾丽丝·沃克的《紫色》等。北美华裔小说中的乱伦书写也不在少数，除了上述所提到的《春月》《残月楼》《猴王》《甘加丁之路》，还包括严歌苓的《雌性的草地》、张岚的《遗产》、任璧莲的《爱妾》等。这些作品在描写人物的情爱时将角色限制在家庭成员之间，既呼应了西方的乱伦文学母题，同时也向代表美国民权运动的先驱的非裔美国文学传统致敬，也表达了对中国传统大家庭的弊端的思考和对美国社会种族歧视的反思。此外，在对乱伦进行表征之时，身体同样面临着被规训和渴望放纵的张力，华裔美国作家在处理这股张力时体现出对身体的思考。

华裔作者的逆伦书写本意是要揭露华裔在种族主义盛行的北美所遭受的歧视，但是他们笔下的乱伦题材前置了东方感性的身体，成为西方对东方想象的猎奇之旅。东方女性一直是异域风情的代名词，北美华裔小说对具有东方文化传统背景的女性或主动或被动的乱伦书写在一定程度上满足了西方对东方的想象和猎奇。如裹着小脚的春月、有着东方女性传统美且逆来顺受以致不得不进入精神病院进行疗养的萨莉、温顺可人的荫男（张岚《遗产》）和兰兰（任璧莲《爱妾》）等。她们的存在符合西方对中国女性想象的集体无意识，因而强化了华裔女性在美国社会早已出现的“莲花”的刻板印象。华裔女性的感性身体成为西方读者凝视的客体，成为异域风情的载体。华裔女性的身体被标记出来，成为社会中的他者，同时，她们的身体成为一道社会景观，消费的对象，它掩盖了东方和西方事实上的不平等，并压抑了反抗的话语。此时，华裔的身体和西方的东方主义话语构成了同谋关系。

对华裔感性身体的描写在一定程度上是对20世纪后期的“身体转向”的呼应。身体在逆伦关系中虽然挑战了社会的禁忌，但是张扬了自我的存在。由于乱伦在生殖方面的反常表现，它代表着另类的爱欲，或曰弗洛伊德快乐原则的回归，即张扬身体的存在，弱化爱欲的生育目的，正如马尔库塞所说：“性反常行为打断了繁殖链条，也是打断父亲统治的链条，即实际上阻止‘父亲的再现’。”[①] 这种行为极大地挑战了父权制度。此外，性反常行为将被压抑的欲望释放出发，因而避免了“负罪感”的产生。《春月》中，作者将春月和秉毅之间的情意赋予爱的名义和想爱却不能爱的忧伤；《残月楼》中凯对自己家族秘密的书写充满了对陷入逆伦之情中的人的同情和造成这种局面的制度的憎恨；《甘加丁之路》中小说在厚重的长篇末尾简单提及了尤利西斯的身世，它对尤利西斯所造成的身心震撼稍纵即逝，反而为他的身份认同策略提供了足够的线索。华裔美国人的身体在沉重的种族和性别的压迫中渴望着轻盈的存在。这是华裔作家在利用乱伦文学母题时所寄托的文学理想。

---

① 赫伯特·马尔库塞著，黄勇、薛民译：《爱欲与文明：对弗洛伊德思想的哲学探讨》，上海：上海译文出版社2005年版，第36页。

不仅如此，乱伦行为对后代的爱欲观产生了深刻的影响。凯选择了同性爱；尤利西斯选择了性解放，他只恋爱不结婚；春月的女儿选择了和自己志同道合的爱人，将自己的身体渴望让位于革命的要求；萨莉同样游离于婚姻之外。这些乱伦家族的后代承认了社会中的现实原则对个体爱欲的要求，他们没有挑战乱伦禁忌，而是恪守禁忌，认为它既可憎又可怕。但是他们也拒绝接受文明社会对于身体的“额外压抑”，通过不同于生育功能的性形式张扬身体的存在，此时的身体仍然是个反常的存在，是欲望的聚居地，是道德的争斗场。它一方面反对现代社会对于人的异化，但另一方面，它对身体的过度宣扬同样质疑了社会的文明和道德观。

第四章　重构残障身体的理性之维：华裔美国小说身体的失能书写

在后结构主义语境下，男人/女人、人类/自然、白人/有色人种、异性恋/同性恋的二元对立被打破，原本处于二元对立弱势一极的女人、自然、有色人种、同性恋群体等开始要求自己的权利、彰显自己的声音，女性主义、生态批评、少数族裔批评、酷儿理论等批评话语应运而生。在这个大语境下，原本处于弱势一极、没有话语权的残障人士也开始发出自己的声音。失能的身体显而易见且与众不同，然而在对弱势群体的讨论中，失能的身体一直被忽略、被漠视、被他者化，处于失语的状态。对失能的研究关乎失能主体的身份建构，关乎其在公众面前自我认知的方式，失能研究因而具有重大的现实意义。

失能的身体与众不同，经常被认为低人一等，或被建构为道德有瑕疵的负面形象。英美文学作品中关于失能人物的作品一直存在，如《理查三世》中理查三世的身体残疾，《彼得·潘》中残了右手的胡克船长，《简·爱》中瞎了一只眼的罗切斯特，《白鲸》中失去了一条腿的亚哈船长等。

华裔美国人来到美国后，遭受了严重的种族歧视：华裔男性因为长期从事厨师、洗衣店、服务员等原本是女性从事的工作，被美国主流社会认为缺少男性气质，处于“被阉割”“被去势”的地位。华裔女性遭受着种族主义和男权主义的双重压迫，她们沉默寡言，逆来顺受，因此承受着巨大的生理和心理压力。而19

世纪优生学运动中的领军人物卡尔·皮尔森（Karl Pearson）早就将“不健康的人”（unfit）定义为如下：惯犯、职业游民、结核病患者、疯人、精神上有缺陷的人、酗酒的人、因为出生或无节制而患病的人。[①] 可见，不仅是身体残疾的人，那些遭受慢性疾病折磨的人都是“失能”的人，此外，华裔在美国因为遭受歧视，活动受限，都可以看作是“失能”的人。华裔美国小说中这类人并不少见，如《灶神之妻》中患“多发性硬化症”的珍珠；《接骨师之女》中患习惯性失语症的露丝；《女勇士》中患“疑病症”的叙述者“我”；《爱妾》中患老年痴呆症的王妈妈等。

本章所关注的失能症状以精神方面的失能为主，包括精神疯癫的华裔女性，患厌食症的华裔女性。这些精神失能的华裔群体遭受着身心不可言说之痛，无处排解，只能以身体疾病的形式表现出来，但她们的苦痛并没有得到评论界的广泛关注。本章从身体的角度出发，探讨失能的书写之于华裔个体形象构造以及华裔身份思考的意义。

第一节 “灵与肉的分割”：华裔美国小说中的疯癫书写

“疯癫”在汉语中也称“疯狂”“疯”等，《现代汉语词典》解释“疯”为“神经错乱；精神失常”；它在英文中对应的形容词为“mad”“insane”“lunatic”，“lunatic”指“a mentally ill person”，也就是说，“疯癫”指的是一种“精神错乱”，它最大

---

① DAVIS L. ed. The disability studies reader（fourth edition）. New York and London：Routledge，2013：p. 6.

的特征在于自身行为的不可理喻性，超出了人们的理解范围。费德将“疯癫”定义为“一种无意识过程支配意识的状态，无意识控制它们，并决定如何感知并回应那些混乱的不适宜的经历”[①]。福柯在“疯癫诸相”中指出躁狂症、忧郁症、歇斯底里症和疑病症都属于疯癫。疯癫意味着身体的在场与灵魂的缺场，是身体与灵魂的断裂。文学作品中的疯癫现象一直是一个非常重要的母题。“《荷马史诗》、《圣经》和古希腊戏剧中的神话传说包含有妄想、狂躁和其他离奇的思维方式与行为方式的原始的象征。”[②] 而疯女人形象则更为普遍，如《哈姆雷特》中的奥菲利亚，《简·爱》中的罗切斯特太太，普拉斯长篇小说《钟形罩》中的埃斯特，《最蓝的眼睛》中的佩科拉等。罗宾·唐尼（Robin Downie）在《文学中的疯癫》一文中指出：“在许多创作作品中，疯癫仅仅被用作一种文学手段，它对疯癫现象没有解释但是具有其他的文学功能。”[③] 在《简·爱》中，作者试图表明疯癫是具有遗传性的；而在《藻海无边》中，里斯则认为文化语境的变化和身份的迷失造成了人物的疯癫。可见，文学作品中倾向于借人物的疯癫发理性之思。

华裔美国小说中存在着一定数量的疯癫书写，如水仙花短篇小说中的宝玲；汤亭亭《女勇士》中的姨妈月兰；赵惠纯《猴王》中的萨莉等。这些女性在美国经由不同的途径发疯，为思考华裔美国人群的精神状况打开了一扇窗户。相对于欧美文学界对

① FEDER L. Madness in literature. Princeton：Princeton University Press，1980：p. 5.

② FEDER L. Madness in literature. Princeton：Princeton University Press，1980：p. 3.

③ DOWNIE R. Madness in literature：device and understanding//CORINNE S，JANE M eds. Madness and creativity in literature and culture. New York：Palgrave Macmillan，2005：p. 49.

于疯癫研究的不断推进，国内外学界对华裔美国小说中的疯癫书写关注并不多。陈晓晖在其博士学位论文中细读了汤亭亭《女勇士》中月兰经历“心灵幽闭—自我幽闭—被他人幽闭”的发疯历程，指出月兰的疯癫是“各种不同层面和体系的癔症交织而成的综合性的疯癫”[①]。她从女权主义角度出发，对男权制度进行了深刻的批判。蔡青在博士学位论文中认为华裔美国文学中的疯女人形象“不仅是父权制文化压制下的产物，更是对种族压迫的深刻反映”[②]。这些是对华裔美国文学文本中的疯癫历程及疯癫社会原因的解读。

疯癫与理想之间的二元对立关系使疯癫书写成为身体研究所关注的重点。在 17 世纪和 18 世纪，书写疯癫的作者将疯癫隔离于理性之外，彼时的二元对立以“理性/非理性”的形式出现，疯癫即“非理性”的一种形式，身体的“非理性和偶然性”[③] 使其置于无关紧要的位置。而当“身体/精神”的二元对立介入哲学、社会学话语之后，身体与疯癫的关系更为复杂。疯癫成为身体非理性的载体和爆发点，对疯癫的禁闭也就是对身体的禁闭，疯癫的身体上的理性之维隐而不见，身体与疯癫之间呈现出既合作又对抗的关系。本节拟从华裔美国小说中的疯癫书写出发，分析身体在疯癫书写中的作用，并试图缝合疯癫的身体和理性之间断裂的能指之链。

---

① 陈晓晖：《当代美国华人文学中的“她”写作：对汤亭亭、谭恩美、严歌苓等华人女作家的多面分析》，福建师范大学博士学位论文，2003 年。

② 蔡青：《后殖民语境下美国华裔女性文学中的疾病书写分析》，东北师范大学博士学位论文，2010 年。

③ 汪民安编：《身体的文化政治学》，开封：河南大学出版社 2004 年版，引言第 1 页。

一、从“金山婆”到“疯婆子”：疯癫与身体欲望

早期华裔移民进入美国社会，其目的是寻找“金山”，以迅速发家致富。这些往返于“金山”与家园之间的男人被称为“金山客”，他们留在家乡的妻子被称为“金山婆”，主要依靠丈夫“金山客”的汇款生活，并为丈夫完成赡养老人、抚育后代的职责。雷霆招在《吃碗茶》中提及广东地区一带的女孩子以嫁给“金山客”为荣，因为它意味着优越的经济生活，因而被称为理想的婚姻。但是留守家园的“金山婆”所遭受的痛苦却一直处于失语状态。方汉文在其博士学位论文中摘录了这样一首民谣：

自君游北美，廿年不我记。
丢侬孤寡锁双眉，枉屈鸳鸯分两地。
可恶汝，唔念谐连理。
在外风流顾一己，亏奴半世守生离。
于归夫外出，有口实难开。
遨游异国几时回？
负却风流经数载。
春心灰，家贫无可奈。
寄语同群诸姊妹：
出洋子弟勿相配。[①]

① 方汉文：《永远的“他者”：跨文化视野中的金山客形象》，苏州大学博士学位论文，2006年。

民谣中，“金山婆”怨恨丈夫经年的离别，“鸳鸯分两地”“半世守生离”的伤痛，“春心灰”的绝望，禁不住质问丈夫“遨游异国几时回”，并总结出“出洋子弟勿相配”的感慨。民谣中渗透着夫妻分居两地的无奈和愤懑，在这样的生存状况下，个体的身体欲望被搁置，身心健康受到了极大的挑战。

幸运的是，部分华裔劳工在国外积极求生存，再加上美国的反异族通婚法案，使“金山客”仍然惦记着家中的妻子，并在条件合适的时候将妻子接来美国。这些“金山婆”成为生活在美国的客人，她们在美国艰难归化，而做“金山婆”所遭受的身心创伤必将以各种形式爆发出来，其中最典型的是在美国成为“疯婆子”的“金山婆”，如水仙花笔下的宝玲和汤亭亭笔下的月兰姨妈。

被称为“华裔美国小说鼻祖”的水仙花在其短篇小说《新世界的智慧》中塑造了逐渐发疯的宝玲。宝玲在丈夫山奎离开家乡前往美国前三个月与其成婚，成为名副其实的“金山婆”。来到美国后的七年里，山奎再也没有见过自己的妻子，也没有给她写过一封信。但是他承担了做丈夫的职责，按时给她汇钱，并在母亲过世后将妻子接来美国。汤亭亭在《女勇士》中的“西宫门外”一章讲述了发疯的姨妈月兰的故事。与丈夫已经分别了30年，且已67岁高龄的月兰在姐姐勇兰的帮助下移民美国，姐姐敦促她去找自己的丈夫，夺回属于自己的东宫夫人的位置，但是月兰性格懦弱，30年来在丈夫的经济资助下生活养尊处优，无法适应艰苦的移民生活。

这两位“金山婆”来到美国后首先面对的是与丈夫关系的疏离，这必然涉及身体的欲望。长期与丈夫疏离的生活使“金山婆”对丈夫产生了怀疑，她们甚至无法接受丈夫与异性正常的交流与接触，这在宝玲的身上表现得尤其明显。宝玲与时代脱节，既无法适应移民生活，也不了解美国种族歧视的现状，只是单纯地固恋中国传统文化。她认为在美国的丈夫也可以娶三妻四妾，但是来自另一个种族的阿达没有为丈夫生育一个孩子，却享受着丈夫的尊重，这是她所不能理解的。“但是，天啦！她为一个男人生了孩子，他却仰慕另一个女人——另一个种族的女人——还把这个女人看作与众不同，真让人又羞又愧。心灵的妒忌比其他任何肉体的妒忌都强烈。”[①] 女人的嫉妒心推动宝玲踏上发疯的历程。

丈夫对自己冷漠的态度和对白人女性阿达谦恭礼貌的态度形成鲜明的对比，使宝玲觉得自己作为中国妻子的地位受到威胁。

> “那位年轻的女士——她的眼睛是蓝色陶瓷的颜色——她也像妈妈一样吗？”宝玲温柔地询问道。
>
> 尽管她那么温柔，吴山奎还是生气得脸红了。
>
> “别提她，”他大叫道，“别提她。”
>
> “哈哈哈！哈哈哈！”宝玲笑了。笑声轻柔，优美，但是对吴山奎来说笑声近乎冒犯。[②]

宝玲发现了丈夫对白人女性的爱恋之后的笑既是她走向疯癫的第一步，也是她打破沉默的第一步。她第一次向丈夫发问，挑战了丈夫至高无上的权威。她第一次在丈夫面前“笑”，既“冒犯”了丈夫，也是对女性命运的无奈接受，更是在精神失能之时

---

① 水仙花：《春郁太太及其他作品》，太原：山西教育出版社 2002 年版，第 91 页。
② 水仙花：《春郁太太及其他作品》，太原：山西教育出版社 2002 年版，第 90 页。

的情感迸发。宝玲毒死了儿子后，再一次“笑了”，并声称“他得救了”。她认为自己从新世界里挽救了儿子，使他免受西方文化、价值观的毒害，从这个层面上来说，她的疯言疯语中包含着理性的成分。

福柯在《疯癫与文明：理性时代的疯癫史》中列出了 18 世纪的四种疯癫形式：自恋的疯癫；狂妄自大的疯癫；正义惩罚的疯癫；绝望情欲的疯癫。[①] 在福柯看来，“绝望情欲的疯癫”，“因爱得过度而失望的爱情，尤其是被死亡愚弄的爱情，别无出路，只有诉诸疯癫”[②]。对此，福柯继续解释说“只要有一个对象，疯狂的爱情就是爱而不是疯癫；而一旦徒有此爱，疯狂的爱情便在谵妄的空隙中追逐自身”[③]。福柯笔下的“疯癫”是爱得过度，或者说缺乏爱的对象。在含蓄的中华文化中，华人女性的绝望在于爱情没有变，但被爱的对象变了，她们所爱的对象在异域文化中由于缺少母国文化的浸润而变得难以认识，这种变化费德称之为“象征的损坏”（impairment of symbolization）[④]，她认为那些偏离了常规的思维、语言、行为表明这些个体的精神状态迥异于常人。文学作品为疯子（the psychotic）的心理活动提供了有利的线索，因为诗人、剧作家、小说家探讨并阐释了他们的精神冲突与精神困惑。具体到华裔美国文学中，华裔美国女性的疯癫同样带有“象征的障碍”。在两性关系中，这些“金山婆”们深受中国传统父权制的影响，并将其内化。《新世界的智慧》中，

---

① 米歇尔·福柯著，刘北成、杨远婴译：《疯癫与文明：理性时代的疯癫史》，北京：生活·读书·新知三联书店 2003 年版，第 25－26 页。

② 水仙花：《春郁太太及其他作品》，太原：山西教育出版社 2002 年版，第 26 页。

③ 水仙花：《春郁太太及其他作品》，太原：山西教育出版社 2002 年版，第 26 页。

④ FEDER L. Madness in literature. Princeton：Princeton University Press，1980：p. 6.

宝玲早年生活在推崇沉默的文化环境里，她将相夫教子视为自己唯一的职责。“她保持着在丈夫之后进餐或在一旁进餐的传统习俗，恪守着婆婆为她制定的规则：在自己的男人面前保持沉默。”① 这些华人女性认为男性总是高高在上，他们有权娶三妻四妾，而女人只能臣服于男人的权威之下，将生儿育女当作自己毕生的事业。但是她们忽视了美国社会无处不在的种族歧视。

宝玲的疯癫同时可以归为“自恋的疯癫”，她们所自恋的对象不是自己，而是自己所代表的母国文化。宝玲的自恋来自她的无知，她误认为男人在美国可以和在中国一样娶三妻四妾，误认为男人可以娶自己心仪的任何女人，她完全忽视了美国社会存在的种族歧视。月兰的自恋在于她坚守着中国传统文化，同时希望身在美国的丈夫也能坚守中国传统文化。但是，她们的自恋都属于“象征的损坏”，一旦她们跨不过这个障碍，她们的精神就崩溃了。为避免进一步的美国化，宝玲杀死了自己的孩子，向华裔移民的美国化进程宣战。但是，虎毒尚且不食子，一位母亲杀死了自己的孩子，这不能不让人唏嘘不已。月兰则成为一个语言毫无逻辑、行为迥异于常人的疯子。

二、从心灵幽闭到身体幽闭：疯癫与族裔身体

在中国传统文化的《女诫》中，女性的四德之一是“妇言”，辜鸿铭在《中国人的精神》里解释“妇言”：“妇言不是指流利或精彩的言论，而是文雅的选词，不说粗话、狠话，知道什

① 水仙花：《春郁太太及其他作品》，太原：山西教育出版社 2002 年版，第 87 页。

么时候说，什么时候不说。”[①] “妇言” 的定义中最重要的是要求女性懂得保持沉默，这也是对女性克制自己言语行为的要求。正是因为中国传统文化对女性的要求，中国女性被培养成为 “沉默”“娴静”“温顺” 的形象。林英敏在梳理华裔女性的 “莲花” 形象时指出，另一种是羞怯的莲花或中国娃娃：羞涩、娇小、恭敬。她端正贤淑、纤纤玉指掩口低笑，双眼低垂，总是走在男人的身后十步之遥，最妙的是，她全身心地服务男人。[②] 在美国主流社会关于华裔女性的刻板印象中，“含蓄” （reticent）和 “神秘莫测的”（inscrutable）与华裔女性的沉默形象密切相关。

水仙花笔下的宝玲和汤亭亭笔下的月兰都是沉默寡言的华人女性，她们对自己在国内的生活、做 “金山婆” 所遭受的痛苦沉默不语，对新的移民生活沉默不语，她们看起来逆来顺受，但是这并不意味着她们就能适应艰苦的移民生活。小说中，宝玲发了疯，杀死了自己的儿子；月兰千辛万苦找到丈夫，却发现他已经另立家室，并拒绝接受她再次出现在自己的生活中，月兰随后疯了。赵惠纯的《猴王》中同样书写了沉默不语的华裔女性，她接受了美国教育，对于自己所遭受的不公正待遇试图言说，但是没有人听，所以她采取直接伤害自己身体的方式来反抗自己遭受的不公正待遇。她的行为使疯癫和身体禁闭同时出现，成为华裔美国小说中再现疯癫的一个新角度。

小说伊始，萨莉因为有自杀倾向被医生送到了精神病院。在

① 辜鸿铭著，黄兴涛、宋小庆译：《中国人的精神》，海口：海南出版社 1996 年版，第 68 页。

② LING A. Between worlds: women writers of Chinese ancestry. New York: Pergamon Press, 1990.

她看来："我也在进入一个陌生的领域，可能不会返回。"[①] 这个陌生的领域就是精神病院，在福柯对精神病院的分析中，它一直是作为禁闭身体从而校正心灵的形式出现的。福柯认为"禁闭将非理性隐匿起来，从而泄露了非理性的耻辱"[②]。因为"在现代安谧的精神病世界中，现代人不再与疯人交流。一方面，有理性的人让医生去对付疯癫，从而认可了只能透过疾病的抽象普遍性所建立的关系；另一方面，疯癫的人也只能透过同样抽象的理性与社会交流。这种理性就是秩序、对肉体和道德的约束，群体的无形压力以及整齐划一的要求"[③]。福柯所探讨的是疯人院对疯癫所持有的话语权。汤亭亭在《女勇士》中仅用少量语言描述了月兰在疯人院的生活，因为其简洁，我们无法窥探疯人院内的生活，也无法探讨疯人院对于疯癫的分类和规范的程序及意义。华裔美国作家赵惠纯在疯癫书写上更进一步，她以患有严重精神抑郁症的华裔女性萨莉为叙述主角，叙述了她抑郁的原因、在疯人院疗治以及离开疯人院后的生活，从中读者可以体味到华裔所遭受的身心创伤。

萨莉是一位性感迷人的女性，但是她的东方血统在她的人际交往中被无限放大。外部世界总是将萨莉当作性感的东方女性，而不是独立自主的西方女性：

> 我个子高，在美国女人中也显高，但没有我父亲高。

---

① CHAO P. Monkey king. New York：Harper Flamingo，1997：p. 7.

② 米歇尔·福柯著，刘北成、杨远婴译：《疯癫与文明：理性时代的疯癫史》，北京：生活·读书·新知三联书店2003年版，第63页。

③ 米歇尔·福柯著，刘北成、杨远婴译：《疯癫与文明：理性时代的疯癫史》，北京：生活·读书·新知三联书店2003年版，第2页。

> 我的头发略带红色，不是人们认为亚洲人都有的漆黑的头发。我的脸大，鹅蛋形，下巴方正——下颌骨过度发育，我的牙医常这样说。我的眼睛又细又长，眼睫毛稀少。我这样的嘴唇，妇女杂志准会说要涂淡色的唇膏，以使它不那么鲜艳。我面部唯一漂亮的部分是鼻子，又小又直，比玛蒂鼻子的鼻梁要高——她总是抱怨架不起太阳镜。①

在对自己进行自画像式的白描时，萨莉突出了自己身上的非东方性特征，她强调自己的个子高挑，头发是“红色”而不是“黑色”，鼻梁高挺，这使她看起来更像一个美国人而非中国人。作为在美国出生长大并接受美国教育的华裔第二代，萨莉并不满足自己的性感身份，或者是“东方瓷娃娃”的身份，她一直努力试图摆脱自己的族裔性别身份，为此，她一直都在试图摆脱刻板印象的桎梏。萨莉的父母亲都是大学教师，萨莉是家中长女，承载着父亲希望后代出人头地、孝顺服从的人生理想。但是与一般学业精进的“模范少数族裔”不同，萨莉既不想学医也不想学法律，没有考上耶鲁大学。但是她选择了艺术学科，并表现出极强的天赋，被美国最好的艺术学校罗德岛设计学校（Rhode Island School of Design）录取，并获得了奖学金。参加工作后，她在事业上取得了巨大的成功，成为一位独立自强的女性。这一形象与“模范少数族裔”的刻板印象形成巨大反差。

但是，萨莉作为东方女性的身体和她的具有西方精神的心灵之间存在着巨大的裂缝。虽然萨莉在事业上很成功，但是她很难摆脱自己作为“东方瓷娃娃”的刻板印象。在幼年时期，她的父

① CHAO P. Monkey king. New York：Harper Flamingo，1997：p. 46.

亲既把她当作承载自己人生理想的客体，也把她当作能给自己幸福的天然尤物。她在幼年时期遭受父亲的性侵。母亲一直坚决拒绝承认发生过这种事，也没有与父亲离婚来捍卫自己和女儿的尊严。妹妹与姐姐感同身受，无法安定生活，徘徊在一个又一个男人之间。萨莉大学期间辍学，与凯瑞结婚。她是凯瑞结交的第一个东方女友。萨莉的创伤经历注定她与凯瑞的婚姻关系非常坎坷，他们日益疏远，最终离婚。而前夫凯瑞再次见到萨莉后仍然将她当作一个性感的客体，而不是可以相伴的灵魂伴侣。她在精神病院交往的情人也不能给予她安全感。她的邻居，另一个成功的华裔男性小路管她叫“灾星”。这些都是因她的族裔身体而起的灾难性社会事件。

正是因为对自己族裔身份的憎恨，萨莉患上了抑郁症，她不止一次渴望自杀，因此她也必须进入精神病院禁闭自己的身体以求复原。精神病院的患者有不同的类型：有酗酒者、过度强迫症患者、抑郁症患者、有自杀倾向的人。在萨莉入院的当天中午，精神病院接受了六个新的患者。可以说，精神病院展示了美国现代社会的种种问题。而且，这些精神病患者呈现出各种不同的表征，莉莉丝幻想自己是圣女贞德，她觉得自己全身都着了火。道格拉斯一直试图自杀，最后因自杀而死。萨莉是病友中看起来最“正常”的一个人。她被莉莉丝称为“娇滴滴小姐”[①]，道格拉斯直接斥责她“虚伪”，说她像“人们放在车里的一只小狗，它们的头上下摆动。你是个塑料人。你不是真的人”[②]。也就是说，在身体禁闭的过程中，这些精神病患者能更清晰地认识自我和他

① CHAO P. Monkey king. New York: Harper Flamingo, 1997: p. 15.

② CHAO P. Monkey king. New York: Harper Flamingo, 1997: p. 39.

人。而且，精神病院也尊重这些病人，把他们当正常人看待，它“将我们的生活环境去体制化，我们能假装自己是正常的市民而不是犯人”[①]。精神病院组织叙述疗法，让精神病人讲述他们曾经遭遇的创伤，并对其表示深切同情。

《猴王》中萨莉多处提到美国著名诗人西尔维娅·普拉斯。普拉斯的长篇小说《钟形罩》“致力于揭露精神病院的权力结构”，虽然她批判精神病院所代表的权力话语，但是，她同时认为“外部社会不是心智正常的保障，而是疯癫开始的地方”[②]。很显然，赵惠纯是认同这一观点的。小说中的萨莉在精神病院逐步康复，最后出院，“零件重新组装起来，西尔维娅·普拉斯可能会说，用胶水粘贴起来”[③]。精神病院里的生活使萨莉看淡了族裔身份对自己生活所造成的影响，因为在精神病院，病人不会因为自己的肤色而遭受歧视或者隔离。萨莉在精神病院康复后离开，开始了自己的生活。但是，外部世界的各种矛盾马上纷至沓来：母亲不听她的倾诉、前夫为她贴上“性感”的标签、姨父生病显示了生命的脆弱。萨莉在精神病院之外的世界里遭受了空前的压力，再次试图自杀。小说中最为反讽的是，精神病院相比外面世界来说，显得更为理性、更为真诚，精神病院对身体的禁闭与其说是一种惩罚，还不如说是一种疗养、一种庇护。

---

① CHAO P. Monkey king. New York：Harper Flamingo，1997：p. 30.

② 杨国静：《从普拉斯对影片〈蛇穴〉的改写看〈钟形罩〉的反精神病学主题》，《外国文学评论》2015 年第 2 期，第 70 – 84 页。

③ CHAO P. Monkey king. New York：Harper Flamingo，1997：p. 15.

三、从精神疯癫到身体消亡：疯癫与理性的对峙

罗宾·唐尼指出了对待疯癫的五种科学理解：首先找到疯癫的模式，然后探求模式之后的因果结构，使用还原法将现象与周围的语境隔离开来，采用科学的态度，不要有任何价值判断。[①]唐尼的观点对探讨华裔美国小说中的疯癫书写具有参考意义，因为从疯癫书写我们可以看到华裔人群疯癫的模式，发疯的是华裔美国女性，她们无法适应美国的移民生活或无法融入美国社会，她们心中的"欲望、情感与理性"[②] 之间的平衡受到冲击或被打破，她们开始疯疯癫癫，做出发疯以前不可能做的事。

刚来美国时，月兰和姐姐一家生活在一起。因为中美文化的差距，勇兰的孩子们和月兰交流并不顺畅，"的确，孩子们从不和她交谈。月兰总想让他们说点什么"[③]。在勇兰的洗衣店，月兰笨手笨脚，无法提供适当的帮助，她变得越来越沉默，说话的"声音越来越小，简直像在说悄悄话"[④]。但是，在疯癫之后，月兰开始说话，她变得如刚来美国时一样喋喋不休。但是正如勇兰所说，"疯子和正常人的区别，"勇兰对孩子们解释说，"就在于

---

① DOWNIE R. Madness in literature: device and understanding//SAUNDERS C, MACNAUGHTON J eds. Madness and creativity in literature and culture. New York: Palgrave Macmillan, 2005: p. 56.

② DOWNIE R. Madness in literature: device and understanding//SAUNDERS C, MACNAUGHTON J eds. Madness and creativity in literature and culture. New York: Palgrave Macmillan, 2005: p. 54.

③ 汤亭亭著，李剑波、陆承毅译：《女勇士》，桂林：漓江出版社 1998 年版，第 120 页。

④ 汤亭亭著，李剑波、陆承毅译：《女勇士》，桂林：漓江出版社 1998 年版，第 136 页。

正常人讲故事总有新花样，而疯子却是讲同一段故事，而且重复来重复去”①。月兰变得害怕，总觉得有人要害她。

> “我现在不能讲话，”月兰悄悄地说道，“有人在偷听，快把电话挂上，别让他们找到你。”付费的时间还没到，月兰就把电话挂上了。
>
> 同一星期，甥女写来一封信，信里说月兰变得胆小怕事。月兰说她听到墨西哥鬼想谋害她的性命。她贴着墙脚爬行，向窗外窥视。随后她让女儿给她在洛杉矶的另一端找个住处，她现在就藏在那里。她女儿每天都去看她，可月兰却不停地对她说：“别来看我，那些墨西哥鬼跟着你，会找到我的新藏身之处的。他们一直在监视你的房子。”②

福柯在分析疯癫现象时指出：“疯癫的根本语言是理性语言，但是这种理性语言被显赫的心象笼罩着，因此只限于在心象所规定的现象范围内出现。”③ 也就是说，疯癫的话语中所彰显的理性并不是一目了然，而是需要认真解读的。月兰所患的受害恐惧症来自她自身安全感的缺失。月兰从小接受着“三从四德”的教育，但她没有儿子，只有一个女儿，所以她所需要服从的对象是她的丈夫。可是丈夫却彻底否定了她的身份，让她无所适从，进

① 汤亭亭著，李剑波、陆承毅译：《女勇士》，桂林：漓江出版社 1998 年版，第 144 页。

② 汤亭亭著，李剑波、陆承毅译：《女勇士》，桂林：漓江出版社 1998 年版，第 140 页。

③ 米歇尔·福柯著，刘北成、杨远婴译：《疯癫与文明：理性时代的疯癫史》，北京：生活·读书·新知三联书店 2003 版，第 87 页。

而精神崩溃。在疯人院里，月兰“很愉快”[1]，因为“我们在这里相互理解，我们说同样的话，完全一样。她们能听懂我，我也能听懂她们”[2]。至此，疯子在疯人院获得了心灵的平静，享受到了融入社群的感觉。

华裔美国小说作家将疯癫叙事作为小说创作中一种重要的手段，在疯癫的状态，疯癫与理性的对峙状态更为复杂：疯女人的疯言疯语中透露着其对故国文化的眷恋，因而有理性的成分；而人们看似理性的行为却透露着霸权，它将理性置于与疯癫二元对立的位置，将疯癫视为非理性，因而对疯癫的人实施惩罚。殊不知，疯癫的人也是人，也应具有言说的权利。华裔美国作家创作的疯女人形象与简·里斯《藻海无边》中的安托瓦内特一样都是西方主流社会的少数族裔群体。《藻海无边》是里斯针对《简·爱》所创作的反话语。《简·爱》中的罗切斯特太太是一个不受欢迎的角色，是简·爱获得人生幸福的绊脚石。里斯将罗切斯特太太放置到她自己的族裔身份中以显示帝国话语的霸权以及其对来自少数族裔的疯女人形象的形塑与禁闭。《藻海无边》中安托瓦内特在母国是他者，她的英国丈夫对她的猜忌与怀疑使她既不能认同母国身份，也不能认同英国身份，因而疯癫。此时的疯癫代表理性的消亡，代表着人的存在被降格为动物的存在，她在英国被监禁在小阁楼里，感受到了彻骨的寒冷。华裔美国作家在塑造疯女人时与里斯不同，作家们借疯癫彰显非理性中的理性，不仅要唤起读者对华裔美国人群生存境遇的同情，而且提醒美国社

---

① 汤亭亭著，李剑波、陆承毅译：《女勇士》，桂林：漓江出版社 1998 年版，第 145 页。

② 汤亭亭著，李剑波、陆承毅译：《女勇士》，桂林：漓江出版社 1998 年版，第 145 页。

会中华裔疯癫的现象，因为疯癫以及随之而来的死亡不仅展示着华裔移民在美国社会的生存困境，也直接拷问了美国无处不在的种族制度。

《藻海无边》中的安托瓦内特声称："向来有两种死，一种是真死，一种是人家知道的死。"可见，疯癫就是死亡的在场。这一点福柯在其《疯癫与文明：理性时代的疯癫史》一书中有精辟的论述，他指出："在莎士比亚的作品中，疯癫总是与死亡和谋杀为伍。"他同时认为"死亡的毁灭已不再算回事了，因为它已无处不在，因为生活本身就是徒劳无益的口角、蝇营狗苟的争斗。头脑将变成骷髅，而现在已经空虚。疯癫就是已经到场的死亡。但这也是死亡被征服的状态。它躲在日常的症状之中。这些症状不仅宣告死神已经君临，而且表示它的战利品不过是一个可怜的俘虏"[①]。华裔美国作家同样借疯癫隐喻死亡，《女勇士》中，月兰在美国社会无法讲英语，不能与白人交流，与姐姐一起生活在唐人街。在她发疯之后，她害怕的既不是白人，也不是华人，而是墨西哥人。她认为"'他们'会把我们抓进飞机，飞到华盛顿，到了那里'他们'就会把我们变成灰。然后他们把灰洒到风里，不留任何蛛丝马迹"[②]。"洒在风里"的"灰"暗示着华人在美国对自己无根的恐惧，这是她对自己所遭受的种族歧视的内化及外在投射。月兰彻底疯癫后，勇兰和外甥女一起将她送到了疯人院，因为勇兰已经感觉到了月兰的身体与灵魂的分裂。"也许昔日的月兰已离开了这个疯女人，只是一个什么鬼在说她

---

① 米歇尔·福柯著，刘北成、杨远婴译：《疯癫与文明：理性时代的疯癫史》，北京：生活·读书·新知三联书店2003版，第12页。

② 汤亭亭著，李剑波、陆承毅译：《女勇士》，桂林：漓江出版社1998年版，第144页。

孩子的坏话。"[①] 在疯人院里的月兰虽然结交了一些新的朋友，"然而她的魂却终于全走光了，一天早晨她未醒来"[②]。

《猴王》中，萨莉的魂一次次地离开她的身体，她无法"专心致志"。虽然她明白西方基督教对于生命的要求："我知道自杀是犯罪。我知道在西方人的生命价值高于一切，不管自己有多么愚蠢，只要让自己活着就是道德的行为。"[③] 她却无法遏制想要自杀的冲动。此外，自杀并不是传统中国人在面对困难和挫折时所选择的正确方式，中国俗语有云："留得青山在，不怕没柴烧。"如果一个人在生活中遇到了困难，那是命，要么接受，要么尽力去改变。萨莉的叔叔也说："你是中国人，不是日本人。日本人喜欢剖腹自杀，为了荣誉什么的。中国人用其他办法摆脱困境。中国人知道一切都是命运使然，所以他们想办法改变命运。"[④]萨莉的选择表明她要抛弃自己所拥有的具有华裔属性的身体。

福柯认为"在疯癫中，灵与肉的整体被分割了：不是根据在形而上学上该整体的构成因素，而是根据各种心象来加以分割，这些心象支配着肉体的某些部分和灵魂的某些观念的荒诞的统一体。这种片段使人脱离自身，尤其脱离现实。这种片段因本身的游离状态而形成某种非现实的幻觉，并且凭借着这种幻觉的独立

---

① 汤亭亭著，李剑波、陆承毅译：《女勇士》，桂林：漓江出版社 1998 年版，第 144 页。

② 汤亭亭著，李剑波、陆承毅译：《女勇士》，桂林：漓江出版社 1998 年版，第 145 页。

③ CHAO P. Monkey king. New York：Harper Flamingo，1997：p. 168.

④ CHAO P. Monkey king. New York：Harper Flamingo，1997：p. 179.

性而把幻觉强加给真理”[①]。正是因为如此，疯癫也是一种生存的状态，它营造了一个以自我为中心的氛围，同时将社会中的种种不合理之处演变为可以接受的存在，以至于现代人在谈论疯癫时忍不住戏谑：“自从得了精神病后，整个人精神多了。”疯癫是精神上的向死而生，个体在疯癫之后，不再遭受沉重的肉身的重压，灵魂变得轻盈。宝玲发疯之后，得以与丈夫一同返回家园；月兰发疯之后，与疯人院里的病人建立了良好的关系，管她们叫自己的女儿；萨莉在疯癫之后，反而能冷静地看待自己的族裔身份和疯人院里的种种社会怪相。通过与疯人院里的病人建立友谊，萨莉试图在非理性的生活里重新建构理性。这是疯癫赋予人物角色的积极意义，更是疯癫对理性的质疑。

第二节　身体的自我赋权之路：华裔美国小说中的厌食症

自第一波华裔移民进入美国，生存成为头等大事。在寻找“金山”的过程中，许多早期华工不再找寻金矿，而是成为厨师或餐馆服务员。一个多世纪以来，亚裔的形象与食物紧密相连。“我们说亚裔美国人在电视和电影中总是通过饮食来塑造，这毫不为过。”[②] 在华裔美国小说中，华裔美国作家乐于详细介绍中华传统美食，如《华女阿五》中黄玉雪用大量的篇幅介绍了中国美食的制作方法，如“醋猪蹄”“荔枝拌鸡肉”“煎蛋和炒西红

---

① 米歇尔·福柯著，刘北成、杨远婴译：《疯癫与文明：理性时代的疯癫史》，北京：生活·读书·新知三联书店 2003 版，第 84 页。

② HO J A. Consumption and identity in Asian American coming – of – age novels. London：Routedge，2005：p. 11.

柿牛肉”“糖醋菠萝肉和豆芽炒牛肉”等中国美食。任璧莲在《爱妾》中介绍了苏州美食“咸菜肉丝面”“香油鳝糊”“松酥鳜鱼”和“西瓜鸡”。“杂碎面”是华裔美国诗人陈美玲的诗歌中非常重要的意象。华裔美国作家通过食物想象故国，表达族裔身份。更重要的是，食物成为华裔群体认同或抵抗美国化的重要途径。

陆薇在《胃口的政治》一文中指出：“作为少数民族，华裔与非裔同处边缘地位，同在政治、经济、种族等各方面受到歧视与排斥，又都游移于两种文化和背景之中，艰难地寻求着属于他们自己独特的文化身份。因此在美国主流社会中她们都深感压抑，而这压抑则常常表现为强烈的生理痛苦——饥饿（渴）感。”[①] 可见，食物和饮食之于个体主体性的关系非常重要。族裔个体与食物的关系代表了他们拥抱美国身份的努力，而在这个过程中，他们不得不承认自己的跨族裔身份或者说“连字符”身份，这使他们陷入了种族话语的窠臼。例如，《华女阿五》中较为全面地介绍了中国文化，包括中餐的原料、制作方法等，但是“我们还是能够从‘吃’的代码中嗅到文化霸权与侵略的味道”[②]。除此之外，华裔美国小说中有大量关于食物的书写，既有《女勇士》中“什么都吃”的野蛮和残暴，赵健秀所称的“食物色情文学”，也有华裔美国人群的厌食症。少数族裔群体还通过暴食、节食等行为抒发自己所遭受的压抑感。暴食、节食都属于进食障碍，在心理学上被归为“变态心理学”。厌食症的主

① 陆薇：《“胃口的政治”：美国华裔与非裔文学的互文性阅读》，载程爱民主编：《美国华裔文学研究》，北京：北京大学出版社 2003 年版，第 87 页。

② 陆薇：《“胃口的政治”：美国华裔与非裔文学的互文性阅读》，载程爱民主编：《美国华裔文学研究》，北京：北京大学出版社 2003 年版，第 90 页。

要患者是女性且发病多在青春期，已经成为一个危害女性青少年健康的疾病，既是重大的心理问题，也是重大的社会问题。本书所指的厌食症既包括神经性厌食症，也包括节食的人群。这些厌食症患者一方面有着以“食”为天的传统文化背景，掌握着烹饪加工精美传统食物的秘方，另一方面她们拒绝食物，并以此表达自己的文化诉求。相对于西方学界对于厌食症的广泛探讨，国内对于厌食症的研究并不深入，对厌食症的病理现象并不明晰。厌食症是一种精神疾病，也是一种身体的疾病。厌食症患者将自己的身体当作客体，试图控制它，却反受身体的控制，个体成为病态的存在。本节拟从身体与疾病的关系出发，以华裔美国小说为基础，探讨华裔人群患厌食症的原因以及华裔人群如何通过厌食行为而走上赋权之路。

一、厌食症与被贬抑的身体

厌食症是一种进食障碍。王建平解释“进食障碍”为“一组以进食行为异常为主的精神障碍，主要包括神经性厌食、神经性贪食和神经性呕吐”[①]。弗路得（Frude）教授在介绍进食障碍时说：英国内科医生威廉·威瑟·戈尔（William Withey Gull）在1868年第一次使用了“神经性厌食症”这个词来描述“一种特殊的疾病，通常发生在年轻女性身上，特征是使她们变得极其消瘦”[②]。从厌食症的定义来看，患厌食症的女性多为年轻女性。早期临床显示，中产阶级的白人女性更容易患厌食症。可见，厌

① 王建平主编：《变态心理学》，北京：高等教育出版社2005年版，第231页。

② FRUDE N著，李虹、陈石、张宜彬等译：《变态心理学》，北京：清华大学出版社2008年版，第71页。

食症是女性的疾病（gendered illness）。此外，随着社会的发展，厌食症患者群体开始有所转变，少数族裔的女性患者逐渐增多，使厌食症呈现跨族裔的特征和全球化的趋势。

厌食症是一种心理学上的紊乱现象，厌食症所追求的是身体的极度消瘦，它展示的是个体的自控力。自控力则由个体对身体的疏离所引发，身体被当作陌生的存在，一个应该被征服的客体。这种个体与身体的对立的哲学来源是古希腊哲学对身体的贬抑和对灵魂的赞美。柏拉图在《会饮篇》中这样解释身体与灵魂的关系：

> 凡想循正道达到这一目的的人，从小就得开始向往美的身体。要是给他引路的人引领得对头的话，他首先当然是爱慕一个美的身体，在这身体上生育美好的言论；随后，他就得领悟到，美在这一身体或那一身体中其实是相同的，也就是说，他该追寻形相上的美，若还不明白所以身体中的美其实都是同一个美，那就太傻了。一旦明白这个道理，他就会成为爱所有美的身体的有情人，不再把强烈的热情专注于单单一个美的身体，因为，对这个有情人来说，一个美的身体实在渺小、微不足道。[①]

柏拉图在文章中教人们去追寻“形而上的美”，其实就是灵魂的美，是从“肉体之爱向哲学之爱的升华过程”[②]。而身体的

① 柏拉图著，刘小枫译：《柏拉图的〈会饮〉》，北京：华夏出版社 2003 年版，第 90 页。

② 威廉·魏施德著，李贻琼译：《后楼梯：大哲学家的生活与思考》，北京：华夏出版社 2001 年版，第 33 页。

美是“相同的”，它只是美的表象，人应该追求更高层次的灵魂的美。正因为如此，柏拉图将身体与灵魂置于二元对立的位置，他认为灵魂是高贵的，而身体是卑贱的、非理性的、是需要控制的对象。厌食症正是产生于对身体的厌恶和控制。

华裔美国作家在介绍中国传统美食的同时，塑造了罹患厌食症的华裔美国移民。在谭恩美的《喜福会》中，丽娜十三岁时厌食，“我之所以节食，只是出于一般十三岁的女孩子的普遍心理。经常在走出家门的转角处我就把妈给我准备好的午饭袋扔进垃圾筒了”[①]。谭恩美在进行创作时，把丽娜描绘成普通的白人女孩中的一员，将厌食症建构为少女青春期的一种常态。刘爱美在《单人纸牌戏》中以第一人称的方式叙述了“我”患厌食症和恢复正常的经历。小说中，爱美奶奶对爱美的一句“天啦，你长得胖嘟嘟的”[②]的评价使爱美感到了“羞辱和诧异”，并将她指引上了一条节食之路。马敏仪在其回忆录《纸女儿》中描述了她如何忍饥挨饿、越吃越少的经历。敏仪在家因为性别而被排斥，在学校因为其族裔身份而被贬抑，她只有在停止进食后才感到自信。

华裔女性的厌食或节食的行为出现在食物异常丰富的美国社会，丽娜没有生活在中国的唐人街，爱美的父亲是联合国官员，敏仪的父亲是厨师，她童年时生活的空间主体为厨房。她们追求以瘦为美的身材。瘦对应着身体臃肿、肥胖、圆滚的体型，是女性主体所厌弃的对象，是一种“不洁”。此外，纤瘦的身材符合

---

① 谭恩美著，程乃珊、严映薇译：《喜福会》，杭州：浙江文艺出版社 1999 年版，第 146 页。

② LIU A. Solitaire. Lincoln：iUniverse. com，Inc.，1979：p. 23.

美国社会的审美要求。[1] 弗路得指出：

> 文化赋予纤瘦体形的压力在20世纪60年代得到强化。那个时期的超级模特多为年纪较轻、假小子打扮的消瘦女孩。然后，瘦女孩容易被选为模特的趋势变得显著，这至少可以追溯到20世纪20年代。即使在英国维多利亚时代，有些女性为了追求所谓的“蜂腰”，也会用极其紧的束身衣来维持身材。[2]

正是因为主流社会对纤瘦身材的追求，女性对塑造自己完美的身材趋之若鹜，她们完全忽视了历史上圆润的身材曾经是最理想的身材，因而不自觉地节食或患上厌食症。《喜福会》中，丽娜在少女时期开始节食，她不仅拒吃午餐，还拒吃冰淇淋这类容易使身体发胖的甜食，这一饮食习惯一直保持到了她成年以后。丽娜因为节食拥有了迷人的身体：

> 许多我的女性朋友，都说我很有一种异国情调的气质，很醒目。她们还妒忌我的高耸结实的胸部，而现在，我还保持着这一优美的形体。此外，我的一个客户，说我蕴藏着一股撩人的活力，生动迷人。[3]

---

① GOOLDIN S. Being anorexic：hunger，subjectivity，and embodied morality. Medical Anthropology Quarterly：New Series，2008，22（3）：pp. 274 – 296.

② FRUDE NEIL 著，李虹、陈石、张宜彬等译：《变态心理学》，北京：清华大学出版社 2008 年版，第 78 页。

③ 谭恩美著，程乃珊、严映薇译：《喜福会》，杭州：浙江文艺出版社 1999 年版，第 150 页。

爱美在14岁开始立志做一位模特，她所生活的时代正是美国20世纪60年代。因为她节食，成为媒体所要求的“假小子打扮的消瘦女孩”，成为一名成功的模特，知名度享誉校园。连家境富裕、性格高傲、性感迷人的白人女孩凯米都要主动向她请教，使她感觉到了前所未有的成就感。敏仪在节食后也坦承：“我胸平，发黑，戴眼镜，注定要失败。我所拥有的只有纤瘦，我的朋友对此津津乐道，羡慕崇拜。”①

正是因为女性对苗条身材的追求，使她们不自觉陷入了父权制度的陷阱中。因为父权制要求女性成为客体，女性对于苗条的追求正使她们进入了父权的凝视中，而她们也尽力迎合其目光。在父权制度下，“女性被教育要以外来人的眼光看待自己，将自己看作男性的求偶对象，因此，她们成为庞大的时尚和饮食工业的猎物。这些工业首先创建理想的形象，然后勉励女性去达到这一目标。其中的信息一清二楚：女人的身体不是她自己的。女人的身体并没有想象中完美”②。不仅如此，女性还将父权的凝视内化，并以此标准来看待自己的身体。身体因而成为一种不足，成为需要时时规训的对象。

二、身体之于个体的自我赋权

中国传统文化认为“食色，性也”，“民以食为天”，强调了食物之于中国文化的重要性。西方文化中同样有关于食物的描写。《圣经》中的《利未记》规定了大量的洁净与不洁的食物。

---

① MAR M E. Paper daughter: a memoir. New York: Perennial, 1999: p. 220.

② GOOLDIN S. Being anorexic: hunger, subjectivity, and embodied morality. Medical anthropology quarterly: new series, 2008, 22 (3): pp. 274 – 296.

《圣经》中认为："贪食对于身体和灵魂都是罪恶和危险的。它会引起消化不良，这正是一切疾病和软弱的根源。"[①] 如果说贪食是放纵自己的口腹之欲，那么厌食症则表现为拒绝进食，害怕进食，节食，进食后催吐等行为。厌食症是一种疾病，正如桑塔格所说："疾病是生命的阴面，是一重更麻烦的公民身份。"[②] 桑塔格的"疾病"是 illness，指的是身体的病症，是病理学的、危险的，因为它扰乱身体的平衡，进而威胁生命。但是，厌食症同样也是 disease，它是对 illness 的文化建构。桑塔格同时认为："古代世界对疾病的思考，大多把疾病当作上天降罪的工具。"[③] 她列举了《俄狄浦斯王》中因国王犯罪，鼠疫席卷了整个王国。《伊利亚特》中，阿波罗为惩罚阿伽门农而让阿凯亚人染上鼠疫等。厌食症是一种现代疾病，它没有上天的因素在其中作怪，而是一种"自我审判"的形式，个体对自己的身体不满，思想开始背叛肉体。在厌食过程中，身体对个体对立起来，个体企图控制自己的身体以符合社会的审美规范。正是在对身体进行规训的进程中，身体成为诡异的存在，它反客为主，反而开始控制个体的思维、感情和行为，有时甚至会威胁到厌食症患者的生命安全。身体表现出超越个体的强大力量，从而走上了自我赋权之路。

"赋权"（empowerment）一词首先出现在社会文化领域，其理论背景是社会上被压迫人群日益觉醒的意识，它被广泛运用于精神健康问题、贫穷、少数族裔、女性、老年人、同性恋人群

---

① 玛丽·道格拉斯著，黄剑波、卢忱、柳博赟译：《洁净与危险》，北京：民族出版社 2008 年版，第 57 页。

② 苏珊·桑塔格著，程巍译：《疾病的隐喻》，上海：上海译文出版社 2003 年版，第 5 页。

③ 苏珊·桑塔格著，程巍译：《疾病的隐喻》，上海：上海译文出版社 2003 年版，第 37 页。

等，其本质是一种权力关系，是反抗压迫的有效方式之一。自我赋权（self-empowerment）则将权力内化，使自身变得强大，从而反抗社会中的不公正现象。罗斯和克拉格认为赋权可以在五个层面上得以实现，包括个人层面、交际层面、政治层面、专业层面和机构层面①。华裔美国女性既是少数族裔也是女性，作为社会中受压迫的人群，她们为了获得话语权，主要在个人层面和政治层面积极进行自我赋权。个人层面的自我赋权主要体现在她们赋予厌食症以积极意义。

华裔美国小说中的厌食症患者都是聪慧的华裔美国女性。丽娜具有精明的商业头脑，帮助丈夫在事业上获得了成功。爱美在班上的成绩最好，“我在学业考试中分数最高，写的英语作文全班最棒。当然我会去到最好的大学，在我所选择的任何领域都会最优秀”。她高中毕业后如愿考上耶鲁大学，证明了她的高智商和高学业成绩。敏仪中学时期，每门课都得“A”，高中毕业后成功进入哈佛大学。兰兰 47 岁高龄来到美国后，仍然积极攻读学位。这些女性因为生活中缺乏安全感、孤独、缺乏朋友和无助而患上了厌食症。

厌食症患者认知方面产生障碍，扭曲了自己的身体形象，总认为自己很胖。爱美小时候因为奶奶的“chubby”一词而感到羞辱，之后走上节食之路。最初母亲并不反对她减肥，这使她认为母亲一定同样认为她超重，她开始计算每天摄入的热量。可见，厌食症患者开启的厌食症状主要是自我强加的，强加的根源在于她们的自卑心理。《喜福会》中，丽娜不仅节食，还患有神经性

---

① YIP K S. The empowerment model: a critical reflection of empowerment in Chinese culture. Social work, 2004, 49 (3): pp. 479 – 487.

呕吐症。她得知邻家男孩阿诺德死后：

> 那晚，我从冰箱里偷了半加仑的草莓冰激凌，躲在自己房里，一匙一匙硬往嘴里塞。几小时后，我坐在卧室外的防火梯上，把它们全部吐个精光。我至今不理解，为什么往肚里吞咽食物时，我感觉是那样恐惧，而呕吐过后，反而十分舒服。[①]

丽娜与哈罗德结婚，否定了母亲的预言，但是她一直是自卑的："当他向我求婚时，我觉得自己是那样的幸运，因而我也十分担心，所有这一切原本不该我消受的福气，有一天会从我身边偷偷溜走。"[②] 丽娜自卑的根源便是她的华裔身份，正是她身上的华裔血统，使她无论怎么努力也无法获得与独立的白人女性同等的地位，她总是被当作花瓶看待。缺乏自信心的人更容易对自己的身材不满意，也更容易对自己的生活产生不满。敏仪的自卑同样源于她的族裔身体，她的亚洲颅相被同学讥讽，但娇小的亚洲身材却被同学羡慕，所以，她进一步节食，以保持自己纤细的身材。

这些华裔女性心理脆弱，身体开始反客为主，颠覆与灵魂二元对立的位置，强迫她们关注自己的身体，并发现自身的不足。她们或不满意自己的身材，或意欲维持自己的身材，因而节食。在节食的过程中，她们时时处于焦虑之中：她们无法感知自己已

---

① 谭恩美著，程乃珊、严映薇译：《喜福会》，杭州：浙江文艺出版社 1999 年版，第 147 页。

② 谭恩美著，程乃珊、严映薇译：《喜福会》，杭州：浙江文艺出版社 1999 年版，第149 页。

经很瘦的事实，仍然盲目追求纤瘦的体形，同时担心自己可能增重。这种无形的焦虑使她们时时受控于自己的身体。此外，现代社会理想的身体几乎是病态的身体，因为现代社会推崇的美是病态般的瘦。少女希望通过节食来控制身材从而掌控命运，使她们臣服于病态的审美意识之下，坦然地勇敢接受节食和骨感的身材。

厌食症通常发生在少女身上，少女是女孩成长为女人的必经阶段。在少女时代，儿童期的女性身体正在变化，例如胸部、臀部的发育，月经等，这些少女们无一例外地经历着自己原本熟悉的身体对于自己越来越陌生的状态。她们的节食意味着拒斥自己的身体成长，回归童年期。《单人纸牌戏》中，爱美因为节食而月经停止。而且，“我减重越多，自己变得越扁平”[①]。节食意味着她们拒绝成为女人，拒绝成为男人眼中的性感对象，同时，某种程度上也意味着女性憎恨自己的性别身份。正因为如此，身体反客为主，它延缓了女孩成为女人的过程，将女性的身体变得瘦骨嶙峋，并改变了女性对于健康与疾病、美与丑、性感与平凡的认知。这对于女性身体的摧毁是致命的。《喜福会》里的丽娜长期节食，自己将自己表述为“生动迷人”，但是在她母亲眼中，“她已经瘦得像个鬼了，再减肥，连人都要没有了”[②]。《爱妾》中的兰兰拒绝饮食，王家甚至开始考虑要将她送到治疗专家那里进行治疗。《单人纸牌戏》中，爱美成为成功的封面模特之后，白人女孩凯米也开始节食，几乎达到病态的程度，她的眼睛像幽灵一样，整个人看起来似乎随时要晕倒。朋友坎迪因为节食而住

---

① LIU A. Solitaire. Lincoln：iUniverse. com，Inc.，1979：p. 41.

② 谭恩美著，程乃珊、严映薇译：《喜福会》，杭州：浙江文艺出版社 1999 年版，第 158 页。

院，因为她身体太虚弱了，几乎不能走路。而在临床中，“对神经性厌食症患者的跟踪研究指出，其死亡率大约是20%，稍高于5%的人会在10年内死亡，大约一半的死者是死于自杀”[①]。这些被摧毁了的少女的身体表明身体的反击力非常强大，它是对节食这种非理性行为的反弹。在读大学后，爱美才幡然醒悟：“你已经尽最大可能让自己没有魅力，你换个方式，用小女孩的神情去诱惑他们，让他们想要照顾你，想要遵守你制定的游戏规则”[②]。

正因为如此，爱美虽然渴望改变自己的性客体地位，拒绝长大，但是她拒绝长大的行为却是吸引男性的地方，从而使她在不知情的情况下成为客体，成为男性凝视的对象、想要征服的对象。可见，厌食是一种非理性行为，它将身体置于危险的境地，事实上就是把个体置于危险的境地。在身体的疾病中，身体遭受细菌、病毒的威胁；在厌食症中，厌食本身控制了身体，支配着身体，就像疯癫状况中的人如魔鬼附身一般。个体想要恢复常态，他要对付的不是自己，而是厌食行为本身。

三、身体之于社会身份的自我赋权

卡夫卡在《饥饿艺术家》中讲述了饥饿艺术家通过饥饿来挑战个体的生理极限，并将其当作一种景观。厌食成为个体的主体性行为，暗示着个体的意识形态选择。库切的《迈克尔·K的生活》中，K“在拒绝食物，同时也在拒绝因食物的物质利诱而带来的意识形态思想的输入，这种看似消极的做法，却是在殖民环

① 王建平主编：《变态心理学》，北京：高等教育出版社2005年版，第230页。

② LIU A. Solitaire. Lincoln：iUniverse. com，Inc.，1979：p. 197.

境下处于弱势地位的被殖民者以可以自我支配的身体为代价做出的主动的也可以说是积极的选择”[①]。在厌食症进入大众视野之初，厌食症是白人女性的专利，贫穷的国家里生活的人们，或者生活在美国的少数族裔社会地位低，保持身体的温饱是一件不容易的事，所以厌食症并不常见。但是随着社会的发展，少数族裔罹患厌食症的人群越来越多。以瘦为美的体形要求是美国少数族裔的特殊标志，与归化的需求密切相关。有饮食障碍的少数族裔女性事实上是在努力模仿白人中产阶级女性的生活方式。正如格莱米林在文中所说：

> 肥胖的“黑人妈妈”挥之不去的形象时常以他者形象出现在美国对于健康漂亮的女性身体的建构中，……“黑人妈妈”形象在历史上主要将白人女性与“异常的”黑人女性气质区分开来，……现在，它显示享受福利的贫穷的黑人妈妈被同时表征为懒惰、肥胖、不够有女人味或有不正常的女人味。它也导致将非裔女性和女孩的身体理想表征为比中上阶级的白人女性和女孩更健康，但控制不那么严格。[②]

上述关于饮食障碍的分析主要限制在白人女性与黑人女性之间，通过将黑人女性的身体污名化，美国主流社会建构了关于白人身体美的权威话语。黑人女性如若希望被主流社会接受，就必

---

① 张勇：《话语、性别、身体：库切的后殖民创作研究》，山东大学博士学位论文，2013 年。

② GREMILLION H. The race and class politics of anorexia nervosa：unravelling white，middle – class standards in representations of eating problems. //MOSS P，TEQHTSOONIAN K eds. Contesting Illness. Toronto：University of Toronto Press，2008：pp. 218 – 238.

须拒斥自己的身体，向主流的审美规范看齐。不仅黑人女性如此，华裔女性同样如此。在美国化的进程中，族裔身体是一道不可逾越的障碍，华裔女性也在拒斥自己的身体，表现出积极归化美国的姿态，这也是自我赋权在政治层面的表现。

在积极认同美国身份的进程中，华裔女性对身体的规训表现在对母亲的拒斥。母与女之间的关系一直是西方女性主义批评津津乐道的话题。里奇的“母亲恐惧症”精确地归纳了母女冲突中女儿的心理状况。女儿害怕成为母亲那样的人，因而通过各种途径摆脱母亲的影响，厌食行为正是对母亲影响的抵制。丽娜将母亲为她准备的午餐盒丢进垃圾桶，憎恨母亲对她婚姻的预言。爱美节食的一个目的是做母亲做不到的事情，因为她母亲年轻时也试图减肥，但是没有成功。爱美希望摆脱母亲的控制，证明自己的主体地位。她想通过节食来证明自己。处在青春叛逆期的女儿将母亲视为自己最大的敌人，希望通过掌控自己的身体来拒斥母亲的权威，她们完全忽略了自己的身体来自母体、母亲的关爱单纯无私的事实。正是女儿对母女关系的错误解读，使厌食症只是她们成长中的一个阶段，而不是困扰一生的精神和生理疾病。

同时，华裔女性通过规训身体积极寻找归化美国之路。丽娜的节食，事实上是以美国中产阶级为偶像，力图向她们靠近，从而获得与其相同的生活经济地位。节食后的体形可以一定程度上缓解她的自卑情绪。《单人纸牌戏》中，爱美最初想要用节食、厌食与神经性呕吐等症状来证明自己的存在。她试图在同学中标新立异，并展示自我控制的能力，“我必须向自己、向每个旁观的人证明我不是普通人，我什么不吃都可以生存下去。实际上我必须证明我是真正的超人"[①]。她要像卡夫卡笔下的饥饿艺术家一样，将节食当作一种行为艺术，以显示自己超强的自控能力。她要改变自己在同学眼中只是一个玩偶的形象。兰兰的厌食更是一种文化认同的隐喻。兰兰刚来美国的时候已经47岁，她拒绝吃饭，因为"她不想像美国人那么胖"[②]。但是她在王家两位养女的帮助下开始逐渐认识美国食物。她逐渐接受美国生活后开始吃东西，"有一段时间，她像贝利过去还没长牙时一样吃东西。但是突然，她什么都吃了"[③]。也就是说，兰兰在美国的生活经历了"禁食—进食"的历程：禁食是清理中国的肠胃，以更好适应美国的食物；进食发生在禁食之后，兰兰仿佛在美国获得了新生，她先像无牙的婴儿一样进食，然后才开始接触各种美国食物。兰兰的节食与进食的步骤与她认同美国的过程基本一致。

幸运的是，厌食症只是华裔女性人生中一个短暂阶段。她们没有因此走上多数厌食症选择的死亡之路，而是成功摆脱了厌食症，成为社会中"常态"而非"变态"的一员。可见，厌食与疯癫不同，疯癫是精神的失能，是难以恢复为常态的存在，而厌食只是她们成长过程中的一个阶段，而不是摆脱不了的梦魇。在爱美节食的整个过程中，总是有另一种声音存在。爱美并不讨厌食物，她只是讨厌自己。在美国上层社区，她是一个另类的存在。"我不是金发碧眼，不高也不够美国化。另一方面，我也不是完完全全的东方人。诚然，我做的几个工作只是为了寻求刺激，但它真的是一种精神分裂式的生活方式。"[④] 此外，她发现

---

① LIU A. Solitaire. Lincoln：iUniverse. com，Inc.，1979：p. 45.
② JEN G. The love wife. New York：Alfred A. Knopf. 2004：p. 47.
③ JEN G. The love wife. New York：Alfred A. Knopf. 2004：p. 240.
④ JEN G. The love wife. New York：Alfred A. Knopf. 2004：p. 114.

自己忽视了母亲对自己最真挚的关怀。在意识到自己的错误后，她毅然与同样节食的男友决裂，回归家庭，认为父亲和母亲是她人生中最美丽、最重要的人，并在生活中重塑自信。丽娜的人生同样也是与母亲先疏离后和解的人生，母亲的关爱使她认识到自己在盲目追求美国身份时生活遭遇的不足，并勇敢面对。

《爱妾》中，兰兰在美国的居住空间经历了由边缘向中心的移动过程。刚到美国时，兰兰体验到了作为边缘人的经历，她从事的保姆业是边缘职业，她在王家所居住的空间也是边缘空间：她居住在车库改建的房子里，在主建筑的外围。在空间和身份的双重压力下，兰兰出现了厌食的症状。但是，在与卡耐基产生了恋情，且在卡耐基亲吻了她后，她的食欲奇迹般地恢复了。卡耐基的亲吻代表着美国公民对中国移民的认同，她消除了自卑感，使她更勇敢地追求美国身份；同时，这一吻从侧面证明了兰兰的东方女性魅力。小说中，兰兰的身材明显有别于卡耐基的妻子布朗蒂，她苗条的身材符合美国的审美标准。她自己也总结出中国人偏瘦、美国人偏胖的特征。如果说节食代表她刻意保持中国人的体形，进而维系中国人身份的话，那么她最后的进食表明她将以美国的食物滋养具有华裔特征的身体，使自身的中国元素与美国文化进一步融合。且她并没有走向厌食的另一面（暴饮暴食），而是理性进食。很显然，她的身材将得到进一步保持，她对中国式苗条身材的保持其实也是对美国审美标准的迎合，她的行为从一定程度上为归化路径扫清了障碍。

从华裔美国小说中的厌食症书写可见，厌食症不是白人中产阶级女孩的专利。随着社会的发展，社会思潮更为多元，消费主义的影响、广告杂志等大众媒体的推广，使纤瘦的身材成为女性追求的对象。为此，她们将身体置于规训之下，以达到渴望的目标并展示自己的坚韧。但是，身体却反过来控制了这些厌食症患者，显示出强大的力量，表现出自我赋权的倾向。此外，厌食的少数族裔女性本质上追求着符合美国审美标准的身体，拒斥着自己的族裔身体，表现出华裔美国女性积极归化进入美国的努力，这是身体在文化身份上的自我赋权。在对厌食症的书写中，华裔女性的身体被前置，身体表现出的积极身份追求颠覆了身体之于灵魂的弱势地位，使身体成为华裔归化之路上不可忽视的存在。

第五章　倡导"种族自爱"：华裔美国小说身体书写中的抵抗策略

早期的华人移民自从进入美国的土地，便经受了各种嘲笑，最初华人的辫子是当时美国社会嘲讽华人的主要形象特征。而且华人男性最初从事着餐饮、洗衣、仆人等原本是女性的工作，华人男性形象被等同于女性，他们与生俱来的男性气质遭到扭曲、丑化。此外，华裔的一些特有的生理特征在与美国主流社会的互动中逐渐演变为充满偏见的刻板印象，经常被白人刻意嘲笑并用来指认华人。例如，《孙行者》中写道："幽默书籍和《生活》期刊都说，区分一个好中国人与一个坏日本人的标准是，中国人的脚趾缝比日本人的宽。"① 当然，更为常见的遭到嘲笑的生理特征包括黄皮肤、小眼睛、塌鼻梁等。

针对美国社会形成的对华裔的刻板印象，华裔采取了种族抵抗策略。一些华裔女性为了避免刻板印象的污名化，采取整容的方式，如漂白皮肤、割双眼皮、隆胸、隆鼻等，她们的做法事实上是将白人女性的身体视为理想，属"内部殖民"的行为。这样无助于改变华裔女性的形象。事实上，华裔女性的刻板印象主要是"龙女"和"莲花"形象，与其改变自己的外在还不如改变白人的偏见。汤亭亭在《女勇士》中塑造的花木兰形象正是对华

① 汤亭亭著，赵伏柱、赵文书译：《孙行者》，桂林：漓江出版社 1998 年版，第 170 页。

裔女性气质的修正。

华裔在美国社会的表现是符合中国传统规范的，林语堂的小说《唐人街一家人》中，华人遇到了挑衅，一般绕道走。这是因为中国的传统思想一般教育儿子要安分守己，任何时候都不要使用暴力。中国传统社会对男性的“仁义礼智信、温良恭俭让、忠孝勇恭廉”的五常要求并不被美国主流社会所认可。对于华裔男性来说，“有色人种要成为真正的男子汉，除了传统的方式之外，恐怕力量的展示也是一个重要因素”①。正因为如此，华裔作家对华裔男性的气质进行了积极修正，其领军人物是赵健秀。在《唐老亚》中，赵健秀塑造了关公这位文武双全的华人先辈，代表华人男性的气质源头。在李健孙的《支那崽》中，丁凯从遭受街头暴力到依靠武力求生存求发展，最后进入西点军校的历程也是华裔男性气质的成长过程。这是华裔美国文学界新的声音，作家们刻意展示华人的独特气质和身体美，以弘扬“种族自爱”，并以“种族自爱”的态度抵抗美国社会的种族歧视。本章所选取的文本包括汤亭亭的《孙行者》、张岚的《遗产》、任璧莲的《大世界、小城镇》。这些华裔美国小说通过重写华裔的身体美抵抗了美国主流社会对华裔的污名化趋势。

第一节　再现华人身体美：《孙行者》中的“种族自爱”

早期的华人移民来到美国后，他们的黄皮肤、小眼睛等身体特征和辫子、缠足等隶属于母国文化的身体特征一起成为白人嘲

① 陈爱敏：《认同与疏离：美国华裔流散文学批评的东方主义视野》，北京：人民文学出版2007年版，第189页。

弄的对象。华裔男子一般被大众媒体描写为“邪恶、贪婪的歹徒、冷酷、残忍、暴力、没有人性的杀手；毫无阳刚之气，智力、体力均不如白人男子因而不受异性欢迎的懦弱者”①。华裔女性则被刻画为“龙女”或者“莲花”的刻板印象。为对抗美国主流社会的刻板印象，早期华裔美国作家塑造了积极归化进入美国的华裔形象，他们成为美国社会的“模范少数族裔”，他们的勤劳、勤奋成为其他少数族裔学习的楷模。但是它并没有改变华裔在美国遭受种族歧视的事实，因为美国主流社会不是通过公民身份来认同一个人，而是通过身体的特征来指认人。因此，积极归化的华裔采取了不同的应对策略：以汤亭亭《女勇士》中的叙述者“我”为代表的“种族自憎”群体，对与自己体貌特征相同且不善言辞的华裔进行攻击、殴打；以赵健秀《甘加丁之路》中尤利西斯的侄女为代表的华裔通过整容（包括隆胸、隆鼻等）来改变自己的体貌特征，力图在外貌上更接近白人群体；以汤亭亭《孙行者》中惠特曼为代表的华裔彰显华人的身体美，主张“种族自爱”。可见，汤亭亭的小说中既有“种族自憎”的描写，又有“种族自爱”的描写，而《孙行者》中，汤亭亭对“种族自爱”的大力弘扬，展示了其对自己族裔身份的坚守。

汤亭亭是华裔美国文学的一块丰碑，她的小说成为亚裔美国文学评论界关注最多的文本之一。在《女勇士》和《中国佬》大获成功后，汤亭亭于1989年发表小说《引路人孙行者：他的即兴曲》（以下简称《孙行者》），“这部书获美国西部笔会的最

① 吴冰：《亚裔美国文学导读》，北京：北京外语教学与研究出版社2012年版，第6页。

佳小说奖”[1]。小说充满了互文性的指涉，是一部后现代性的实验性作品。葛莱思指出了其后现代性的诸多特征，如“文字游戏、自由形式的情节、自我指涉的叙事结构策略、详尽的互文指涉、妄想和怀疑的角度、历史和文化制品的商品化、戏仿和拼凑”[2]。通过将这些后现代的创作方式同族裔视角相联系，作者“颠覆了族裔刻板印象，颠覆了大多数人看世界的单一方式”[3]。

汤亭亭对华裔身体的认知和诗学表现在她的前面两部作品中都有体现。《女勇士》中“我”和另一个华裔女孩遭遇的经历成为众多族裔批评理论的练兵场，如“种族的影子”“种族忧郁”“种族精神分裂”“歇斯底里症”“疑病症”等；《中国佬》的开篇就是中国佬的身体被阉割的书写。在她的第三部作品，其实也是第一部虚构小说《孙行者》里，她将身体作为一个重要的元素进行浓墨重彩地书写，身体成为社会、文化、政治言说具身化的空间和政治争斗的场域。同时，身体的种族特征正是阻碍华裔美国人真正融入美国的障碍之一[4]。本节聚焦《孙行者》中的身体书写，指出汤亭亭在书写身体时呈现“种族自憎”和“种族自爱”两种迥然不同的面貌，而明在写“自憎”，实在写“自爱”，表现了作者试图建构华裔主体身份的努力。

---

① 林涧：《语言的铁幕：汤亭亭与美国的东方主义》，上海：复旦大学出版社 2007 年版，第 311 页。

② GRICE H. Maxine Hong Kingston. Manchester：Manchester University Press，2006：p. 68.

③ GRICE H. Maxine Hong Kingston. Manchester：Manchester University Press，2006：p. 69.

④ 汤亭亭著，赵伏柱、赵文书译：《孙行者》，桂林：漓江出版社 1998 年版，第 351 页。

一、“种族自憎”：华裔美国人的生存之道

小说故事发生在1963年已大学毕业的华裔青年惠特曼·阿新身上，作为一名艺术家，他需要重新定义自己的身份并颠覆主流社会对华裔的刻板印象。但是生活在李磊伟所谓的“弃绝期”（Asian abjection）①，惠特曼不可避免地遭遇了社会的和心理的隔绝与疏离，所以他甚至“每天都想着要自杀”，这种“胡思乱想”被台湾学者傅友祥（Bennett Yu-Hsiang Fu）称之为“居间的文化精神分裂症”（in between cultural schizophrenia）②，是处于“居间状态”的亚裔美国人在重组身份时遭遇的精神危机。首章里惠特曼·阿新在城市里闲逛时与新移民的正面相遇更加剧了这种精神危机：

> 迎面走过来一个华人，他来自中国，双手背在背后，弓形腿，宽松的裤子。他是出来溜达溜达的。……如此土里土气。如果说他们的裤子不那么短，运动袜不那么雪白引人，人们也不会厌恶他们的。新来者的风尚——短裤腿或卷裤脚。不可救药。土里土气。土里土气。③

---

① 李磊伟在《想象国族》一书中将华裔美国人在美国的历史分为两个时期：1943/1965年以前的时期和以后的时期，前一个时期被称为亚裔的疏离期（Asian alienation），后一个时期被称为亚裔的弃绝期（Asian abjection）。亚裔弃绝期的特征是法律上接纳亚裔和华裔美国人，但拒绝他们成为国家真正的公民。

② FU B Y H. Cultural hybridization in Maxine Hong Kingston's “Tripmaster monkey: his fake book”. Hwa Kang journal of English language & literature, 2008 (14): pp. 165 – 178.

③ 汤亭亭著，赵伏柱、赵文书译：《孙行者》，桂林：漓江出版社1998年版，第5页。

这里的华人一家人“是移民，新来美国”。新移民的形象在黄哲伦的戏剧得到最典型的再现：“FOB。你会用什么词来形容这些 FOB 呢？笨拙、丑陋、贪婪的 FOB。吵吵嚷嚷的、愚蠢的、架着副眼镜的 FOB。大脚丫。欲火中烧的。就像《人鼠之间》中的莱尼。很好。有文学典故哩。特别短的长裤。更确切地说是吊杆裤。那种你不希望你的姐妹嫁的人”[①]。惠特曼是“第五代土生土长的加利福尼亚人”，他个子很高，长得很瘦，络腮胡，加州大学毕业，是典型的 ABC（American Born Chinese）。说到底，这是 ABC 与 FOB 的正面相遇。

蒲若茜认为，汤亭亭“在描述中国人的体态、举止、打扮甚至脸色、眼神方面也都竭尽细腻白描之能事，‘他者化’中国人，以示自己与‘他们’的不同”[②]。她认为“汤亭亭对于中国人的‘他者化’有其深刻的意识形态渊源，与美国主流的殖民话语几乎构成了一种‘同谋’关系，因为‘刻板印象’是一种先在的固定意识，并不受眼前现实的干扰”[③]。李磊伟也认为这里“ABC”和“FOB”的相遇值得关注。他认为“将阿新与 FOB 外在的冷漠和内在的关系联系起来，不管后者看起来有多勉强，汤亭亭再现了一个对族群内交际障碍的更细微的描写”[④]。

事实上，笔者更倾向于认为惠特曼在这里遭遇的是黄秀玲所

---

① 黄秀玲著，詹乔、蒲若茜、李亚萍译：《从必需到奢侈：解读亚裔美国文学》，北京：中国社会科学出版社 2007 年版，第 159 页。

② 蒲若茜：《族裔经验与文化想象：华裔美国小说典型母题研究》，北京：中国社会科学出版社 2006 年版，第 178 页。

③ 蒲若茜：《族裔经验与文化想象：华裔美国小说典型母题研究》，北京：中国社会科学出版社 2006 年版，第 179－180 页。

④ LI D L. Imagining the nation：Asian American literature and cultural consent. Stanford：Stanford University Press，1998：p. 71.

谓的“与种族影子的邂逅”，“种族影子”是独立于第一自我之外的“类我”，或第二自我，它与第一自我有亲缘关系，是惠特曼拒绝成为却又无法摆脱的族裔形象。这遭遇是一个自认为是美国人的华裔遇到了自己身份的他者的外在化表现。他们之间的相似之处在于外在的身体相同。虽然他们之间没有语言或肢体上的交流，但两者的相遇已经是敌意重重。在惠特曼看来，这些 FOB 们显得“土里土气”。因此，ABC 与 FOB 的相遇形成了一个有趣的种族投射，也就是土生华裔看待新移民的态度。惠特曼长着一副华人的面孔，找工作受到歧视，在大学毕业以后和失业之前的这一年里，他所从事过的工作是“售货员、管理班学员、邮局拣信者、公共汽车售票员和奶油炼制工人”[①]，在种族主义盛行的美国，他的地位低人一等。在大街上，他遇见了长相与他相似的华人，在他眼里，他们代表永远不可逾越的身体标记，代表他无法成为一个同化的美国人的事实，他本能地采取了白人的评价标准，对新移民进行“他者化”。这既是对新移民形象的嘲讽，也表现了惠特曼对自己族裔身份的憎恨。

“种族自憎”是华裔美国人面对美国社会的种族主义采取的一种生存策略，赵健秀称之为“自我蔑视”。他认为：“自我蔑视在于少数族群不仅接受了白人关于客观世界、审美观、行为准则和成就的标准，而且认为这些标准在道义上讲是绝对正确的，更有甚者，他们还会认为自己不是白人，因而绝对达不到白人的标准。”[②] 对族群的厌恶会影响一个人的身份认同：他们拒绝与

① 汤亭亭著，赵伏柱、赵文书译：《孙行者》，桂林：漓江出版社 1998 年版，第 250 页。

② CHIN F，CHAN J P. 著，李贵苍、徐纪阳译：《种族主义者的爱》，《华文文学》2005 年第 3 期，第 30－37 页。

自己的族群认同，也无法建构一个属于本族群的核心正面形象，以至于他们在美国被主流社会建构出对自己身份认同非常有害的刻板印象。金惠经将其归纳为“好”的亚洲人和“坏”的亚洲人，坏人是“邪恶的坏蛋、粗野的魔军”，以傅满洲为典型；好人则是“不可同化的异族”，陈查理是另一个典型。[①] 在惠特曼出生长大的唐人街，美国白人累积了关于华裔的所有不切实际、不可思议的想象。虽然唐人街的华裔经历了从最初的“叶落归根”到“落地生根”的历史性转变，但最初形成的刻板印象难以改变。惠特曼接受了正统的美国教育，大学毕业于加州大学，他继承了20世纪60年代弥漫于整个社会的反叛和反战精神，经常以“嬉皮士”打扮示人，他虽然求职受挫，但仍富有超越了物质限制的远大艺术追求，因而在外表和精神上都有别于唐人街的主流群体，无法认同华裔群体，并与其保持一定的距离。

小说中普遍存在于华裔之间的“种族自憎”既不利于个体在美国的生存，也不利于群体的生存。惠特曼大学毕业后找不到合适的工作，只有通过戏剧创作来表达自己的梨园乌托邦思想。南希·李在工作时饱受歧视，尽管资质出众，却只能从事简单重复的工作。而种族群体内的自我厌恶只会加重这种情绪的发酵，不利于华裔群体为自己争取普遍的利益。负面影响集中体现在赵健秀（Frank Chin）与编辑弗兰克·程（Frank Ching）之间的辩论中。赵健秀在给编辑的信中写道：“就我而言，十多岁来美定居的美国化的华人同在美国出生的华裔没有共同点，无论是在文化上、智力上，还是情感上。所有的华人因为肤色的原因都很相

① KIM E H. Asian American literature: an introduction to the writings and their social context. Beijing: Foreign Language Teaching and Research Press, 2006: p. 4.

像，这是种族主义的说辞。”《桥》（*Bridge*）杂志的编辑弗兰克·程回信说：“更多华人移民的到来只是加重了你担心白人将你同他们等同的恐惧。你希望作为美国人被接受、被承认——尽管只是华裔美国人——你尽量将自己远离这些新移民。看到一个人如此缺乏安全感，他背叛自己同祖的人们来证明自己，真是悲哀。”①

而评论界公认惠特曼·阿新的原型就是作家赵健秀，赵健秀在辩论中将土生华裔与移民的华裔区别开来，即是将自己与华裔社区疏离开来。文中的惠特曼在疏离自己社群的过程中产生了内心的惶惑：因为肤色的原因，他既无法归属美国，也无法认同华人。由此产生了弗兰克所称的“不安全感”。赵健秀在《甘加丁之路》中斥责关龙曼的行为为种族背叛，但是他自己鄙视新移民的行为则是对华裔美国群体的背叛。为了融入美国主流社会，他弃绝了自己的族裔之根，这确实“悲哀”。但是，我们在认识到赵健秀思想的局限性时也必须认识到，正是美国社会盛行的种族主义制度让出生在美国的华裔产生了“种族自憎”的情感模式，正如黄秀玲所言：“亚裔美国人，像美国历史上其他移民和移民后代一样，参与并受他们的社会文化环境的制约，适应了与居住在亚洲的亚洲人不同的历史进程。然而这一事实往往被持反历史观的人们所忽略，这些人认为亚裔美国人身上永远刻有某种无法转化的异族因素的标志。”② 亚裔的“异族标志”是普遍存在的事实。亚裔人群在美国的历史上也曾做出卓越的贡献，因为其肤

---

① LI D L. Imagining the nation: Asian American literature and cultural consent. Stanford: Stanford University Press, 1998: p. 71.

② 黄秀玲著，詹乔、蒲若茜、李亚萍译：《从必需到奢侈：解读亚裔美国文学》，北京：中国社会科学出版社2007年版，第135页。

色外貌的显性表征，就将其排斥在主流社会之外，将其看作“异国风情”“外来人”，这是对亚裔的彻底否定，是亚裔群体所不能接受，并坚决与之抗争的现实。

二、“种族自爱”：华裔美国人的自救之道

惠特曼·阿新的名字为众多评论者所考证，“惠特曼”毫无疑问，来自美国最著名的本土诗人瓦尔特·惠特曼，不同的是名字的拼写。瓦尔特·惠特曼是毫无争议的美国著名诗人，汤亭亭的惠特曼是白人诗人惠特曼对应的他者形象。“阿新”则有多个来源，美国读者很容易联想到布莱特·哈特在诗作《华人异教徒》中讲述的一个名叫阿新的华人形象，傅友祥则认为这名字直接取材于美国诗人惠特曼的《自我之歌》[①]。在林涧看来，名字来自一百年前为华人所遭受的不公正待遇而呐喊的华人诺曼·阿新（Norman Asing）。总体来说，阿新的名字代表两重意思：它将遭受种族歧视的华人男性前景化并赋予其话语权。林涧所指称的阿新于1852年给加州州长毕格乐写了一封公开信，抗议他对华人的歧视性言论。他在信中写道：

> 至于我们族群的肤色和表情，我们非常清楚我们的人比你们略黑一点。然而，阁下会发现，我们和非洲种族、红种人的亲缘关系就如同你们和他们的一样。考虑到肤色的贵族性，我们的肤色可与大多数欧洲种族相提并论。我

① 惠特曼的诗歌《草叶集》中写道：“I celebrate myself and sing myself…I sing the body from top to toe…I sing America.”“I sing”二词音似“Asing”。

们也不认为阁下作为民主人士，会让我们相信您的人权宣言的制定者曾经提议创建皮肤的贵族性。①

诺曼·阿新在这里质疑了美国社会以肤色来判断别人的肤浅准则，特别是以肤色来指认华人，并以此认为华人低人一等。但是他的质疑并没有被接受，因为接下来的一百年里，美国主流社会仍然以肤色定义自己，将华裔排除在主流之外。《孙行者》中的惠特曼·阿新则接过了前任阿新手中的火炬，他要为华裔再立言，为此，他采取了一种新的策略，我们可以称其为“种族自爱”。

“种族自爱”的核心思想是化种族特征的劣势为优势，这与美国20世纪60年代的民权运动和泛亚裔运动密不可分。黑人在民权运动中为反抗白人的强势话语而创造了“Black Is Power”“Black Is Beauty”等震耳发聩的呐喊。秉承黑人民权运动的话语，汤亭亭所倡导的则是“黄就是美”“细眼睛就是美”，为此，她在小说中的不同语境下都表达了这种观点。

小说的第一章中，南希·李在自己的演艺事业中颇受挫折，去拍戏时，她被认为“你的发音不太对。你的声音与你的外貌不协调。你的外貌与你的言语不一致”②。“不协调”“不一致”的原因是她长着一副华人面孔，却讲着纯正的英语，不符合白人的期待视野。华裔所遭受的不公正待遇都由身体而起。惠特曼因而对南希承诺说：“我正在为你写一台戏。在我为你写的戏里，观众会爱上你，因为你的黄皮肤、圆鼻子、扁瘪的身材、丹凤眼，

---

① YUNG J，CHANG G H，LAI H M. Chinese American voices：from the gold rush to the present. Berkeley：University of California Press，2006.

② 汤亭亭著，赵伏柱、赵文书译：《孙行者》，桂林：漓江出版社 1998 年版，第25 页。

还有你的口音。”[①] 惠特曼在此开始打算张扬华裔身体的存在，其种族特征被纳入新的审美规范中进行评价。

对于华裔刻板印象的描述中，最令惠特曼不满的是对眼睛的描述。惠特曼长着一双华人的“小眼睛”“双眼皮”，在兰斯的聚会上，白人女孩直接问他：“你能看见吗？你怎么会看见呢？”[②] 所以，惠特曼在独白中长篇累牍地阐述华人眼睛的美。他甚至呼吁：“为了我，卸妆吧，好不好？去那个女厕所，这儿有阿波灵洗面奶，洗了脸再出来。勇敢些。敢于不涂脂抹粉地生活。找回你的面孔。你的眼睛极大，不仅对于中国人而且对于任何人来说，都显得大极了。”[③]

而针对聚会中偶遇的日裔女孩小笠原洋子打算去做双眼皮手术的事情，惠特曼呼吁：“作为一个负责的导演，作为一个男人，我试图阻止我的女演员们不要去把自己切割得支离破碎。”[④] 双眼皮手术是亚裔女性归化美国所采取的手段之一，在诸如双眼皮手术、隆胸、隆鼻等手术中，亚裔女性所采用的是白人的审美规范，将白人女性看作美的化身，通过改造自己的身体来降低因身体特征而产生的种族歧视。这些美容手术，究其本质，是一种内部殖民的倾向。正如班纳瑞对眼部手术所做的评价中说：“东方人摆脱种族主义的唯一机会是做眼部手术。通过这个手术，文化

---

① 汤亭亭著，赵伏柱、赵文书译：《孙行者》，桂林：漓江出版社 1998 年版，第 28 页。

② 汤亭亭著，赵伏柱、赵文书译：《孙行者》，桂林：漓江出版社 1998 年版，第 114 页。

③ 汤亭亭著，赵伏柱、赵文书译：《孙行者》，桂林：漓江出版社 1998 年版，第 346 页。

④ 汤亭亭著，赵伏柱、赵文书译：《孙行者》，桂林：漓江出版社 1998 年版，第 346 页。

意义从身体的屏幕上移除，历史曾在其上书写它。双眼皮用来指代大熔炉的乌托邦。当种族自我只能栖居于白人对自己身体的投射中时，投射再一次既无所不包又一无是处。种族他者意识到白人的凝视最开始就将文化意义投射到解剖学的特殊部分，他们通过改变解剖学来作出应对。”[①] 亚裔希望通过这个手术消解身体的族裔意义，归化进入美国主流社会。他们对美国社会的种族主义的认识过于肤浅，身体的手术并不能改变白人的种族投射，双眼皮也不能使他们立刻成为美国人。

惠特曼所采用的对抗策略是弘扬自己的种族身体之美，在小说中，他引用自己的身体去对抗东方主义的话语，“我也要说我的长相——牙齿、眼睛、鼻子、侧影轮廓——完美无缺。仔细看看这眼。再从侧面看看。从另一边再看看。取个能看到脸的四分之三的角度再看。这脸不像鲁希莫尔山，是一个美国人的脸”[②]。惠特曼将自己的身体前景化反击了华裔一直被认为是异族的看法，他着意强调自己的美国人身份。正如素希·李所说，“惠特曼在大写的‘我’积极发声的同时展示自己的身体，他使自己可以被了解”[③]。以这种方式，他也消解了关于“神秘”的华裔的刻板印象。华裔美国人也是美国人，也应该像美国人一样对自己的身体充满自信。

惠特曼还表达了对肤色的作用进行重构的理想：“惠特曼要

---

① BANERJEE M. Black bottoms, yellow skin: from Ma Rainey to Maxine Hong Kingston's "Tripmaster monkey". Amerika studien/American Studies, 2000, 45 (3): pp. 405 – 423.

② 汤亭亭著，赵伏柱、赵文书译：《孙行者》，桂林：漓江出版社 1998 年版，第 347 页。

③ LEE S H T. "I will make of my scaffold, a stage": performing the Asian American subject in Maxine Hong Kingston's "Tripmaster monkey: his fake book". MELUS: Multi-Ethnic literature of the U. S., 2013, 38 (3): pp. 126 – 145.

把那关于新英格兰西部的故事搞糟，把比尔、布鲁克和安妮描写成黑色和黄色皮肤。想象的新规则是：人普遍长得都像中国人。从现在起，每当你读到没有姓氏的人名时，就把他们当成黑皮肤或黄皮肤的。"[①] 林涧认为惠特曼在这里提出了一个有挑衅性但是严肃而重要的问题："现代的阿新，作为现代美国文学的创作者，一定得皮肤白皙、胡子花白？还是得是一个长着亚裔的身材、有亚裔的姓氏的美国人？"[②] 林涧所追问的是：华裔能否超越身体的自然属性，成为美国文学的代言人。惠特曼在小说中的所作所为，也正是对这个问题的回答，他希望华裔的身体，同白人的身体一样，也是美国形象的代言人。

惠特曼的文学理想在美国现实的土壤里必然遭遇碰壁的命运，他首先面对的是美国主流文学对华裔的贬损，正如美国早期的"黄祸文学"[③] 对华裔的表征一样。20 世纪 60 年代，惠特曼仍能读到"目光闪烁的小华人"之类的句子。如果说对于克鲁亚克，惠特曼只是通过语言，甚至是内心活动来挑战权威，纯属阿 Q 式的"精神胜利"的话，在小说的后半部，惠特曼也不再含蓄隐忍了。他在餐馆听到邻桌的白人在开种族歧视的玩笑后，之前因为被称为"乡巴佬"的怒火在此一并点燃："他挨个点着他们的鼻子。'你们不要再开什么玩笑了。别让我再撞见你们笑话我们的民族。你们说外国佬的笑话，不论在哪里，我都要抓你们。

---

① 汤亭亭著，赵伏柱、赵文书译：《孙行者》，桂林：漓江出版社 1998 年版，第 36 页。

② 林涧：《语言的铁幕：汤亭亭与美国的东方主义》，上海：复旦大学出版社 2007 年版，第 334 页。

③ "黄祸文学"（"Yellow Peril Literature"）产生于 19 世纪末期至 20 世纪初期，其代表人物为杰克·伦敦、弗兰克·诺里斯等。

明白吗？你们懂吗？’他抓着他们的桌沿，准备掀翻。”[①] 此时他俨然从语言的巨人转变为行动者，迈出了弘扬“种族自爱”的伟大的一步。正是这一步，连接了以前的语言天才和如今的行动派，并为“独角戏”中弘扬“种族自爱”的身体观奠定了良好的基础。

惠特曼对身体“自爱”的建构类似于黑人民权运动者提出的“黑就是美”的文化运动。黑人民权主义者认为以往的“黑就是丑”对非裔美国人的心理造成了巨大的伤害，表达出“内部殖民”的倾向，因此他们提出“黑就是美”的口号，来唤醒黑人对族裔、对肤色的自豪感。惠特曼生活在黑人民权运动风起云涌的时代，他呼吁并将华裔的身体进行审美修饰，表达了他的民权观。

三、再现华人身体美：“种族自爱”的本质

尔玛·玛尼（Irma Maini）认为《孙行者》是一部关于艺术家成长的小说（Kunstlerroman），小说中惠特曼从个人主义转向集体主义，强调集体主体性以及族群对少数族裔的重要性。[②] 但是，小说的时间跨度不长，在惠特曼“工作—失业—结婚—找奶奶—创作戏剧”线性发展过程中，无明显的戏剧冲突。首节的“种族自憎”和结尾部分的“种族自爱”呈明显的线性发展趋

---

① 汤亭亭著，赵伏柱、赵文书译：《孙行者》，桂林：漓江出版社 1998 年版，第 236 页。

② MAINI I. Writing the Asian American artist: Maxine Hong Kingston's "Tripmaster monkey: his fake book". MELUS, Vol. 25, No. 3/4, Revising Traditions Double Issue (Autumn-Winter, 2000), pp. 243 - 264.

势，表达了作者弃“种族自憎”而求“种族自爱”的态度。虽然是土生华裔，其身体不可避免具有中国性，但与新移民的身体并无差别。作者最初对新移民的凝视与嘲讽既表现了华裔身体受歧视的地位，也表现了作者扬鞭奋起的决心。小说通篇描写惠特曼无畏无惧、大胆思考、大胆言说、大胆创作，最终创作了属于华裔的美国戏剧，采用了来自不同族裔的演员，建构了自己眼中的多元的美国社会。所以我们可以大胆推测，小说中的“种族自爱”，爱的是多元文化共存的多族裔社群，各族群的差异性得以显现并处于平等的位置。

其实，不管是“种族自憎”还是“种族自爱”，汤亭亭所关注的都是族裔身体的表征问题。“种族自憎”的深层原因仍是美国社会隐形的种族主义。生活在美国的华裔就如同非裔美国人一样，他们面临的是少数族裔“不可见”的问题，它悬置了族群间的平等关系。克拉拉·苏曼可（Klara Szmanko）在解释“不可见”时说：“当整个社会通过刻板印象的棱角观察有色人种时，少数族裔象征性的不可见。当外部世界看不到有色人种时，有色人种在字面意义上也不可见。”[①] 在华裔美国人的移民史上，华裔一直被认为是“异类”“神秘”“异域风情”，这些刻板印象的词汇所体现的正是种族主义的话语。同时，华裔美国人不仅在社会上“不可见”，在文化上也“不可见”。惠特曼在小说中大声质问：“从文化角度讲，华人除了手工洗衣店外还有什么呢？……我们的爵士乐在哪里？布鲁斯音乐呢？我们自己的俗话俚语呢？”[②]

---

① SZMANKO K. Invisibility in African American and Asian American literature. London：McFarland & Company，Inc.，Publishers，2008：p. 6.

② 汤亭亭著，赵伏柱、赵文书译：《孙行者》，桂林：漓江出版社 1998 年版，第 29 页。

惠特曼此处一语道破华裔不可见的原因，华裔在美国没有像非裔一样建构自己特殊的文化和语言，致使主流社会无法看见。在美国隐形的种族主义政治下，少数族裔和主流种族的本质区别是肤色。白人是可见的，其他少数族裔则是不可见的。这正是惠特曼所要驳斥的偏见，正如赵健秀在《种族主义者的爱》的开篇所说："白人的种族偏见强化了白人优越论。……有色的少数人种在白人世界中都无一例外地被定型于偏见之中。"[①] 少数族裔如果要被主流社会看重，就必须打破固定的偏见，即打破种族主义的禁锢。

而且，在亚裔不可见的社会文化环境下，亚裔的身体成为一道景观，承载着异国情调的想象，成为白人凝视的客体。"种族化的凝视没有承认个体的反应/差异，在这种凝视中，个体的主体性消失了。脸、眼睛和其他面相学的特征明显意味着与文化标准化的族裔或种族多数群体的差异。通过凝视的景观性行为，'少数族裔'的族裔主体被客体化了。"[②] 在这种情况下，"种族身体，成为一道政治景观，一个空白的屏幕，种族主义的凝视在上面书写政治含义"[③]。华裔身体作为种族身体成为美国社会里的一道异域风景线，他们的行为被置于身体之下，身体的他者性被标出，身体的肉体性超越了身体真正的行为。这同属于苏曼可所称的"不可见"的范围。

亚裔为抵抗主流社会的种族偏见，一直在争取族裔的"可见

---

① CHIN F, CHAN J P. 著，李贵苍、徐纪阳译：《种族主义者的爱》，《华文文学》2005 年第 3 期，第 30 – 37 页。

② BANERJEE M. Black bottoms, yellow skin: from Ma Rainey to Maxine Hong Kingston's "Tripmaster monkey". Amerikastudien/American Studies, 2000, 45 (3): pp. 405 – 423.

③ BANERJEE M. Black bottoms, yellow skin: from Ma Rainey to Maxine Hong Kingston's "Tripmaster monkey". Amerikastudien/American Studies, 2000, 45 (3): pp. 405 – 423.

性”，惠特曼的策略就是颠覆凝视与被凝视之间的主体区分，将被凝视转换为抗拒凝视，为此，他使用自己的肤色作为武器，通过夸张的着装来挑战白人的视线：

> 在过去的岁月里，他的母亲、阿姨们、朋友们以及化装师们都曾就他着绿色衣服的效果作过评点。“‘别穿绿色的衣服，’……‘你穿绿色不好看。’接着，宿舍里有人说，‘穿这颜色，我们显得更黄’。”和种族肤色有关。当然，自此之后，他便懂得了他该穿什么颜色——绿色。①

所以，惠特曼穿着绿色的上衣，“从救世军那儿买来的外套”，配上一条“更绿的领带”，穿上“惠灵顿鞋”，头发蓬乱着，出门了。由此可见，惠特曼通过强化自己的种族身体形象，以造成凝视他的白人的视觉上的不快，借以对抗白人凝视的霸权地位，使自己处于“能见”的位置。“他希望，他的这身打扮能侮辱那些看他的人。”此时，通过怪异的着装，他就如《西游记》中的孙悟空，向美国主流社会带着歧视有色镜的妖魔鬼怪们举起了隐形金箍棒，将其偏见大白于天下，使其无处遁形。但是，他刻意丑化自己的族裔身体，显示出他行为的矛盾性，不仅以丑化的方式迫使主流社会看见只能加重主流社会的刻板印象，而且他的行为属于局部性的、艺术家的行为，不具有模仿性。肤色的客观存在和种族歧视仍然存在且不容忽视。

小说中所倡导的“种族自爱”强调的则是“差异性”的身

---

① 汤亭亭著，赵伏柱、赵文书译：《孙行者》，桂林：漓江出版社 1998 年版，第 45 页。

体。傅友祥在其论文中也归纳出汤亭亭所使用的差异的书写策略，突显美国文化内部差异的重要性，以重新构筑所谓的美国经验。确实如此，汤亭亭为凸显“差异性”，刻意描写华裔的身体，试图以此来抵抗美国社会的种族主义。但是身体问题本身就带有种族主义的痕迹。葛莱思在《协商身份》一文中考查了“面相学”，她认为面相特征与种族差异紧密相连。[①] 而在安德烈·塔吉耶夫看来，当代种族主义往往不是以种族优劣论，而是以相对主义的种族（或“文化”）多元论为基础，以强调“差别权”的方式提出的。他认为：“在主张差别权，甚至不惜一切代价维护文化差别的权利”的立场被视为理所当然的条件下，已经出现了“不明言的种族主义”，“这类种族主义既不靠近不平等，也不走向生物学上的种族。这类种族主义不援引纳粹的学说。这类种族主义既不出口伤人，也不明确呼唤仇恨”[②]。塔吉耶夫所谓的“新种族主义”其实是在多元文化主义的幌子下维持现有的种族差异，将少数族裔体现的文化看作正餐的佐料，目的是让正餐更有滋有味，对少数族裔施舍的正是赵健秀所称的“种族主义之爱”。而种族之间差异的显性存在将极大伤害其成员，并阻碍其融入美国主流社会。李磊伟认为“汤亭亭对少数族裔话语的理解的主要贡献在于她将笛卡尔的身体/意识二分状态结合在一起：

---

① 葛莱思考察了“种族”一词的词源。“种族”一词最初由伯尼（Bernier）创造。从其起源来说，“种族”是一种与面相特征相联系的分类形式。格赛特认为，面相学的理论和科学种族主义为种族观点的建构做出了巨大贡献。作为支撑体制化的种族主义如奴隶制的意识形态支架，面相学的科学很重要。面相学的本质是以身体来指认人，在美国这个多族裔的国家里，面相学就演变成了对少数族裔的一种刻板印象的描写，如黑人懒惰、阿拉伯人好色、犹太人肮脏等。参见 Negotiating Identities：an introduction to Asian American women's writing. Manchester：Manchester University Press，2002.

② 皮埃尔·安德烈·塔吉耶夫著，高凌翰译：《种族主义源流》，北京：生活·读书·新知三联书店 2005 年版，第 31 页。

在她看来，抽象的身份和具体的自我永不可能完全分开。物质性的身体（也就是种族、外表）和文化身体、象征和习惯，总是互相映照，去建构一个完整的亚裔美国身体”[①]。汤亭亭将身体与意识结合，让身体成为思想的载体，凸显了作为亚裔美国主体的差异性身份，但她试图建构的“差异性”的多元文化主义社区势必会沦为一种全新的“种族主义话语”，这可能是她所没有想到的。

吉卜林有一句经典名言：“东方是东方，西方是西方，二者永不相聚。”而一旦东西方相聚，则势必有高下之分。通过强调差异来消泯美国社会现存的种族偏见，其本质上是一种新的本质主义；而且“种族主义”的历史源远流长，肤色的等级差异长期存在，很难立即消亡。所以，通过创作《孙行者》，汤亭亭所表达的与其说是一种政治呼吁，还不如说是一种文学理想，是作家对现实世界的无奈，暗藏着深深的失望。

第二节　建构“支配性男性气质”：《遗产》中被颠覆的东方男性刻板印象

华工自从19世纪进入美国，一直从事着普通的工作，如餐饮业、服务业。同时因为美国移民法案限制华工的妻子进入美国，多数华工生活在唐人街的单身汉社区。这些华工没有家庭、没有子嗣，从事女性行业的工作，遭受被女性化的命运。美国社会形成的对华人男性的主要刻板印象以陈查理和傅满洲为典型，

---

① LI D L. Imagining the nation: Asian American literature and cultural consent. Stanford: Stanford University Press, 1998: p. 77.

陈查理被认为是唯唯诺诺的、女性化的男人，傅满洲则是邪恶、狡诈的代表。这两种形象代表美国主流社会对华裔男性的基本认知模式，它深刻影响了华裔美国作家的自我表达。但是，新生代华裔作家也一直试图打破美国主流社会对华人刻板印象的魔咒，力图塑造出代表中国传统文化精髓的华人男性形象。伍慧明在《望岩》中塑造了身体健康、富有阳刚之气的男人杰克，他追求真爱，敢于担当。李健孙在《支那崽》中塑造了身体力量与美的华裔男人形象丁凯。张岚的《遗产》中同样塑造了颠覆东方男人刻板印象的华人形象——李昂，本节拟从分析《遗产》出发，探讨作者建构新型的华人男人形象的路径。

华裔美国作家张岚（Lan Samantha Chang）1965 年出生于美国的威斯康星，2006 年起担任爱荷华作家工作室的主任。到目前为止，她已经发表三部作品，包括中篇小说集《渴望》（*Hunger*，1998）、长篇小说《遗产》（*Inheritance*，2004）和《全部忘却，全不消逝》（*All Is Forgotten*，*Nothing Is Lost*，2010）。作为华裔美国作家中的新生代，她被张子清称为“发展潜力很大的文学新秀”。小说《遗产》由诺顿出版社出版，翌年获“笔会开放图书奖”（PEN Open Book Award）。小说中华人男性气质的建构是作者关注的一个重要主题，男主人公的男性气质在跨文化、跨种族、跨时空的叙事语境里更显出独特的叙事张力。但是学界对该作品的解读仍不够重视，国内评论界除张琼对小说中的“沉默”书写进行解读，鲜有论作出版。国外学者雪莉·埃里丝（Sherry Ellis）则通过与张岚的访谈推荐了这部小说，埃里丝认为“《遗产》的读者的感官被自然的象征所激活，作者将自然与背叛、自然与爱对立起来"①，表达了作者对历史进行反思的姿态。

毋庸置疑，历史书写和华人男性形象塑造是该小说不可忽略的主题，然而在对父亲李昂形象进行塑造时，作者不可避免涉及一直困扰华裔美国作家的关于华人男性气质的建构问题。本节拟通过细读小说《遗产》，分析作品中男性身体与华人男性气质的建构、两性关系中的男性气质建构问题，指出华裔男性对"支配性男性气质"的追求以及它对华裔男性气质建构的积极作用。

一、男性身体与男性气质建构

在对男性气质的研究方面，瑞文·康奈尔做出了突出的贡献。在专著《男性气质》的"男人的身体"部分，他坦言：

> 真正的男性气质几乎总是被认为是从男人身体内产生的——它内置于男性身体或者是表达出男性身体的某些部分。……所以，社会分析的第一个任务就是理解男人的身体以及它们于男性气质的关系。②

在康奈尔看来，虽然男性身体和男性气质之间并无直接关联，但是男性身体在男性气质形成中的作用不容忽视。男性身体和女性身体之间显而易见的差异形成了男性气质和普遍存在的男性统治，在工业社会，男人的体力和技能成为男人的优越性和统

① ELLIS S，CHANGC L S. Memories that reach back into consciousness：an interview with Lan Samantha Chang. The Iowa Review，2006，36（2）：pp. 157－167.

② R. W. 康奈尔著，柳莉译：《男性气质》，北京：社会科学文献出版社2003年版，第60－61页。

治权力的符号象征。在张岚的小说《遗产》中，男人在技能方面的才能被改写，演变为对自己身体力量的使用。小说中的男主人公李昂是一个孤儿，强健的体魄是他的生存资本。作为一个孤儿，他崇尚用武力去解决生活中的冲突。当别的孩子试图欺侮他们时，李昂毫不犹豫地迎头战斗，因为他知道拒绝妥协会为他赢得尊重。男性对暴力的使用是他建构男性气质的第一步。对于男性气质的建构，哈利·布罗德（Harry Brod）一针见血地指出：“当我们特意关注男性的社会化过程时，我们发现了大量倾向于暴力的社会化行为，有的来自街头打斗、军事行为、媒体形象，体育运动，有的来自于对暴力的一味容忍。”[①] 他认为，“暴力的男人不是社会的异己分子，而是过于遵循主流思想的人，是过于重视社会化中一个特定形态的人”[②]。正是因为社会将男性的暴力看作是男性社会化的一个标志，也就是拥有男性气质的标志，男性通过武力来展现自己的男性气质成为常态。同时，力量型的男性气质和柔弱的女性气质成为对立的两极，不使用武力的男性被等同于女性化的男性，居于社会的从属地位。由此可见，李昂在幼年时期的街头打斗表达了他对主流男性气质的认同。

同时，李昂还是一个军人，他参加了抗日战争，战争可以看作是男性对男性的暴力，或者男性对整个社会的暴力。他的身体经受了战争的伤害，“李昂的后背上有一堆伤疤，聚集在左肩胛向下至脊椎中部。他是个肤色黝黑的年轻人，伤口已经愈合成淡

---

① BROD H. The construction of the construction of masculinities//Stefan Horlacher ed. Constructions of masculinity in British literature from the middle ages to the present. Palgrave McMillan，2011：p. 20.

② BROD H. The construction of the construction of masculinities//Stefan Horlacher ed. Constructions of masculinity in British literature from the middle ages to the present. Palgrave McMillan，2011：p. 21.

紫色”[1]。伤疤赋予他的身体以刚性，成为他男性气质的明证。揽镜自顾时，李昂为自己的男性身体深深着迷：

> 他不担心自己的身体。事实上，有时他对自己的身体迷惑不解。它属于他吗？还是独立于他而存在，像投射在电影院里忽隐忽现的图像？这个伤痕累累的肩膀——它横亘在肉体和敌人之间吗？还是真正的布满伤痕？或者它存在于某个他不知道的、不染尘喧的地方，仿佛所有这一切都不曾发生？[2]

此时的李昂通过镜中的凝视展示了自己强壮的身体，他的身体成为展示的客体，他对自己身体的凝视表现出一种“自恋式的迷恋”（narcissistic obsession），“自恋式的迷恋”是帕特森对男性气质研究提出的一个新观点，男人在自我的凝视中渴望外部世界对他的身体的认同，正如拉康认为：镜子阶段的功能“在于建立起机体和它的实在之间的联系”[3]。此处，镜子将男性身体和外界对男性身体的凝视之间建立了联系，突出了华人男性的勇敢、强壮，凸显了华人男性的男性气质。

在小说的结尾，作者甚至将李昂的身体“封神”：“很早以前，他就怀疑，他会活下来，他的身体装了盾牌、被保护着。年轻的时候，他自己身体的刀枪不入是他最喜欢的假设。后来的时间里，他明白了自己不能逃脱经历和历史的摧毁。然而他的身体

---

① CHANG L S. Inheritance. New York：Norton & Company，Inc.，2004：p. 36.

② CHANG L S. Inheritance. New York：Norton & Company，Inc，2004：p. 36.

③ 拉康著，褚孝泉译：《拉康选集》，上海：上海三联书店 2001 年版，第 92 页。

坚持了下来。”[①] 李昂的身体被神化为“刀枪不入”的身体，他的身体经历了抗日战争和中华人民共和国成立后的国内政治斗争，仍然顽强承载着刚毅的男性气质。

由此可见，作者在小说中试图建构基于强健的男性身体的“支配性男性气质”，支配性男性气质指“那种文化动力，凭借着这种动力，一个集体生产和拥有在社会生活中的领导地位”[②]。此处，作者通过将男性身体前置，将男性身体力量的展示作为男性支配性地位的标志。也就是说，张岚建构的是基于男性阳刚之气的气质类型。她的创作回应了华裔前辈作家赵健秀的创作。赵健秀、徐忠雄等华裔作家，基于华裔男性长期被阉割的历史，对华裔男性形象进行了重构，他们回归到中华文化，以好战的男性形象如关公、李逵等为原型重新武装亚裔男性，重新塑造华裔男性的阳刚气质，强调其英勇的气概。但是，张岚创作的“支配性男性气质”又有别于赵健秀等的创作。

首先，张岚在作品中赋予了战士李昂以人文精神。在中国传统文化中，华人男性的男性气质被分为“文”和“武”，“文”的地位要高于“武”。女人则不具备这两样气质。詹姆斯·詹特利（James Gentry）认为这是“作者自恋的展示”[③]，因为创作“才子佳人”式浪漫故事的都是文学家。但是在中西方文化遭遇的过程中，中国尚“文”的传统被理解为“缺乏男性气质”，

---

① CHANG L S. Inheritance. New York：Norton & Company，Inc，2004：p. 285.

② R. W. 康奈尔著，柳莉译：《男性气质》，北京：社会科学文献出版社2003年版，第105页。

③ GENTRY J W，CHAUDHURI H R.，FOWLER J G. Masculinity globally：advertising-based observations from China and India//JACOB M ASTON，ESTELA VASQUEZ eds. Masculinity and femininity：stereotypes/myths，psychology and role of culture. New York：Nova Science Publishers，Inc.，2013：p. 75.

"女性化"，赵健秀等为扭转错误偏见，走向了尚"武"的另一个极端。而张岚提出了一个折中的办法，尚"武"重"文"，也就是说，强调男性身体所承载的男性气质，同时也关注男性的人文特点。例如，小说中李昂同战友蒲世建的深厚友谊，蒲世建在缅甸战场托孤，李昂在1949年从台湾回国路遇友人陈大华时倾囊相助，体现的都是李昂的侠义精神、人文精神，从而使他的男性气质摆脱了单一的身体表现形式，而被赋予人文内涵。

其次，张岚笔下的战士们勇敢投入保家卫国的战争中，勇敢作战但不好战。在缅甸战场上，李昂的部队面对日军的强大攻势，节节败退。他"朝阴影、丛林、动物和人开枪，他不止一次打死过人"①。这种经历带给他的只有创伤的体验而无英雄嗜血的快感。战争使英雄们死亡或受伤，体现了战争的残酷和作者对暴力式阳刚男性气质的修正。

张岚将华人男性置于战场之上，展示他们与传统认知相符的具有男性气质的华人男性形象，从正面推动了美国社会对华人男性气质的认识。而抗日战争时期正是美国改变对华人刻板印象的一个关键时期，由于中国人民在抗日战争中浴血奋战，美国国内的反华情绪逐渐低落，中国与中国人的形象在美国公众眼中逐渐改善。1943年美国国会通过的法案"废除了自1882年以来所有排华法令，允许在美国的非美籍华人申请入籍，并给予在中国出生与居住的中国移民75%的移民配额"②。"二战"期间中美的并肩作战使华裔形象在美国得以改善，张岚将背景置于这个时间段，目的在于唤起主流社会对这段历史的记忆以及建构华人男性

---

① CHANG L S. Inheritance. New York：Norton & Company，Inc.，2004：p. 198.

② 令狐萍：《金山谣——美国华裔妇女史》，北京：中国社会科学出版社1999年版，第143-144页。

气质的努力。

二、两性关系中的男性气质建构

男性身体理论的展示只是他们表现传统男性气质的一个方面，但是随着历史的发展，人们对男性气质的理解也处于动态的变化之中。康奈尔在定义“男性气质”时说，男性气质不是男性行为的社会规范，而“既是在性别关系中的位置，又是男性和女性通过实践确定这种位置的实践活动，以及这些实践活动在身体的经验、个性和文化中产生的影响”[①]。也就是说，男性气质的建构和女性气质的实践处于互动关系中，而男女之间权利关系的变化使男性气质面临着种种危机，而男性需要通过身体力量来展示自己的男性气质的事实在一定程度上加重了这种危机。

李昂生活在父权制特征极为明显的中国社会，他所认识的男性气质必然体现在男性对女性的压迫和统治上。这是康奈尔提出的“支配性男性气质”在两性关系中的表现形式，也是李昂极力维护的“男性霸权”。但是，康奈尔同时也认为“当维护男权制的条件变化了的时候，特定男性气质的统治地位的基础也就随之动摇了”[②]。《遗产》中，李昂通过自己作为战士的强壮的、“刀枪不入”的身体展现了“男性气质”，在中国传统文化语境中，他所追求的是“支配性男性气质”，是对男性统治地位和女性从属地位的追求。南希·泰波（Nancy Taber）也认为“假设男性

---

① R. W. 康奈尔著，柳莉译：《男性气质》，北京：社会科学文献出版社 2003 年版，第 97 页。

② R. W. 康奈尔著，柳莉译：《男性气质》，北京：社会科学文献出版社 2003 年版，第 106 页。

坚强、强壮、独立，与此形成对比的女性气质形式认为女性温柔、脆弱、有依赖性”[1]。

小说中，李昂和如男结婚，使他的“支配性男性气质”受到了挑战，为他背叛婚姻埋下伏笔。从一方面来说，李昂家境贫穷，是个孤儿，父权制社会将他置于主导地位，他享受着父权制所带来的“红利”，将“支配性男性气质”看作男性气质的本质表现。但李昂是入赘婚，俗称“倒插门”，是夫从妻居的一种形式。“‘赘婿婚’乃母权制时代之产物，盖女性为当时氏族之中心，势必娶其夫于他族，而男子则不得不嫁于妻家。”[2] 在“夫为妻纲”的中国传统社会，入赘婚威胁了男性在家庭中的权威地位，甚至导致男性在家中地位低下。李昂入赘后，在家中支配性地位的丧失既是传统的原因，也代表着处于危机之中的男性气质。从另一方面来说，如男生活在五四运动之后的中国，家境优越，西方的女性主义观点已经进入中国，她对母亲一代因无法生育儿子继承香火而自杀的人生悲剧铭记于心，并谋求改变。姐妹俩一起去看电影《新女性》时，“如男在气味难闻、吵吵闹闹的剧院里被折磨了两小时”[3]。说明她并不认可当时女性的命运，她没有为“新女性”的悲惨命运唏嘘，而是以更大的主动性参与到社会生活中去，她在母亲去世、父亲嗜赌且不理家事的情况下毅然承担了管理家庭的职责，表现出独立的意识；她把自己待字闺中的妹妹送到远在重庆的丈夫身边监控他，试图远距离操控丈

① TABER N. Mulan and western military mothers：the warrior myth of equality//JACOB M ASTON，ESTELA VASQUEZ eds. Masculinity and femininity：stereotypes/ myths，psychology and role of culture. New York：Nova Science Publishers，Inc.，2013：pp. 96－97.

② 陈鹏：《中国婚姻史稿》，北京：中华书局1990年版，第743页。

③ CHANG L S. Inheritance. New York：Norton & Company，Inc.，2004：p. 59.

夫，表现出女性意识的觉醒。如男对李昂的“支配性男性气质”构成了危险。

如男的妹妹身上体现的则是传统的女性气质。她沉默寡言，逆来顺受，虽不善女红，好读诗书，但无意挑战现存的性别秩序。如男和引男最大的区别体现在两姐妹和李昂两兄弟在一起讨论处于战争中的中日关系时的言论。[①] 引男认为如果把国与国之间的关系比拟为两性关系，那么作为弱者的国家还不如服从作为强者的国家，就如同女人服从男人、仆人服从主人。在服从的姿态中，弱国、女人、仆人仍然可以自由生存。如果以引男的言论来反观两性关系，可以看出引男对女性弱者地位的欣然接受，这与西方对“莲花”般的东方女性的“期待视野”构成同谋关系，而她自己俨然化身成“中国莲花”，成为衬托男人“支配性男性气质”的附属物。

由此可见，李昂对引男的选择代表了他对“支配性男性气质”的选择。正如前面所述，和如男的婚姻使李昂的“支配性男性气质”受到威胁，使他的男性气质处于危机之中，而选择引男，则是对“支配性男性气质”的全面恢复和危机形势的瓦解。首先，引男从杭州千里迢迢去重庆，为他操持家务，象征着女方的远嫁而非男方的入赘，因而颠覆了李昂因入赘而无话语权的命运。其次，李昂和引男深深相爱，为此引男不惜和姐姐决裂，象征着在“支配性男性气质”话语下男性对女性的统治和占有，以及女性的服从。

同时，李昂的“支配性男性气质”从和谐的两性关系中被侧面证明。徐葆耕曾指出：“古希腊人追求现世的欢愉，赞美肉体

---

① CHANG L S. Inheritance. New York：Norton & Company，Inc.，2004：p. 82 – 85.

和粗犷的声色之乐，而古代中国则节制情欲，追求长寿。”[①] 正是中国传统对男性的身体要求，使他们在西方人眼中成了如陈查理般无男性气概的男子，成为丑化华裔男性的刻板印象。张岚在小说中则正面写性，李昂和引男在性爱关系中都摆脱了中国传统对身体的规训，激活身体的性能力，追求身体的幸福。因为爱情，引男大声地喊出了“我爱你”，这喊声让如男含蓄而专制的爱相形见绌。从缅甸战场回来的李昂丢了四个脚趾头，他感觉“好像什么东西丢了”[②]，这里丢失的东西是他的身体的存在感，因为身体在战争中的残缺代表身体所象征的男性气质受到了威胁。为了继续拥有“支配性男性气质”，他和引男一起留在了中国，“和中国一起受苦”[③]，这表明他试图在未来未知的磨难中重塑“支配性男性气质”，强化男性身体所代表的男性气质。

纵观华裔美国文学，对华裔男性健康性爱的描写一直处于匮乏状态，所见不多的是汤亭亭笔下富有性追求的华人男性形象，包括《中国佬》中的“曾祖父”和与“世界交媾”的祖父。在赵健秀笔下，华人男性的阳刚之气在与白人女性的性关系中被建构。白人女性被等同于美国，征服白人女性的身体就等于征服了美国。这种叙事被赵文书称为“民族主义情绪的倒置”[④]。它并不是华裔美国人的健康情绪，因为他把民族主义的情绪简化为性别冲突。张岚则将读者带回到20世纪的中国，塑造了一批美国华裔的华人父亲形象，如李昂、其好友蒲世建、女儿红的男友胡

---

① 徐葆耕：《西方文学：心灵的历史》，北京：清华大学出版社1990年版，第21页。

② CHANG L S. Inheritance. New York：Norton & Company，Inc.，2004：p. 204.

③ CHANG L S. Inheritance. New York：Norton & Company，Inc.，2004：p. 229.

④ 赵文书：《民族主义和本土主义的错置——华裔美国文学中的男性沙文主义解析》，《当代外国文学》2002年第3期，第143－150页。

然等众多强壮的、勇敢的、有情有义的男性形象。他们既不是“无性特征”也不是“同性恋”，他们的出现是对美国主流“阉割”华裔的反拨。通过将男性身体前置，再现其性能力，将其置于不同的考验之中，作者展示了一个具有“支配性男性气质”的男性身体。

三、“支配性男性气质”与文化身份认同

在男性研究（Masculinity Studies）成为欧美学界的显学之后，华裔美国男性的男性气质也成为评论界关注的热点。康奈尔将男性气质归纳为四种，即支配性、从属性、同谋性和边缘性。张岚在小说中建构“支配性男性气质”，它代表着怎样的文化身份认同呢？

文化身份认同是美国华裔作家进行创作时思考的一个主要问题，也是他们进行文学创作时的主要立足点，因为华裔在美国接受教育，对美国有强烈的归属感，而中国只是一个遥远的国家，是代表历史和过去的国家。但是华裔迥异于白人的身体特征阻碍他们成为真正的美国人，所以他们在文学作品中不断思索着这个问题。

张岚的父母于 1949 年离开中国，经由台湾来到美国，她于 1965 年出生于美国的威斯康星并在那里长大。她是华裔美国人，但她不承认自己是华裔美国作家。她说：“我是一个美国作家，我读着欧内斯特·海明威、詹姆士·鲍德温和汤亭亭的作品长大。我爱他们的作品。美国文学是一个大房子，里面有适合每个人的足够的房间；我相信将其分割为不同分支的努力会浪费读者的时间。我为希望阅读超越了人物种族身份的人性故事的读者而

写作。”[①] 作者在这里列举的三个作家分别属于欧裔美国作家、非裔美国作家和亚裔美国作家。她试图说明自己深受美国多元文学传统的影响。为了表明自己身上所体现的文学影响，她拒绝为自己贴上某一具体族裔的标签，相反，她以书写普遍的人性为主要写作目标，表达了她的创作理想。但是，作为一个父母在中国出生的华裔美国人，完全拒斥自己的文化身份是不可能的。事实上，像张岚这样的华裔美国作家会不自觉地杂糅东西方文化，甚至习惯性倾向西方，弱化中国元素，因为这些“跨域”作家“不仅在国籍认同上，从属于所居国，而且在文化上也认同于所居国文化，然后才来追寻自己的华族身份和华族文化”[②]。这代表着张岚等出生在美国的华裔作家进行文化身份认同时所采用的顺序：先认同美国身份，再接受自己的中国性。这就意味着他们将美国主流的文化社会价值内化后，再来追求原乡的残存记忆。

张岚在小说创作中将故事主要背景设置在中国，并讲述华人男性的故事。在小说的扉页她就写道“尽管小说中提到的许多政治军事人物生活在中华民国时期（1912—1949），叙述者、其朋友和家人，都是虚构的”[③]。强调小说的虚构性首先表明作者对中国的陌生。在访谈中，张岚自己声称她是“移民的孩子，没有在故国生活的经历”。虽然父母鼓励她以华人为荣，但是她生活在美国，不可避免地面临着对故国的遗忘。通过虚构父母所生活的时空，她尝试着走进中国这个父母魂牵梦绕的故土。其次，因为是虚构，所以作者更容易在作品中塑造理想的人物形象，表达

---

① CHANG L S. Inheritance. New York: Norton & Company, Inc., 2004: p. 310.

② 刘登翰：《双重经验的跨域书写——美华文学研究的几个关键词》，《文学评论》2007 年第 3 期，第 108－114 页。

③ CHANG L S. Inheritance. New York: Norton & Company, Inc., 2004: pi.

自己的期许和愿望。可见，对华人男性“支配性男性气质”的建构是她从局外人身份对华人男性气质的重构。张岚对华裔男性气质的建构主要基于中国的传统文化，她把“支配性男性气质”作为华裔男性的气质特征，华裔男性在社会生活、在两性关系中的表现也是为了维系“支配性男性气质”，这是对华裔男性的男性气质的全面修正。

“支配性男性气质”的建构首先回应了美国主流社会对华人男性的刻板印象。正如姜智芹所言：“将查理·陈描写成像佛一样沉静，突出了他对生活的满足和对种族歧视的宽容。顺从和屈服的奖赏是被塑造成正面的少数族裔形象，一种从属性、被剥夺了任何家长制权威、在种族和文化上被驯化的对象。”[①] 陈查理被描写成缺少男子汉气概、女人气十足，他所对应的是康奈尔所称的“边缘性男性气质”，与美国白人的“支配性男性气质”形成参照，他的形象满含“种族主义之爱”，是美国白人对华人的边缘化、他者化。“支配性男性气质”则突出华人男性的阳刚之美，它既是中国封建社会千百年父权制度的结果，也是美国社会崇尚武力的传统在华裔作家笔下的体现。

“支配性男性气质”也暗含了对美国社会中的“模范少数族裔”男性形象的批判。张岚笔下的华人男性命运有很强的隐喻性。小说中，李昂留在中国，蒲世建战死沙场，胡然为追寻爱人在横渡台湾海峡时溺水而亡，这些具有“支配性男性气质”的男人以各种方式被留在了故国的土地上，而去往美国的华人男性后代如蒲世建的儿子蒲力并不具有“支配性男性气质”，他幼时是

---

① 姜智芹：《美国大众文化中华裔男性的身份建构：以付满楚和查理·陈为典型个案》，《外国文学研究》2007 年第 1 期，第 133－139 页。

妈妈的宝贝，成年后是美国的“模范少数族裔”：

> 蒲力朝着意料之外的方向发展，他的根在国外的土壤里呈现出新的深度。他的优点在于他的严谨、坚持和善良的天性。这些年来，他工作和与人相处的能力使他一次又一次升迁，直到成为一家蒸蒸日上的软件公司的部门主管，老板和下属都认为公平合理、令人钦佩。他也证明自己是非常体贴、宽厚仁慈的丈夫。[①]

但是这并不能证明蒲力具有“支配性男性气质”，他的婚姻完全听从母亲的安排，显示了温顺缄默的特征。根据康奈尔有关男性气质分类的定义，在种族主义无所不在的美国社会，蒲力作为华裔体现的只可能是“边缘性男性气质”。而且张岚也坦言“并不是每个人都能像蒲力一样成功”。可见“模范少数族裔”的华裔男性虽然代表着他们在美国事业上的成功，但也代表着他们在美国社会委曲求全，以内敛而非张扬的姿态躲避美国主流社会的种族歧视攻击，低调追求财富的事实。张岚在《遗产》中直接将故国男性的“支配性男性气质”作为主要特征，进行浓墨重彩的渲染，表达了她渴望将华裔男性气质和白人男性气质并置且等同的理想，这对破除刻板印象的消极影响有积极作用。

周明琳（Rosalind Chou）在其社会学专著《亚美性政治》（*Asian American Sexual Politics*，2012）[②] 中也探讨了亚美男性的男性气质，她认为在白人“支配性男性气质”的影响下，亚美男

① CHANG L S. Inheritance. New York：Norton & Company，Inc.，2004：p. 253.

② CHOU R S. Asian American sexual politics：the construction of race，gender and sexuality. Lanham：Rowman & Littlefield Publishers，Inc.，2012.

性的男性气质受到威胁，他们不得不诉诸各种途径对自己的男性气质进行反建构，包括“母国文化建构”（home-culture frame），也就是从母国文化中获得力量的源泉。由前文细读可见，张岚对华人男性气质的建构也属于“母国文化建构”，她将华人从美国社会的“边缘性男性气质”中剥离出来，赋予其以“支配性男性气质”。因此，小说名“遗产”一词不仅指华裔父辈的人生遗产，同时也指代他们所代表的“支配性男性气质”的遗产。要建构属于自己的男性气质，华裔男性需要继承属于华裔男性的“支配性男性气质”，将其呈现于美国社会。从这个意义上说，小说中父亲李昂的形象具有开创性，因而必将铭刻在华裔美国文学的发展史上。

第三节　“达观”的老年：《大世界、小城镇》中的老年人形象

自19世纪中叶开始，亚裔人群逐渐来到美国谋生，在美国的劳作过程中他们遭到美国政府的排挤。1882年美国颁布的排华法案限制亚裔人群的移民、归化和组建家庭。之后，针对亚洲其他国家移民的法案陆续出台，如针对日本移民的“君子协定”（Gentleman's Agreement，1907），1917年颁布的以种族为依据的移民限令禁止除菲律宾外的任何亚裔人群移民美国。直到1965年，在美国民权运动的影响下，美国才修正了移民政策，亚裔人群开始大规模移民美国。据统计，亚裔美国人群是美国人口增长最快的人群之一。到2012年止，一千五百万亚裔生活在美国，占美国人口总数的5.1%。与此同时，随着美国社会老龄化问题

的不断加剧，到2050年，美国的老龄人口将达到八千八百五十万（88.5million），美国人口统计局预测到2030年每五位居民中将有一位超过六十五岁。[①] 亚裔美国老人将是这一老龄人群中的重要成员。

虽然亚裔老年人正在以显著的数目增长，对亚裔老人的研究则相对缺乏。班德纳·珀卡亚沙（Bandana Purkayastha）等在研究了老年文献后指出，“在老年学文献中，亚裔美国人是不可见的”[②]。不仅在社会学的研究中是如此，在亚裔美国文学中，亚裔老人的形象也并不多见。在为数不多的亚裔老人描写中，如裔昌的父亲，玉雪的父亲、母亲勇兰等，亚裔老人并没有显示出与年龄相称的老迈。相反，他们以家长的姿态积极介入经济生活、文化生活，积极认同美国，表现出了超越年龄的活力和独立自主的精神。如果说早期的亚裔作家在作品中所力图表现的不是老人，而是中华伦理、代际传承等的话，那么随着时间的流逝，我们不得不承认，亚裔美国人群正在老去，伴随着年老而至的身体机能衰退在他们身上无一例外地得到显现。

本节拟从社会学的老年研究出发研究华裔美国小说中的老年人形象。老年学研究是伴随社会老龄化潮流而兴起的反思老年的学术研究，其奠基之作是波伏娃的鸿篇巨制《老年》，它打破了社会上对老年和变老所保持的沉默。华裔美国小说中的老年人形象经历了历史的变迁，由“老而无用”的刻板印象演变为“老

---

① PURKAYASTHA B, IWATA M, MAJUMDARADUR S. et al. As the leaves turn gold: Asian Americans and experiences of aging. Plymouth: Rowman & Littlefield Publishers, Inc., 2012: p. 22.

② IPURKAYASTHA B, IWATA M, MAJUMDARADUR S. et al. As the leaves turn gold: Asian Americans and experiences of aging. Plymouth: Rowman & Littlefield Publishers, Inc., 2012: p. 3.

有所为”的积极变老的形象，其历程与美国少数族裔社区的演变和华裔美国作家对“老年”概念的理解密切相关。

一、从“智慧老人”到老而无用的老人

中国几千年的传统文化是以“孝”为核心的儒家传统文化，父母对子女需尽抚养义务，而子女对父母责需尽赡养义务。古语云“老吾老以及人之老”便表达了整个社会对于老年人的尊重，而“家有一老是一宝”则表达了老年人丰富生活经验对年轻人的指导和帮助。被移植进入美国社会的唐人街保留了这些中国传统文化，早期出现的华裔老人形象多为一家之主，如玉雪的父亲、裔昌的父亲、宾来家族的族长等。这些老人有知识、有理性、有权威，他们制定规则，解决危机，帮助青年人更好地适应美国生活，是华人老人中的典范。

林语堂在《唐人街》中塑造了老杜格这样一位充满活力的华工老人。老杜格是美国的铁路工人，他的人生已经成为唐人街的神话。当他到达美国时，他“已经变成了精明而又充满智慧的老人”[1]。在唐人街的新生代汤姆面前，老杜格充满豪情地回忆起当年建设美国的美好时光。老杜格是积极归化美国的典范，虽然他知道自己客居美国的身份，但是他没有为华工的集体形象抹黑，他的族人以中华文化的传统照顾着年老的他，他却为美国的发展深深赞叹和祝福，他认为“这个世界上并没有坏人”[2]，“这是一个伟大的国家”[3]，他的豪迈精神深深影响着汤姆，使汤姆

---

① 林语堂著，唐强译：《唐人街》，西安：陕西师范大学出版社 2004 年版，第 86 页。
② 林语堂著，唐强译：《唐人街》，西安：陕西师范大学出版社 2004 年版，第 91 页。
③ 林语堂著，唐强译：《唐人街》，西安：陕西师范大学出版社 2004 年版，第 90 页。

更加积极地认同美国。可以说，老杜格的智慧是对生活安然自足的智慧，是只愿奉献、不求回报的智慧，他的智慧代表了早期华人对美国的感情，只求接纳，不求其他。

华裔美国文学发展时期[①]的华裔美国作家如赵健秀、谭恩美等都写过华裔老年人形象。谭恩美《灶神之妻》中，珍珠发现："只不过眼下，为羞怯的新娘和轻佻的新郎订花的越来越少，为病人、老人和死人订花的越来越多。"[②] 这一转变如果不是习俗使然，它至少指出了华裔美国人群中的老人越来越多的事实。但是在谭恩美笔下，老人只是代表着年龄的增加，而且其老年人的身份只是在年岁渐长的女儿的对比下才能被认识到，老年人必然面对的身体衰老的各项特征均隐而不见。《喜福会》中打麻将的华裔老人没有显示出老迈的迹象，他们积极与女儿沟通，试图调和女儿的身份问题。《灶神之妻》中讲故事的雯妮已经年逾古稀，但精力充沛、精神矍铄。杜姨婆 93 岁离世，"直到生命的终点，都是精力充沛、身体康健的"[③]。谭恩美小说中的老年人形象与其说打破了老年就是衰老、老迈、孤独、疾病的刻板印象，还不如说谭恩美在小说中没有正视老年人的存在，因为无论是在文学作品中，还是在日常生活中，没有人愿意谈论老年。波伏娃曾犀利地指出：普通人"逃避老年"，"美国人甚至将死亡一词从他们的词汇里清理出去"[④]。思琳·伍德沃德也指出："对待老年，

---

① 蒲若茜将华裔美国文学的发展分为：20 世纪 70 年代的萌芽期，20 世纪 80 年代至 90 年代中期的发展阶段和 20 世纪 90 年代后期至今的多元化时期。本书沿用这一分类。

② 谭恩美著，张德明、张德强译：《灶神之妻》，杭州：浙江文艺出版社 1999 年版，第 13 页。

③ 谭恩美著，张德明、张德强译：《灶神之妻》，杭州：浙江文艺出版社 1999 年版，第 3 页。

④ BEAUVOIR S D. Old age. New York：Penguin Books，1977：p. 7.

美国社会在文化上是无知的。”①

幸运的是，部分华裔美国作家关注了华裔社区的老年人形象。相比谭恩美而言，赵健秀塑造了更为衰弱的华裔老人形象。早期作品《献给亡灵的食物》（*Food for All his Dead*，1962）中，步履蹒跚、吐血不止的父亲已经不能去舞狮。戏剧《龙年》中，患有肺病、早已病入膏肓的父亲在与儿子的争执打斗中猝死。短篇小说《一个中国女人死了》（*A Chinese Lady Dies*，1970）中，飞船独自一人照料着瘫痪在床、即将死亡的母亲。在新年即将到来之际，因无法忍受母亲的控制，并试图摆脱自己是“已经成年的侏儒”形象，他用膝盖将母亲打倒在地，并认为她“活该如此”。至此，虽然这位母亲仍然苟且生存，但她在试图独立、试图摆脱传统压力的儿子心中已经死了。

小说中的母亲是一个瘫痪在床的老年人，她的瘫痪将其困于唐人街狭小的房间中。身体的瘫痪意味着身体的失能，它将老人置于与婴孩一般需要人照顾的地位，但老人的人生阅历使其不甘居于婴孩的地位，其身体与灵魂处于完全割裂的地位，身体的桎梏使老年生活变成了煎熬。在著名的斯芬克斯之谜中，老人是三条腿的动物，与四条腿的无知金色童年、两条腿的如日中天壮年相比，老年的这“第三条腿”既是行动的助手，也是多余的包袱，是古希腊人对于老年的思索。著名诗人叶芝在《驶向拜占庭》一诗中不无调侃地说：

一个老年人不过是卑微的物品，

① HENNEBERG S B. Of creative crones and peotry: developing age studies through literature. NWSA journal, 2006, 18 (1): pp. 106 – 125.

披在一根拐杖上的破衣裳，
除非他那颗心灵拍手来歌吟，
为人世衣衫的破烂而大唱。①

叶芝的诗句表达了变老的残酷和说话者深切的痛苦，而这痛苦主要来自身体的衰老、病痛的产生以及社会对年轻的狂热。但是中国传统社会的老人并不是“卑微的物品”，相反他享受着儿女的爱护和尊重，儒家学说倡导“老吾老以及人之老”，中国俗语也有“家有一老是一宝”的说法。特纳在《身体与社会》一文中指出：

很难把父权制和老人统治分离开来，所谓老人统治就是老年男人对所有辈分和所有性别的家庭成员行使政治支配权。殖民地美洲的早期历史可以进一步说明《圣经》的父权制意识形态曾被用来支撑老人统治制度。②

也就是说，中国传统的父权制社会其实就是一种老人统治，它把老人的地位提升到家庭主宰的地位。“老年学”一词的英文“gerontology”也赋予老年以荣誉感。“gera，geron：该词指代老年，也指年龄的特权、年长的权利、典型的地位。”③

中国传统的孝道文化要求儿子尽孝，反哺父母以谢养育之

---

① 叶芝等著，袁可嘉译：《驶向拜占庭》，北京：中国工人出版社 1995 年版，第 150 页。

② 布莱恩·特纳著，马海良、赵国新译：《身体与社会》，沈阳：春风文艺出版社 2000 年版，第 192 页。

③ BEAUVOIR S D. Old age. New York：Penguin Books，1977：p. 111.

恩，但是美国社会的精髓则是个人主义。当中国传统文化被移植进入美国社会时，年轻人必须承担的赡养义务与年轻人热爱追求的独立自由生活形成冲突，必然造成年轻人的精神重负。身体残疾、精神卑微的父母亲给自己的儿女造成了极大的精神压力。《龙年》中，弗雷德在剧始便规划父亲死后大家的生活，剧末他坚决要求自己的家人离开唐人街。《一个中国女人死了》中的儿子飞船在长年累月照顾母亲的任务中已经变得麻木不仁，因而拒绝与母亲再次建立起如儿时般亲密的感情，他不止一次想到母亲的死亡和葬礼，并直言母亲“让他很烦”。对于他而言，母亲象征着中国的孝道传统，象征着他无法摒弃的族裔身份，也代表着令人窒息的母爱。他表面在默默忍受，内心却时刻渴望打破束缚。

在《一个中国女人死了》中，读者看到了华裔社区遭受病痛的老人形象，她被丈夫抛弃，渴望儿子的爱，但是不得不面对“久病床前无孝子”的悲哀，但是她以中国人顽强的韧性活着。华裔美国社区的老人又何尝不是如此？因为语言、种族的原因，他们在美国很难融入美国主流社会，在美国逐渐老去时，他们身体遭受病痛的折磨，同时经历着子女的疏离，这使他们原本痛苦的移民生活雪上加霜，他们的人生映射着唐人街“孝”文化的失落以及父辈与子辈的代际冲突。

二、《大世界、小城镇》中的“达观”老人

华裔美国小说在繁荣时期很少出现老人形象，有其特定的历史原因，首先，华裔作家自己比较年轻，他们更加关注年轻的华裔移民或土生华裔对于身份与中华文化的困惑；其次，华裔老人

题材的受欢迎程度不如华裔年轻人题材，因为即使最乐观的哲学家在面对老年时也是矛盾的。

但是，年龄渐长和身体衰老并不意味着精神随之衰老，并且老年人同样拥有追求幸福的权利。这样的老人在华裔美国文学中逐渐重现。随着时间的流逝，早期成名的华裔美国作家正在老去，华裔美国老人的形象也越来越多地出现在文学作品中，尤其是任璧莲的作品中。《谁是爱尔兰人》中索菲的外婆是68岁的中国移民；《爱妾》中的王妈妈是身患老年痴呆症的第一代华裔移民。《大世界、小城镇》则以老年人为主要角色：有68岁的中美混血老人海蒂，66岁的白人老人卡特，已经步入老年的柬埔寨移民张，结婚37年的白人吉蒂和匈牙利裔埃弗里特夫妇……《迈阿密先驱报》认为这部小说是“小说的胜利……任再现了最强大的美国、最弱小的美国、最脆弱的美国。《大世界、小城镇》是她目前为止最丰富、最温馨的作品”。任璧莲将小说人物置于虚拟的地理空间——河湖镇，通过老人的视角审视了移民、中西文化差异等问题。

同所有的老人一样，河湖镇的老人面临着身体机能的衰退。吉蒂腰不好，走路不便；张因为坐骨神经痛而不能再在院子里劳作，同时还患有糖尿病；海蒂的右腿不灵便，听力衰退，视力下降。因经常犯错、不再有新观点而被迫从大学教授职位上退休的卡特则是秃顶。卡特和海蒂互相调侃对方说：

> “你成了一个动物爱好者。”
> “你成了光头。”
> “你戴着两副眼镜。”
> “我还有牙齿，你呢？”

“大多数吧。”

“真了不起。”[①]

上述卡特与海蒂的对话，不仅指出了年老带来的身体变化，而且表现了说话者对身体变化的调侃态度。也就是说，虽然年龄渐长，他们却以积极乐观的态度面对衰老。在戏谑身体表征的同时，他们正在以积极的态度面对老年。海蒂和她的散步小组成员称老年生活为“中年的后期”[②]，称自己是“生活的老兵”[③]，这些委婉语的使用表现了河湖镇老人在面对老年时的积极态度。

区鉷等在分析叶芝的诗歌《驶向拜占庭》中关于老人的诗句时指出：“在残酷的‘变老’现实面前，说话者和诗人将智慧和灵魂变成为战胜失落和痛苦的武器。因来自智慧和灵魂的喜悦，说话者在‘变老’面前不再显得软弱无力、徒然伤感，而具有了主宰现实的力量。”[④] 与叶芝一样，海蒂同样通过仁爱的灵魂来获得面对老年的勇气。海蒂的父亲是孔子后裔，母亲是基督教传教士，海蒂是中美混血，她的身上糅合了中国传统文化与基督教文化的精髓。年老的海蒂赞赏儒家的“仁”文化，在她看来，“仁”就是“善”，“仁”的观点需要培养，需要坚持。虽然儒家思想中也有糟粕，如海蒂认为儒家礼仪和经典文本的复兴有不妥之处，但是求“仁”和“达观”哲学对人的修身养性至关重要。海蒂在小说中一直以“达观”哲学指导自己的老年生活。

---

① JEN G. World and town. New York：Vintage Books，2010：p. 93.

② JEN G. World and town. New York：Vintage Books，2010：p. 68.

③ JEN G. World and town. New York：Vintage Books，2010：p. 68.

④ 区鉷、周芳：《悲喜交织的“变老”——论叶芝以“变老”为主题的诗歌中的“悲剧中的喜悦”》，《中山大学学报》（社会科学版）2011 年第 3 期，第 45 – 49 页。

“达观”一词，任璧莲直译为 detachment，指的是一种超然物外的态度，一种“不以物喜，不以己悲”的豁达的人生态度。孔子曾云：“吾十有五而志于学。三十而立。四十而不惑。五十而知天命。六十而耳顺。七十而从心所欲，不逾矩。”（《论语·为政》）也就是说，老年人要“从心所欲，不逾矩”。任璧莲将“达观”解释为“一种人已经超越了生活，看透了生活的感觉”[①]。“达观”的生活意味着既要积极参与生活，又要经得起生活中的风风雨雨，在困难面前不害怕、不退缩，要勇敢面对。

“达观”的生活态度是河湖镇老年人生活的提炼。吉蒂的丈夫埃弗里特在青少年时期参加了越南战争，相对于战争带给他的创伤，婚姻失败、生活困苦所带来的创伤要更大。埃弗里特在生活处处受挫时没有想到自杀，在经营农场被骗钱财时也没有想到自杀，但是吉蒂放弃他们 37 年的婚姻，一心信仰上帝，将埃弗里特逼上了自杀的边缘，情感孤独的老年男人不够达观，因而走上了绝路，但这并不是老年人对待有挫折的生活的唯一选择。

“达观”首先意味着欣赏自己，包括自己已经日渐衰老的身体。海蒂重新评估了自己的身体状况。“尽管她只是一个老女人，有着老女人的皮膜细胞，她胸口下的那一块，如果她可以自夸的话，仍然柔软娇嫩”[②]。这使得她在面对老年时信心百倍。此外，“达观”意味着豁达地对待身边发生的事情，同时要有强烈的善恶观。正是因为达观的精神状态，海蒂在得知自己的初恋情人卡特搬回河湖镇居住时，虽内心波涛汹涌，但表面上无动于衷，她寄情于创作中国山水画来抚平情绪。朱迪告诉她卡特和吉尔在约

① JEN G. World and town. New York：Vintage Books，2010：p. 26.

② JEN G. World and town. New York：Vintage Books，2010：p. 27.

会时，海蒂同样以作画回应。亲戚们抱怨海蒂未将自己父母的尸骨埋在曲阜，未能与孔家先人在一起、未能入土为安，导致他们的人生面临种种困难和厄运时，虽然海蒂知道这并不是祖先是否眷顾的问题，而是整个社会面临的社会问题，但她仍然以达观的心态面对一封封抱怨的信件。海蒂看着索菲一步步陷入吉蒂错误的宗教思想的影响，有心相助但苦于没有机会，只能求助于达观的哲学心态。但是任璧莲笔下的“达观”少了一些闲适，多了一些“不以物喜，不以己悲”的无奈。小说的第三章海蒂“再次起身战斗”表达了海蒂积极的入世观。可见，“达观”只是一种人生策略，是在面对困难时的一种以退为进的态度。而海蒂正是以守为攻，以积极的心态入世，也正是在守的过程中，海蒂看到了世界秩序的不和谐。虽然她并不迷信孔子的礼仪习俗，她决定还是将父母在爱荷华的尸骨送回曲阜安葬，如果世界因为孔圣后人的入土为安而变得和平，那么她已经贡献了自己的微薄之力。

三、老与青的代际传承

波伏娃在其专著《老年》中称，鉴于老人被视为“异类”，不是“真正的人”，整个社会对老年的态度不是“愧疚的”而是“可耻的”，她着手对老年进行研究，旨在“打破沉默的阴谋”，迫使读者听到他们的声音。[1] 华裔美国作家正是秉承着这一创作宗旨，使被“他者化”的老年人发出自己的声音。

老年人积极归化的行为主要缘于唐人街父权制家庭的瓦解和华裔搬离唐人街的向外移动。早期的华裔移民大多和自己的族人

---

① BEAUVOIR S D. Old age. New York：Penguin Books，1977：p. 8.

一起生活在唐人街，保持着中国的传统父权制。例如：《花鼓歌》中的王家两个儿子与父亲王老先生、姨妈唐太太住在一起，这是一个小型的家族单位；《吃碗茶》中的宾来和父亲、王姓族人生活在一起。但是，在《大世界、小城镇》中，中国传统父权制社会正面临着解体。华裔或者说亚裔人群并没有生活在亚裔聚居的地方，而是与白人混住在一起。华裔的大家庭模式被“核心小家庭”模式所取代，海蒂和丈夫乔育有一个儿子乔希，卡特与前妻育有两个女儿。伴随着父权制的崩溃，老人在家中的权威地位已经不复存在，老年人必须介入外在的社会生活来追求存在感。

在小说的前奏中，作者描述了一个“失去的世界”，这个世界是以孔子为代表的儒家传统文化，他们讲求父与子的代际传承，遵循“厌女的传统”“老人统治的传统”[①]。此处的“老人统治”传统树立了老人在家中的地位，所有子女都必须服从老人的权威，老年人与年轻人的交流是在命令与服从的过程中完成的。但这毕竟是一个已经“失去的世界”。海蒂在年轻时便来到了美国，她的生活里父母不在场，在爱荷华的祖父只是普通的农夫，在家中并没有权威，她寄宿家庭的家长海奇教授（卡特的父亲）整日醉心于科学研究，经常缺席，中国传统的“老人统治”被崇尚个体、崇尚自我、崇尚年轻的美国社会所替代。

小说中，老年人主要通过与年轻人的交流以与外部社会、与整个社会建立联系。在谈及年轻人和老年人之间的关系时，西塞罗指出：

一般说来，年轻人并不讨厌老年人，而是比较喜欢老

---

① JEN G. World and town. New York：Vintage Books，2010：p. 8.

> 年人。因为，正如明智的老年人喜欢同有出息的年轻人交往，年轻人的亲近和爱戴可以减除老年人的孤寂一样，年轻人也乐于聆听老年人的教诲，这些教诲有助于他们去寻求美好的人生。[①]

老年人在年老之时能给社会提供的最大财富便是他们的人生智慧，而最能从他们的智慧中受益的便是年轻人。在海蒂退休、丈夫去世、儿子在外地工作之后，海蒂也调整了自己的生活态度，她决定“重塑人生”[②]，她将目光投向了新邻居，一家柬埔寨移民，尤其是他们家中 15 岁的女儿索菲。在曾经做过高中老师的海蒂看来，索菲是“一个勤奋的女孩，本应该去上学的”[③]。为此，她主动和索菲交朋友，带着索菲去市场，教她中文，和她聊天。但是，海蒂散步小组的另一位成员吉蒂也在接触索菲，并成功将她拉进自己原教旨主义的宗教组织。在吉蒂的暗示下，索菲将哥哥沙伦看作是造成家庭不幸的害群之马，并试图嫁祸于他。海蒂没有当面批评，而是同样从《圣经》出发，引经据典解读基督的泛爱思想，表现出了渊博的学识，并尊重年轻人的学习和认知习惯，没有强行灌输，而是让其自己思索、自己感悟、自己成长。在父亲毒打沙伦后，索菲认识到了自己的错误，了解到海蒂并没有要监视她，而是一直在关心着她，因而与海蒂真正和解。正是与年轻人的交流使海蒂等人的老年生活不再寂寞。

不仅是海蒂，卡特和张也在和年轻人的交流中重新确定了自

---

① 西塞罗著，徐奕春译：《论老年　论友谊　论责任》，北京：商务印书馆 2009 年版，第 15 页。

② JEN G. World and town. New York: Vintage Books, 2010: p. 25.

③ JEN G. World and town. New York: Vintage Books, 2010: p. 76.

己的位置，因而以更为积极的心态面对老年。张和儿子一直处于对峙状态，小说最后父与子的和解昭示了移民生活的光明前景。卡特是另一个66岁的孤独的老年男人，妻子在世时已经与他形同陌路，女儿在自己母亲的影响下疏远了父亲，甚至不邀请父亲参加自己的婚礼。他的前妻曾经抱怨他“你知道所有的东西，你能玩所有的东西。乐器、球类，任何东西。但是，你从来没有学会去关心任何事情，真的。任何事情，任何人”[①]。搬回河湖镇后，在海蒂的建议下，他成为索菲的吉他老师，成功扮演了一个好老师和父亲的角色。卡特在自己家中被自己所疏忽的父亲角色在索菲这里被实现。通过与年轻人接触，他重新积极介入了生活，在小说最后，他主动要求与埃弗里特沟通并帮助他。他的变化与成长使他与周遭世界形成良性互动：他与年轻人共同受益，整个社会也因此得益。

凯思琳·伍德沃德提出了老年的镜像阶段：

> 衰老的身体在镜像阶段的恐怖之处可以理解为年轻人自恋的镜像阶段的快乐的反转。随着年老，我们越来越把真实的自己和我们的身体分开来。我们说我们真实的自我——我们年轻的自我——藏在我们的身体之内。我们的身体老了，我们没老。于是，老年被描绘为身体与自我对抗的状况，我们同自己的身体疏离了。这是一个普遍的心理事实。[②]

---

① JEN G. World and town. New York：Vintage Books，2010：p. 292.

② HENNEBERG S B. Of Creative crones and peotry：developing age studies through literature. NWSA journal，2006，18（1）：pp. 106 - 125.

“镜像阶段”指出了老年的一个事实，那就是他们精神的日益丰富和身体的日渐衰老。他们可以为这个世界贡献他们的记忆和经验，但是他们缺少的是健康和力量，以及适应新事物和发明创造的能力。所以他们需要在与年轻人的交流中找到自己的位置，贡献自己的知识和经验。《大世界、小城镇》中的老年人是心态年轻、积极入世的老年人，他们正视老年的存在，老年宽宽的河道不应该是归入大海之前的绝望，而是滋养万物的存在。事实上，“青春活力”一直是西塞罗乐于歌颂的对象。西塞罗曾崇拜地说：“正如我钦佩老成的青年一样，我也钦佩有朝气的老年。凡力求保持青春活力的人，虽然他的身体也许会老，但他的心灵是永远不会老的。”[①] 这群老人面临着一个变化了的世界和正在衰老的身体，他们在老年到来时积极调整心态，面对老年，力求“老有所为”：他们一起练瑜伽；在美国的北方仍然春寒料峭之时，下水游泳；有各种业余的兴趣爱好，如烹饪、绘画；他们一起面对老年：海蒂和其他几位女士组成了散步小组，经常一起聚会、讨论、串门，这些活动极大缓解了老年所带来的孤独感、不适感。此外，他们还一起参与社区的建设，反对在镇上建手机信号塔，反对建超市，表达了老年公民对社会应有的责任感。

任璧莲在小说中借“9·11”事件表达了对世界和平的关注。在她看来，美国并不是一个坚固的城堡，任何人，尤其是年轻人，在错误思想的指引下，都有可能成为攻击美国的恐怖分子。由此看来，老年人与年轻人的交流意义非凡。任璧莲在多部小说中倡导的跨越族裔公民身份职责正在于此：人与人，不管其族裔

---

① 西塞罗著，徐奕春译：《论老年　论友谊　论责任》，北京：商务印书馆 2009 年版，第 20 页。

身份为何，都应互相帮助，共同建设一个美好的社会，在这样的社会里，老人的智慧与年轻人的活力并行不悖。

文学作品中塑造老年人形象的目的不在于指出人生就是一个不断滑向衰老和死亡的过程，而是指出人生是一个接受年龄的挑战，从关注身体到关注心灵的超越过程。老年人的积极变老不仅在于接受社会的变迁，正视老年的存在，而且在于保持平和的心态，与年轻人进行有效沟通。华裔美国作家对老年人形象的贡献不仅仅展示了老年人由社会边缘地位向中心地位积极位移的努力，他们将老年看作人生的全新阶段，并赋予其意义，老年人在华裔美国小说中因而逐渐摆脱了刻板印象式的存在。

结 语

身体研究是20世纪兴起的批评视角，它将与灵魂处于二元对立的弱势一极的身体置于聚焦灯之下，分析身体所承载的表象与意义。纵观华裔美国小说中的身体书写，身体作为一个被压制、被异化的对象而存在；华裔美国文学评论中有对华裔美国身体书写的零散研究，但无系统性、整体性的分析。本书以华裔美国小说中的身体书写为研究对象，所选取的文本对象既包括早期华裔美国作家如水仙花的作品，容闳的《容闳自传：我在中国和美国的生活》，雷霆招的《吃碗茶》、包柏漪《春月》等，也包括华裔美国文学发展鼎盛时期的作品，如汤亭亭、赵健秀、谭恩美、任璧莲等的作品，同时还包括华裔新生代作家如张岚、刘爱美、赵惠纯等的作品。在文本选择上既有历时性，又有共时性，同时以身体与身份的关系为主线观照了华裔美国小说，展现了华裔美国身体独特的存在。具体说来，华裔美国小说中的身体书写经历了两个层面的演变：从对身体的不自觉书写到自觉书写的转变、从文化自省到文化自爱的转变，从中我们可以深切体味华裔美国作家所采取的身体政治。

一、从对身体的不自觉书写到自觉书写

华裔美国人群从刚踏上美国的土地开始，便面临着刻板印象的桎梏。这些刻板印象在东西方的交流与碰撞中逐渐形成，并根

深蒂固。这些刻板印象包括将华裔女性当作“性商品”，将华裔男性当作被“阉割”的对象。对华裔女性的污名化现象源于西方白人对于东方女性的文学建构，如“菊子夫人”“蝴蝶夫人”等，这些柔弱的“性客体”形象在20世纪不断发展，并产生各种变体，如“苏丝黄”“西贡小姐”等。在这些叙述中，女性被等同于她们的性别身体，她们彻底被物化、被他者化，处于失语的状态。更让人沮丧的是，这些女性自觉自愿采取白人男性的眼光看待自己，也就是将白人男性的凝视、渴望内化，以求达到这些西方恩主的要求。重新书写华裔女性的性别身体显得尤其重要。对于华裔男性的“阉割”话语始于早期华人所从事的职业，如洗衣工、厨师等原本是女性从事的职业。唐人街的单身汉社区则强化了这一刻板印象。西方主流社会刻画的陈查理形象便是阴性化的华人男性的典型代表。陈查理是一个“身材矮胖、笑容可掬、充满智慧”的华人侦探，他纯洁、无暴力倾向、无男性欲望，是“模范少数族裔”的典型代表。

早期的华裔美国作家在书写身体时是不自觉的，他们将华裔美国人的身体当作一种文化符号，比如华人男性的辫子，它在华裔美国作家笔下是一种隐性的存在。在容闳的《容闳自传：我在中国和美国的生活》中，我们只能读到外国人对他假辫子的侮辱以及他仅存照片中的辫子。在早期的文学作品中，我们也很难找到关于华人女性缠足的书写。也就是说，当时的华裔/人作家将辫子、缠足等华裔身体表征当作想当然的存在，并没有给予太多笔墨。早期的华裔美国作家如水仙花主要从精神层面书写华裔/人，她在小说中不吝笔墨赞美华人的勤劳善良，在《白种女人嫁给华人的故事》中，白人女子米尼认为相比自己的白人前夫而言，华人刘康喜是更好的丈夫，他的精神力量、道德感远胜于体格健壮的前夫。小说既挑战了白人男性的权威，又呼吁了种族容忍，同时突出了华人男性的优点。此外，水仙花为处于社会边缘地位的华裔代言，让这一群沉默的人发出自己的声音，讲述自己的故事，这是对自己文化身份的高调展示。因为水仙花本人是欧亚裔混血儿，所以在她的小说和自传中都讲述了欧亚裔混血儿与众不同的身体表征和他们所经历的身份困惑。在《摇曳的影像》中她讲述了欧亚裔混血儿夹在华裔与白种人之间，身份无所适从的故事；在自传中她讲述了自己选择做华裔代言人的缘由。可以说，在华裔美国文学发展的早期，身体书写是不自觉的，是隐性的。

华裔美国小说发展的鼎盛时期的优秀作家如汤亭亭、赵健秀、谭恩美、任璧莲等开始关注华裔的身体表征，此时的身体书写进入了显性书写阶段。20 世纪下半叶关于华裔女性缠足的文本大量出现，如包柏漪的《春月》、林露德的《千金》、张邦梅的《小脚与西服》、哈金的《等待》、张岚的《遗产》、邝丽莎的《雪花秘扇》《恋爱中的牡丹》、叶添祥的《丝带》等。邝丽莎在小说中对华人女性如何缠足进行了细致的再现。林露德的传记文学《木鱼歌》中对吕金功的辫子及其剪辫行为所代表的意义进行了艺术再现。华裔美国作家对族裔身体的再现与 20 世纪 60 年代的“文化民族主义”形成互文关系。“文化民族主义”在于强调本国的文明，通过追溯本国的文化资源，挖掘被湮没的民谣、神话等形成新的民族身份。同时通过再现文化的差异性来更好地表述自己，以期被接受，其目的是对抗美国社会的种族歧视。

华裔美国作家不仅写族裔身体，还写受到种族性别双重压迫的女性身体。例如，在书写乱伦禁忌时，包柏漪、赵惠纯都表达了父权制度对女性的压迫，除此之外，他们对故土家园的态度也显露其间。包柏漪对家园充满深情，依依不舍；赵健秀将背弃美国文化的华裔视为“甘加丁”；而赵惠纯则在叙述父亲的死亡时已经表达了斩断家园之根的态度。在女性的主体意识与家园意识的角力中，华裔美国人加入了“脱亚入美”的历史洪流，其间体现了他们经历过的心路历程，他们是美国人，已经归化进入美国，但是由于其肤色，仍然被当作外来人。小说中，对家园的依恋和排斥呈线性发展的趋势，表现了华裔作家渴望归化进入美国的渴望，但是他们所面对的不仅是中国文化强大的生命力，同时还有美国社会无所不在的种族主义制度。由于无法消弭的种族特征，华裔归化进入美国还有很长的路要走。

不仅如此，华裔美国作家还大胆书写遭受种族压迫后心灵创伤外化于身体的失能身体，如汤亭亭《女勇士》中的姨妈月兰、水仙花短篇小说中的宝玲、赵惠纯《猴王》中的萨莉等发疯的女人；《纸女儿》和《单人纸牌戏》中患厌食症的女性形象。如果说疯癫是灵魂抛弃了身体，身体在这个世界上无所归依，那么厌食症中的少数族裔女性本质上追求着符合美国审美标准的身体，拒斥着自己的族裔身体，表现出华裔美国女性积极归化进入美国的努力。这些都是病理现象，值得评论界深思。

华裔美国女作家创作的遭受性别压制和身体失能的女性人物，符合东方主义话语中常见的遭遇父权制压迫而不懂反抗、正在受难需要解救的亚洲女人形象。对于这种可能出现的“自我东方化”倾向，华裔女作家做出了回应：汤亭亭力图颠覆刻板印象，并利用中华文化中的花木兰形象为华裔女性代言，以抵消“沉默的姑姑”所遭受的性别歧视、“发疯的姨妈”所遭受的身心创伤。在《女勇士》的第一章，汤亭亭通过书写表达了“言说”决心，她在母亲所讲述的姑姑的故事的空白之处，加入了自己的想象，还原了一个有血有肉、遭遗弃的“金山婆”形象。谭恩美小说中的华裔女性获益于母女关系，对自己的文化身份有了更深刻的认识。这些女性作家身处两种文化之间，她们对比东西方的差异并大声言说。

华裔男性作家则意在颠覆、解构美国主流社会的陈查理形象，并重构具有男性气质的华裔形象。黄哲伦的《蝴蝶君》中将华裔男性被“阉割”的形象文本化，既表现了刻板印象的谬误，也诘问并解构了这一刻板印象。华裔学者黄运特对陈查理的原型形象进行了文学性和历史性的双重再现，其目的在于展示一个真实的陈查理和真实的华裔形象。此外，华裔美国作家还将男性气质进行重新定义。西方的男性气质主要展示男性的力量和坚定的毅力；但是中国的男性气质并不与女性气质完全对立。中国的“阴阳”观点不是将“阴”看作“阳”的对立一极，而是“阴中有阳”，“阳中有阴”，“阴阳协调”。可见，中国男人是具有“男性气质”的群体，只是他们的“男性气质”不同于西方社会对女性气质呈二元对立的“男性气质”。张岚在《遗产》中塑造了具有“支配性男性气质”的华人男性形象，“支配性男性气质”突出华人男性的阳刚之美，它既是中国封建社会千百年父权制度的结果，也是美国社会崇尚武力的传统在华裔作家笔下的体现，同时暗含了对美国社会中的“模范少数族裔”男性形象的批判。“模范少数族裔”的华裔男性虽然代表着他们在美国事业上的成功，但也代表着他们在美国社会委曲求全，以内敛而非张扬的姿态躲避美国主流社会种族歧视的攻击，表达出一种低调生存的事实。

进入 21 世纪，华裔美国文学的发展进入新的阶段，早已成名的作家如汤亭亭、谭恩美、任璧莲等继续进行文学创作，为美国少数族裔文坛带来了丰富的精神财富，使身体书写更为丰富。任璧莲的《爱妾》将华人女性与白人女性的身体并置，使其互为参照，表达了杂糅东西方文化的努力；《大世界、小城镇》中，她书写了健康的老年人形象，他们身怀社会使命，老而弥坚，显示了老年人的主体性。伍绮诗的《无声告白》中有婚外恋、同性恋的身体书写。华裔美国作家在再现身体的同时也思考身体所代表的意义。

二、从文化自省到文化自爱

华裔美国小说中身体书写的历史变迁呼应了华裔美国作家所采取的文化态度。早期华裔美国作家的作品中再现了华裔的族裔身体。虽然学界一直认为种族（race）是一个社会建构，但是它对肤色的强调不可忽视。华裔美国作家在考查早期的华裔身体形象如辫子、缠足或混血体征时采取了“文化自省”的态度。他们认识到了华族文化的不足，力求改变。以辫子为例，辫子并不是华人的专利，在美国社会，它不仅是华工身份的象征，也是印第安人身份的象征。美国印第安人同样留有一头长长的编好的辫子，印第安人社区普遍都有留辫的习俗，而留辫代表着他们在未受主流文化侵蚀之前对印第安人身份的彰显。但是华人在与美国文化的交流碰撞中，认识到辫子所代表的粗鄙、落后的形象，所以在华裔美国文学文本中，读者读到了很多先于国人剪掉辫子的例子。华裔作家的“文化自省”态度是很有必要的，它首先承认了华族文化中的糟粕，并能以比较的视野帮助华族人群在变化中求发展，求归化。

“文化自省”的态度不仅体现在中西文化的对比呈现中，还体现在对世界性文学母题的创造性思考中。华裔性别身体的书写，如婚外恋、乱伦等，华裔失能身体的书写如残障、疯癫、厌食症等都可以在世界文学的版图中找到其文学姊妹。相关的文本在本书的论述中已经提及，相关的研究成果为本书提供了极有价值的参考。同时，它为我们分析华裔美国身体提供了很好的视角，即华裔美国文学文本与世界文学文本之间的共性和独特性。将华裔文学文本纳入世界文学版图，用比较的视野思考其对该母题的推进都是华裔美国作家思考自身文化的一种方式。

而随着社会的发展，华裔人群开始正视自己身体的存在，他们有的张扬华裔的族裔身体美。他们所采取的态度可以称之为“文化自爱”的态度。惠特曼在《孙行者》中大力宣扬华裔“黄皮肤”“细眼睛”的身体美，赵健秀通过中国经典文学中的男性形象如关公、李逵等塑造具有男性气质的华裔男性形象。这些华裔美国作家既批评了盛行于主流社会的对华裔的刻板印象，同时也批评了华裔通过整容等方式，如割双眼皮、隆胸、隆鼻、漂白皮肤等手段走上身体的“白化”之旅。他们认为这些是“身体的殖民主义”，其本质在于贱斥华裔的族裔身体。这些华裔作家认为，既然身体外表是我们无法改变的特征，与其痛恨它，还不如接受它，并努力为其争取应有的地位。毕竟，人与人之间是平等的。

“文化自爱”是抵抗美国种族主义最有效的手段。美国的种族主义在20世纪经历了由显性到隐性的历史性转变。早期的美国排华法案、反异族通婚法案将矛头直接对准刚移民进入美国的华裔，由此造成了唐人街的单身汉社区以及欧亚裔混血儿的存在。1965年之后，美国调整了移民政策，华裔的移民比原来顺畅了，但这并不意味着他们就能轻易融入美国社会，他们仍然遭受着无处不在的“玻璃天花板”。在张岚的小说《渴望》中，20世纪60年代进入美国的小提琴手宋天虽然才艺出众，却无法在美国的学校获得终身教职。任璧莲的《大世界、小城镇》中的孔海蒂在20世纪50年代移民美国，她虽然是欧亚裔混血，但是同华裔一样遭受歧视：她不能嫁给自己所爱的白人青年卡特；她学业优秀，但无法进入大学的研究团队，只能另谋他职。即便身怀“美国梦”的“典型美国佬”拉尔夫·张也免不了被白人助理戏弄、被生意搭档欺骗、被妻子背叛的命运。可见，美国的种族歧视是个长期的问题，它源于身体，但又不限于身体。对抗种族歧视既需要少数族裔作家的不断揭发，也需要华裔人群的奋发图强、齐心协力。

“文化自爱”意味着要彰显中华文化自身的魅力，用英语讲述华人自己的故事。华裔儿童文学作家叶添祥在《龙翼》中讲述了梳着辫子生活在美国、醉心于科技发明的父亲形象；在《丝带》中他将中国的缠足与西方的芭蕾舞舞者的脚并置，表达了华裔女性身体意识的觉醒。汤亭亭利用中国传统花木兰的形象表达了要打破美国社会性别歧视和种族歧视的努力。邝丽莎在《雪花秘扇》中讲述了地道的中国故事以及中国女人在逆境中（如缠足、生育）相互扶持而建立的深厚友谊。正是中国博大精深的文化赋予了华裔美国作家源源不断的创作灵感。

但是，华裔的“文化自爱”有时容易走向极端，其表现形式是对中华文化的不断重塑，如华人女性的缠足行为，在中国消失多年以后它仍频频出现。例如，华裔美国文学中缺少道德批判的乱伦书写，它从一个侧面彰显了中国文化的愚昧落后。这既是作者的主观选择，也是美国市场的选择，与其说作家要展示中华文化，还不如说他们要吸引西方读者好奇的眼光。华裔美国作家主要用英文进行创作，他们的读者群是懂英语的华裔群体和美国群体。他们用英语呈现了来自亚洲国家的生活经历，同时他们流畅的英语又剔除了这些外来文本的异质性，使美国读者在流畅英语的帮助之下经历着一次“奇幻之旅”。不仅如此，为迎合美国主流社会的期待，他们既展示了华族文化的精华，也展示了华族文化中的糟粕。缠足的频频出现、“割肉救母”的桥段正是他们企图吸引白人读者眼球的努力。在2014年出版的小说《无声告白》中，华裔作家伍绮诗不仅塑造了东方男人与西方女性的爱情、婚姻，而且涉及西方女人的离家出走与回归、婚外恋，甚至同性恋等禁忌题材，成为亚马逊最佳畅销小说。所以，从这个层面上来说，华裔美国作家爱的不是中华文化，而是作为美国作家的成功感。

三、华裔美国作家的身体政治与身份认同

身体政治强调身体是权力的产品，它将身体前置，思考了不同文化场景中身体所代表的意义以及其所指涉的社会文化意义。从早期留辫或剪辫的华人移民到饱受种族压迫、性别压迫艰难归化的华裔，华裔的身体表现与身份认同保持着高度一致，这是独特的华裔身体政治。

身体政治需要置于具体的文化语境中考察。华裔离开了自己的母国文化体系，处于流散的生存状态，身体既是一种符号，也是一种归化障碍。华裔对自己身体的态度非常矛盾。以华人的辫子为例，华人移民处于中国文化与美国文化的居间阶段，早期华人移民从留辫到剪辫的变化，代表了对腐朽的清政府统治的反抗，同时也代表了中国从西方人眼中的野蛮国度向文明社会进化的过程，但是华人移民的身份在这一过程中却陷入危机。他们剪

下辫子是为了反对清政府，可当时的清政府仍是当权政府；他们剪下辫子是为了归化进入美国，但是美国社会仍然把他们当作“他者”，19 世纪末期至 20 世纪初期美国社会的排华浪潮一浪高过一浪。这些在美华人处于进退两难的境地，他们需要在美国挣钱谋生，却又受到美国白人的歧视和排斥，处于一种退无可退、进无可进的状态。可见，辫子早已超越了身体的能指，进入身份认同的范畴。

这里所指的身份认同不是认同母国文化，虽然华裔美国作家在作品中频频造访母国，黄玉雪在《华女阿五》大获成功之后来到中国，并写书记录了自己的中国之行，但是她代表的是美国公民。身份认同也不是认同赵健秀推崇的“亚裔美国感”，“亚裔美国感”强调种族、出生地和在美国生活的族裔经验的重要性。这一提法其实将亚裔作为他者标记出来，正是因为族裔身体、族裔差异的存在，“亚裔美国感”才得以存在。事实上，华裔认同的是美国身份，他们是美国公民，因此他们希望得到与美国白人公民相同的对待，在存在种族歧视的美国，他们的要求也是他们的一种政治姿态。华裔作家在进行文学创作时也在思考如何表征身体和身份，他们在书写身体时心中总是渴望得到美国主流社会的接受：将他们当作美国人而不是执着于他们“从哪里来”的问题。

此外，在考察身体政治时还应意识到身体不仅是物质的存在，还是精神的存在。精神不等同于与身体相对立的灵魂，而是身体在权力的规训压制下对心灵产生的创伤性影响。身体政治表现于华裔主体身体失能前后的表征，尤其是华裔美国女性，她们父母所代表的母国文化、孝道忠诚与美国社会推崇的自由民主思想在她们身上产生撕裂性的影响和痛苦。这种痛苦属于族群的痛苦，无法向他人言说。华裔女性的身体在长期的煎熬中出现失能征兆，女性的疯癫就是她们身体的病理性表现。《女勇士》中疯癫的姨妈，《猴王》中多次出入精神病院的萨莉，她们的灵魂让位，身体前置，这也是女性表达自我的另类方式。

华裔美国作家在书写身体时对美国身份孜孜以求。当欧亚裔混血儿在思考“我是谁”的同时，也在质疑美国社会不将有美国血统的他们当自己人看的问题。当华裔美国作家在书写饱受性别压抑的华裔/人女性时，她们采取的参照体系就是美国，中国的落后突出了美国社会的文明与民主。在 21 世纪创作的华裔美国小说的老年人形象中，老年人的精神世界主导了他们日渐衰弱的身体，帮助他们建立了老年人的主体地位，那就是作为美国公民积极入世，而不是因为衰老而自怨自艾。即便是华裔所遭受的创伤也是无法融入美国主流社会所造成的创伤。由此说来，华裔美国作家在写身体时心心念念的总是身份问题，身体只是他们触及这个问题的一个角度。所以，思考华裔美国作家及作为的身份问题，身体是不可忽视的一个方面。

人的身体的存在是物理的存在，人在面对自己的身体时总有种种不满意，因为人有高矮胖瘦黑白，人还会衰老死亡。华裔不满意自己的黄皮肤，欧亚裔混血儿不满意自己非中非西的身体体征。如果要超越对肉身的不满，就需要精神的介入。“文化自爱”的精神能帮助华裔发现自己的优点进而发现自己母国文化的优点。同样，乐观自信的态度能改变自己的精神面貌，能超越身份、身体的局限，展示强大的自我。

四、研究展望

身体研究在 20 世纪 80 年代以来发展迅猛，以身体的角度观照文学作品取得了丰硕的成果。在身体研究继续发展并不断深入的过程中，其他学科也不断涌现，身体研究呈现出复杂的一面。总体来说，我们需要注意身体研究与以下两个方面的学科的交叉，以丰富身体研究。首先是身体与消费的关系。华人的身体是一个异域风情的呈现，在消费社会，华人的身体被演变为商品，成为供白人消费的客体，这在现代社会的文化生活中表现明显，如跨国电影中的李小龙形象、东方女性所代表的异域风情等。但是其在华裔美国文学中的表现有待深刻再现和深入分析。其次是身体与科技之间的关系，它源于消费社会对身体的商品化，却又表现得更为复杂，因为现在发达的生物技术使人成为机器，正因为如此，人的身体成为碎片，甚至成为跨国流动的展品。由于东西方经济的差异，东方的身体不仅是异国情调的载体，而且是西方人身体器官的捐赠者，或者说售卖者。石黑一雄在《别让我走》中塑造了一群等待着捐献器官的克隆人，这些克隆人的身体在权力话语下接受规训，默认自己顺从的地位。在跨国语境下，身体器官从东方向西方的不平等流动，同样也是权力关系的体现。华裔美国科幻作家刘宇昆在小说中书写了科技与身体的关系，目前国内尚无研究成果出版，但是它颇值得评论界和作家深思。

华裔美国小说的身体书写是一个极其有趣、有意义的研究领域。它不仅彰显了历时性与共时性的融合，同时在将其放入比较视野中时拓展了华裔美国文学研究的空间。随着身体研究的不断深化，华裔美国的身体书写的研究成果和创作成果将吸引更多评论者和读者的眼光。这也是本书为身体研究所贡献的微薄之力。

参考文献

[1] BANERJEE M. Black bottoms, yellow skin: from Ma Rainey to Maxine Hong Kingston's "Tripmaster Monkey". Amerikastudien / American studies, 2000, 45 (32): pp. 405 – 423.

[2] BEAUVOIR S D. Old age. New York: Penguin Books, 1977.

[3] BROD H. The construction of the construction of Masculinities//STEFAN H, PALGRAVE M ed. Constructions of Masculinity in British literature from the middle Ages to the present, 2011.

[4] BROWN L J. The literature of immigration and racial formation: becoming white, becoming other, becoming American in the late progressive era. London: Routledge, 2004.

[5] CHANG L S. Inheritance. New York: Norton & Company, Inc, 2004.

[6] CHAO P. Monkey king. New York: Harper Flamingo, 1997.

[7] CHIN F. The Chinaman Pacific & Frisco R. R. Co. Minneapolis: Coffee House Press, 1988.

[8] CHIU M. Filthy fictions: Asian American literature by women. Walnut Creek: AltaMira Press, 2004.

[9] CHOU R S. Asian American sexual politics: the construction of race, gender and sexuality. Lanham: Rowman& Littlefield

Publishers, Inc. , 2012.

[10] CHU L. Eat a bowl of tea. Seattle: University of Washington Press, 1961.

[11] ELISABETTA M. Chinese American children's literature and the canon: an overview//TANFER E T, ELISABETTA M ed. Positioning the new: Chinese American literature and the changing image of the American literary canon. Newcastle: Cambridge Scholars Publishing, 2010.

[12] ESPIRITU Y L. Asian American women and men: labor, laws and love. California: AltaMira Press, 2000.

[13] FEDER L. Madness in literature. Princeton: Princeton University Press, 1980.

[14] FRIEDMAN N J. Adultery and the immigrant narrative. MELUS: Multi-Ethnic Literature of the U. S. , 2009, 34 (3): pp. 71 -91.

[15] GENTRY J W, CHAUDHURI H R, JIE G F. Masculinity globally: advertising-based observations from China and India. // JACOB M. A, ESTELA V eds. Masculinity and femininity: stereotypes/ myths, psychology and role of culture. New York: Nova Science Publishers, Inc. , 2013.

[16] GREMILLION H. The race and class politics of anorexia nervosa: unravelling white, middle-class standards in representations of eating problems. //PAMELA M, KATHERINE T eds. Contesting illness. Toronto: University of Toronto Press, 2008: pp. 218 -238.

[17] GRICE H. Negotiating identities: an introduction to Asian American women's writing. Manchester: Manchester University Press, 2002.

[18] HAYOT E. Coolie//LEE R C ed. The routledge companion to Asian American and Pacific Islander literature. London: Routledge, 2014.

[19] HENNEBERG S B. Of creative crones and poetry: developing age studies through literature. NWSA Journal, 2006, 18 (1): pp. 106 – 125.

[20] JEN G. World and town. New York: Vintage Books, 2010.

[21] JEN G. The love wife. New York: Alfred A. Knopf, 2004.

[22] KHOO O. The Chinese exotic: modern diasporic femininity. Hong Kong: Hong Kong University Press, 2007.

[23] KIM D Y. Writing manhood in black and yellow: Ralph Ellison, Frank Chin, and the literary politics of identity. Stanford: Stanford University Press, 2005.

[24] LEE R G. Orientals: Asian Americans in popular culture. Philadelphia: Temple University Press, 1999.

[25] LEE R C. The Americas of Asian American literature: gendered fictions of nation and transnation. Princeton: Princeton UP, 1999.

[26] LEE S H T. "I will make of my scaffold, a stage": performing the Asian American subject in Maxine Hong Kingston's Tripmaster monkey: his fake book. MELUS: Multi-Ethnic literature of the U. S., 2013, 38 (3): pp. 126 – 145.

[27] LI D L. Imagining the nation: Asian American literature and cultural consent. Stanford: Stanford University Press, 1998.

[28] LING A. Between worlds: women writers of Chinese ancestry. New York: Pergamon Press, 1990.

[29] LINTON S. What is disability studies? . PMLA, 2005, 120 (2): 518 -522.

[30] LIU A. Solitaire. Lincoln: iUniverse. com, Inc. , 1979.

[31] LORD B B. In the year of the boar and Jackie Robinson. New York: Harper Trophy, 1984.

[32] MA S. East-west Montage: reflections on Asian bodies in diaspora. Honolulu: University of Hawaii Press, 2007.

[33] MA S. Diaspora literature and visual culture. New York: Routledge, 2011.

[34] MA S. Immigrant subjectivities in Asian American and Asian diaspora literature. Albany: State University of New York Press, 1998.

[35] MAR M E. Paper daughter: a memoir. New York: Perennial, 1999.

[36] NGUYEN V T. Ace & resistance: literature & politics in Asian America. Oxford: Oxford University Press, 2002.

[37] OVERTON B. Fictions of female adultery, 1684 - 1890: theories and circumtexts. New York: Palgrave Mcmillan, 2002.

[38] PERSON J S. The Monkey King in the American canon: Patricia Chao and Gerald Vizenor's use of an iconic Chinese character. Comparative literature studies: classics and contemporary literature/culture/theory, 2006, 43 (3): pp. 355 -374.

[39] PURKAYASTHA B, IWATA M, MAJUMDAR S A, et al. As the leaves turn gold: Asian Americans and experiences of aging. Plymouth: Rowman& Littlefield Publishers, Inc. , 2012.

[40] SHELL M. The end of kinship: "Measure for measure",

incest, and the ideal of universal siblinghood. Stanford: Stanford University Press, 1988.

[41] SHILLING C. The body and social theory. London: Sage Publications, 2013.

[42] SPELMAN EV. Woman as body: ancient and contemporary views. Feminist studies, 1982, 8 (1): pp. 109 – 131.

[43] SZMANKO K. Invisibility in African American and Asian American literature. London: McFarland & Company, Inc., Publishers, 2008.

[44] TABER N. Mulan and western military mothers: the warrior myth of equality//JACOB M A, ESTELA V eds. Masculinity and femininity: Stereotypes/ myths, psychology and role of culture. New York: Nova Science Publishers, Inc., 2013: pp. 96 – 97.

[45] TAN A. The opposite of fate: memories of a writing life. New York: Penguin Books, 2003.

[46] WANG P. Aching for beauty: footbinding in China. Minneapolis: University of Minnesota Press, 2000.

[47] YEP L. Dragon wings. New York: Harper Trophy, 1975.

[48] YUNG J, GORDON H C, HIM MARK LAI. Chinese American voices: trom the gold rush to the present. Berkeley: University of California, 2006.

[49] 包柏漪著，吴世良译：《春月》，北京：外文出版社 2013 年版。

[50] 鲍德里亚著，刘成富等译：《消费社会》，南京：南京大学出版 2000 年版。

[51] 柏拉图著，刘小枫译：《柏拉图的〈会饮〉》，北京：

华夏出版社 2003 年版。

［52］布莱恩·特纳著，马海良、赵国新译：《身体与社会》，沈阳：春风文艺出版社 2000 年版。

［53］蔡青：《后殖民语境下美国华裔女性文学中的疾病书写分析》，长春：长春：东北师范大学博士学位论文，2010 年。

［54］陈爱敏：《认同与疏离：美国华裔流散文学批评的东方主义视野》，北京：人民文学出版社 2007 年版。

［55］程爱民：《美国华裔文学研究》，北京：北京大学出版社 2003 年版。

［56］恩格斯著，张仲实译：《家庭、私有制和国家的起源》，北京：人民出版社 1972 年版。

［57］方汉文：《永远的“他者”：跨文化视野中的金山客形象》，苏州：苏州大学博士学位论文，2006 年。

［58］FRUDE N 著，李虹、陈石、张宜彬等译：《变态心理学》，北京：清华大学出版社 2008 年版。

［59］弗朗兹·法农著，万冰译：《黑皮肤，白面具》，南京：译林出版社 2005 年版。

［60］辜鸿铭著，黄兴涛、宋小庆译：《中国人的精神》，海口：海南出版社 1996 年版。

［61］何木英：《当代西方文学中的中国女性裹脚形象解读》，《国外文学》2004 年第 3 期，第 41 – 45 页。

［62］黄秀玲著，詹乔、蒲若茜、李亚萍译：《从必需到奢侈：解读亚裔美国文学》，北京：中国社会科学出版社 2007 年版。

［63］赫伯特·马尔库塞著，黄勇、薛民译：《爱欲与文明：对弗洛伊德思想的哲学探讨》，上海：上海译文出版社 2005 年版。

［64］克里斯·希林著，李康译：《文化、技术与社会中的

身体》，北京：北京大学出版社 2011 年版。

［65］邝丽莎著，忻元洁译：《雪花秘扇》，北京：人民文学出版社 2006 年版。

［66］李恩富著，唐绍明译：《我的中国童年》，珠海：珠海出版社 2006 年版。

［67］李贵苍：《族性能见度的政治学与华人形象》，《汕头大学学报》（人文社会科学版）2008 年第 3 期，第 73 – 78 页。

［68］林露德著，冯品佳译：《木鱼歌》，长春：吉林出版集团有限责任公司 2012 年版。

［69］林语堂：《吾国与吾民》，长沙：岳麓书社 2000 年版。

［70］刘禾著，杨立华等译：《帝国的话语政治：从近代中西冲突看现代世界秩序的形成》，北京：生活·读书·新知三联书店 2009 年版。

［71］米歇尔·福柯著，佘碧平译：《性经验史（增订版）》，上海：上海人民出版社 2005 年版。

［72］米歇尔·福柯著，刘北成、杨远婴译：《疯癫与文明：理性时代的疯癫史》，北京：生活·读书·新知三联书店 2003 年版。

［73］区鉷、周芳：《悲喜交织的“变老”——论叶芝以“变老”为主题的诗歌中的“悲剧中的喜悦”》，《中山大学学报》（社会科学版）2011 年第 3 期，第 45 – 49 页。

［74］欧阳灿灿：《欧美身体研究述评》，《外国文学评论》2008 年第 2 期：第 24 – 34 页。

［75］皮埃尔·布尔迪厄著，刘晖译：《男性统治》，深圳：海天出版社 2002 年版。

［76］皮埃尔·安德烈·塔吉耶夫著，高凌翰译：《种族主

义源流》，北京：生活·读书·新知三联书店 2005 年版。

［77］潘亚暾：《最是繁华季节：潘亚暾选集》，广州：花城出版社 2014 年版。

［78］蒲若茜：《族裔经验与文化想象：华裔美国小说典型母题研究》，北京：中国社会科学出版社 2006 年版。

［79］R. W. 康奈尔著，柳莉译：《男性气质》，北京：社会科学文献出版社 2003 年版。

［80］任璧莲著，王光林译：《典型的美国佬》，南京：译林出版社 2000 年版。

［81］容闳著，石霓译：《容闳自传：我在中国和美国的生活》，上海：百家出版社 2003 年版。

［82］施爱东：《16—20 世纪的龙政治与中国形象》，北京：生活·读书·新知三联书店 2014 年版。

［83］叔本华著，范进、柯锦华、秦典华等译：《叔本华论说文集》，北京：商务印书馆 2012 年版。

［84］水仙花：《春郁太太及其他作品》，太原：山西教育出版社 2002 年版。

［85］苏珊·桑塔格著，程巍译：《疾病的隐喻》，上海：上海译文出版社 2003 年版。

［86］汤亭亭著，李剑波、陆承毅译：《女勇士》，桂林：漓江出版社 1998 年版。

［87］汤亭亭著，赵伏柱、赵文书译：《孙行者》，桂林：漓江出版社 1998 年版。

［88］谭永利：《当代文化政治语境下的身体范畴研究》，《国外文学》2016 年第 3 期，第 1－9 页。

［89］陶家俊：《身份认同导论》，《外国文学》2014 年第 3

期，第 37 - 44 页。

［90］特里·伊格尔顿著，马海良译：《历史中的政治、哲学、爱欲》，北京：中国社会科学出版社 1999 年版。

［91］汪民安：《身体的文化政治学》，开封：河南大学出版社 2004 年版。

［92］王列耀：《华文文学的文化取向：王列耀选集》，广州：花城出版社 2014 年版。

［93］西格蒙德·弗洛伊德著，赵立玮译：《图腾与禁忌》，上海：上海世纪出版集团 2005 年版。

［94］西塞罗著，徐奕春译：《论老年　论友谊　论责任》，北京：商务印书馆 2009 年版。

［95］徐葆耕：《西方文学：心灵的历史》，北京：清华大学出版社 1990 年版。

［96］许双如：《论汤亭亭在〈孙行者〉中的狂欢化艺术实践及其诗学意义》，《暨南学报》（哲学社会科学版）2013 年第 2 期，第 67 - 75 页。

［97］杨大春：《身体的神秘——20 世纪法国哲学论丛》，北京：人民出版社 2013 年版。

［98］尹晓煌著，徐颖果主译：《美国华裔文学》，天津：南开大学出版社 2006 年版。

［99］詹乔：《〈灶神之妻〉中“英雄拯救”主题的原型分析》，《国外文学》2005 年第 1 期，第 83 - 89 页。

［100］张京媛：《当代女性主义文学批评》，北京：北京大学出版社 1992 年版。

［101］张延军：《美国梦的诱惑和虚幻》，天津：南开大学出版社 2014 年版。

［102］张延军、孟利魁：《新型华裔美国男性之构建，汤亭亭〈中国佬〉中的男性“身体政治”》，《外国文学研究》2013年第1期，第71－77页。

［103］赵健秀著，赵文书、康文凯译：《甘加丁之路》，南京：译林出版社2004年版。

［104］赵文书：《民族主义和本土主义的错置——华裔美国文学中的男性沙文主义解析》，《当代外国文学》2002年第3期，第143－150页。

［105］周宁：《天朝遥远：西方的中国形象研究》，北京：北京大学出版社2006年版。

［106］朱迪斯·巴特勒著，何磊、赵英男译：《脆弱不安的生命——哀悼与暴力的力量》，开封：河南大学出版社2013年版。

［107］朱迪斯·巴特勒著，宋素凤译：《性别麻烦：女性主义与身份的颠覆》，上海：上海三联书店2009年版。

［108］朱莉娅·克里斯蒂瓦著，张新木译：《恐怖的权力：论卑贱》，北京：生活·读书·新知三联书店2001年版。

［109］朱丽娅·克里斯蒂娃著，赵靓译：《中国妇女》，上海：同济大学出版社2010年版。

后　记

本书在付梓之际，真正感觉到了什么是“弹指一挥间”。在撰写书稿的漫长日子里，求学的艰辛与获得知识的喜悦交替出现，其中的甘苦只有有过这种经历的人才可以体会。选择华裔美国小说中的“身体”视角作为研究对象是偶然的机缘，在学习相关知识的过程中我发现了身体研究所带来的魅力：身体研究是一门跨学科的知识，对“身体”理论的学习意味着必然涉猎其他相关学科的理论知识。在学习和撰写本书的过程中，由于长期伏案，我的身体折磨着我，让我时时刻刻感受着它的存在与威力。而消费文化中的“身体维护”概念让我对自己的处境有了更深刻的认识：身体在年岁一步步增长的过程中也面临着损耗。作为个体，虽然我们能以骄傲的姿态步入中年，但是我们对身体健康的追求丝毫不能松懈。

在本书的后记，请容我表达自己的感激之情。首先，我要感谢我的导师蒲若茜教授。初次见到蒲老师是在我攻读硕士学位期间，那时我正在认真学习欧美经典文学，而蒲老师所在的团队已经在华裔美国文学领域做得有声有色。第一次做听众听蒲老师讲座，觉得她既年轻又对学术充满激情。没想到十年后，我也进入暨南大学，投到蒲老师门下，攻读海外华人文学。海外华人文学入门的诸多资料和文本都是蒲老师为我提供的，减轻了我找资料的诸多困难。投身蒲老师门下学习后，蒲老师首先着手解决我的论文“两张皮”问题和文字功夫的提升。她推荐我认真研读学术论文，还要从文学杂志中学习鲜活的语言。不仅如此，在开始攻读博士学位之后，暨南大学举办的学术讲座，蒲老师都亲自通知我去学习，并鼓励我在现场向讲座学者提问请教，以培养我的思辨能力。蒲老师对于我的博士学位论文要求也非常严格，从我拟定题目开始，蒲老师就鼓励我坚持下去，不要放弃；论文中的很多小节，她都与我认真讨论过，并提出了具体的修改意见。在与蒲老师不断的交流切磋中，我不仅学到了扎实的科研方法，还学到了严谨的科研态度。平时，蒲老师还是一个很好的朋友，我们除了聊学术，也聊生活，聊工作，从她那里我不仅学到了对科研认真执着的态度，还学到了积极进取的人生态度。可以说，我的点滴进步都离不开蒲老师的指导和帮助，千言万语都无法表达我对蒲老师的感激之情。

在暨南大学学习阶段，我有幸聆听了文学院诸位老师的课程。王列耀教授开设的“海外华文文学创作与批评研究”课程使我对晚清留学海外的华人用英语创作的文学作品有了更清晰的认识，他高屋建瓴的指导和启发使我的思维和视野大为开阔。宋剑华教授的“中国现当代文学研究方法论”提供了文学论文兼具学术性和可读性的优秀学习范例。博士阶段第一学年开设的“跨学科研究方法论”是我上过的最有特色的一门课程，文学院多位教授在这门课上各展所长，精彩纷呈。此外，广东外语外贸大学的方开瑞教授、华南师范大学的陈少华教授、暨南大学的贺仲明教授都为本书提出了中肯的建议，在此对他们表示最诚挚的谢意。

我还要感谢中山大学区鉷教授的科研团队。从硕士阶段开始我就在区老师的课堂上学习做科研的态度和方法，我还多次旁听了区老师的博士研究生周五下午举行的读书报告会，他们严谨的治学态度、学术上孜孜不倦的追求、批评与创作相结合的科研方法给了我很大启发；我尤其要感谢中山大学的雷燕妮副教授，她多次知会我读书报告会的具体时间，让我在读书报告会上畅所欲言。和他们一路前行，我感觉无比幸运。

感谢 Rose's Garden 里和我一起在蒲老师门下学习的师兄弟姐妹们。师姐许双如老师、肖淳端老师，师妹李卉芳均才华出众，且热情无私；硕士研究生的师弟师妹们勤奋好学、乐于助人。我们组成了一个温馨和谐的小群体，共同学习，共同进步。感谢我的硕士研究生同学陈静和卓艳芬。从最初打算报考博士到现在，她们一直是我最耐心的倾听者和最积极的支持者。我还要感谢我所工作的广东工业大学外国语学院，在我读博期间，对我的排课有诸多照顾。

本书的出版得到了教育部人文社科基金的资助和暨南大学出版社的大力支持，在此一并表示感谢。

最后要感谢我的家人。我的爱人戴宏亮一直支持我的学习，他不仅和我分享自己的读博心得和科研心得，还为我的学习出谋划策。当我遇到高兴的事时，他和我一起高兴；当我遇到苦恼时，他帮我积极寻找解决方案；当我困顿时，他总是要求我多休息，为下次冲刺集聚更多的精力。不仅如此，他还在我学习极为忙碌的时候承担了陪伴女儿的重任，女儿在他的引导下越来越爱运动，数学的思辨能力显著加强。我还要感谢我的女儿戴楠，读博期间我减少了很多陪伴她的时间，她从最初的不适、抱怨到后来欣然接受，让我看到一个孩子独立成长的历程。她乖巧自觉、开朗懂事、热爱阅读、热爱运动，让我深感欣慰。此外，我还要感谢我的父母和婆婆，尤其是我的母亲，她一直支持我攻读博士学位，为了让我有更充裕的时间读书，她为我承担了大量的家务劳动，使我能够后顾无忧。家人的爱是我一路奋勇向前的最大动力。

本书记录的只是人生的一个阶段。科研之路是漫长的，它需要持久的耐力。因为长期以来对阅读的热爱，我将满怀热情继续前行，勇攀华裔美国文学研究的新高峰。

潘敏芳

2018 年 6 月